Fabio Barbonaglia
IL DOMINIO DELLA CONGREGA

FABIO BARBONAGLIA

IL DOMINIO DELLA CONGREGA

- LIBRO PRIMO -
SECONDA EDIZIONE

Alle due persone che hanno fatto di me l'uomo di oggi, senza le quali nulla sarebbe stato possibile: i miei genitori.

PREFAZIONE

Ho cominciato a immaginare questa storia molti anni fa e ricordo vivamente l'impeto creativo che mi ha spinto a condurre un'imponente ricerca per delineare il contesto in cui si sarebbe ambientata. È per questo motivo che scoprirai che moltissimi dei riferimenti lungo il cammino trovano un riscontro effettivo anche al di fuori di queste pagine.

Ciò nonostante questa è e resta un'opera di fantasia, scritta da un autore che si è lasciato trasportare dalla favola che prendeva forma sotto le sue dita e che quindi, di tanto in tanto ha preferito mantenere piccole imprecisioni su alcuni dettagli perché, da un punto di vista di più ampio respiro, rendevano più chiara, a suo dire, la sensazione che voleva trasmettere attraverso una particolare circostanza.

Il mio augurio è che tu possa vivere questo racconto emozionandoti quanto ho fatto io nello scriverlo.

I

Il gatto se ne stava accovacciato tra i cespugli, attento e pronto al balzo. Il ragazzo lo teneva d'occhio già da parecchio tempo, ma il felino non dava segno di averlo notato, tutto interessato al coleottero che zampettava a passo di marcia sulla cancellata del giardino; solo il reclinare all'indietro delle orecchie al minimo sussurro del giovane permetteva di capire che era ben conscio della sua presenza.

Anche il ragazzo era attento e pronto al balzo, seminascosto da un grosso vaso dal quale si ergeva una pianta di limoni nel pieno della fioritura; quatto quatto aveva cominciato a spostare il peso del corpo dalle ginocchia ai piedi, per potersi lanciare sull'animale.

Attese ancora un battito di ciglia e scattò in avanti a braccia tese nel tentativo di afferrare in qualche modo il gatto. L'animale, però, avvezzo ad agguati ben meglio congegnati, saltò prima sulla pianta di limoni e poi sulla cancellata, allontanandosi a testa alta e coda a punto interrogativo; con fare stizzoso e aristocratico, sfuggì elegantemente al ragazzino che, suo malgrado, non poté fare a meno di atterrare sui cespugli spinosi.

«Cassian!» lo apostrofò severamente una voce femminile

alle sue spalle. «Per la Beata Madre di Calcutta, non ti avevo forse mandato a dare una mano a David e Al con il bucato?»

«Ma, suor Clementine! Ho chiesto ad Al se potessi aiutarlo in qualche modo e lui ha risposto che avrebbe fatto più in fretta senza di me, perciò sono venuto in giardino per bagnare la pianta di limoni».

«Vedo. E in quale momento hai deciso che la pianta aveva acqua a sufficienza ma il gatto aveva bisogno del tuo aiuto?»

«Beh, ho pensato che si sentisse solo e...»

«Quando comincerai a crescere?» strillò la suora con le mani giunte al petto e rigorosamente vestita con l'abito bianco bordato da strisce azzurre della congregazione. «Ora vai immediatamente nella serra da suor Mary Rose a farti medicare quei graffi, poi ti aspettano due turni consecutivi in cucina per il lavaggio stoviglie».

Dei ragazzi si erano radunati in gruppo alle finestre del secondo piano dell'istituto, incuriositi dagli strepiti della sorella; accortisi che Cassian si era fatto cogliere in fallo ancora una volta, stavano ridacchiando sommessamente.

Il giovane, conscio di essere oggetto dei commenti salaci dei compagni , divenne rosso in viso e cercò di recuperare un po' della dignità ormai persa con la sonora strigliata.

«Non è colpa mia se...»

«Cassian!» ruggì suor Clementine, ormai evidentemente alterata.

Il ragazzo, nell'imbarazzo più totale, si rialzò in piedi e, a capo chino e spalle curve, si diresse verso la serra dove suor Mary Rose lo stava già aspettando con in mano un batuffolo di cotone e una bottiglietta di disinfettante.

Cassian Larbon era stato abbandonato all'età di due anni davanti all'ospedale Saint James di Portsmouth nel sud dell'Inghilterra ed era stato affidato all'Istituto Saint Mary di Purbrook, un orfanotrofio di periferia gestito dalle sorelle della congregazione delle Missionarie della Carità. L'Istituto era costituito da un grande edificio disposto su due piani strutturato a "L", che racchiudeva al suo interno un cortile spazioso pavimentato con mattonelle rossastre a incastro. Per quanto si potessero notare zone sulle pareti esterne in cui la mancanza di intonaco bianco faceva risaltare i vecchi mattoni rossi che ne rivelavano la vera età, nel complesso il fabbricato risultava sobrio e ben mantenuto.

Un ricco giardino circondava l'esterno della struttura impregnandola di profumi. Per la maggior parte le sorelle usavano coltivare l'appezzamento con piccoli orti appartati, separati fra loro da piante di agrumi e frutta, ma le bordure fiorite e i glicini rampicanti denotavano anche un vezzo estetico di estremo buongusto e accurata progettazione. Era stata anche predisposta una serra, non molto grande per la verità, ma sufficiente a soddisfare le esigenze botaniche delle sorelle, quasi tutte impiegate a sostenere quanto meglio possibile la cucina dell'istituto con prodotti genuini di produzione propria.

Purtroppo, le nuove disposizioni in materia di sicurezza erano rigide e il Saint Mary non era dotato di un impianto elettrico certificato o di un locale infermeria, pertanto, nonostante gli sforzi della congregazione per renderlo accogliente, di fatto non era un immobile adeguato alla residenza e probabilmente un giorno non troppo lontano sarebbe stato chiuso.

Nell'orfanotrofio vivevano solitamente fra i trenta e i cinquanta giovani di ambo i sessi che presto venivano adottati o trasferiti in ambienti meglio equipaggiati e costruiti a norma di legge.

Ciò nonostante, Cassian Larbon era la classica eccezione alla regola. Un ragazzo alto e magro, con una folta chioma nera e il naso pronunciato, era cresciuto in quello che per lui non era mai stato solo un istituto in cui risiedere temporaneamente in attesa di una migliore sistemazione, ma una vera e propria casa. Aveva smesso da tempo di partecipare agli incontri periodici con le coppie in cerca di un bambino da adottare e le sorelle lo consideravano ormai una sorta di figlio putativo. Questo ovviamente non lo risparmiava da severe lavate di capo e punizioni esemplari che sistematicamente si guadagnava a causa della sua ingenua goffaggine o per l'abitudine a trastullarsi in giochi infantili, sempre con la testa fra le nuvole.

La domenica le sorelle conducevano i loro ospiti a sentir messa nella vicina parrocchia cattolica di San Michele, dove officiava padre Garrison, un energico parroco un po' avanti con gli anni ma di spirito giovanile. Quella mattina Cassian ascoltava la predica con malcelata noia facendo vagare lo sguardo ora alle vetrate colorate ora alle colonne in stile corinzio della navata.

«... mentre il senso di unione e coesione della comunità deve farsi sentire in queste circostanze...» Padre Garrison stava facendo una lunga tirata sulla raccolta di fondi per le spese di manutenzione del campanile, ma l'interesse di Cassian era stato catturato dalla presenza di un rospo nei pressi del confessionale. Certo, l'ambiente era umido, ma un rospo in chiesa era una novità assoluta.

«... perché la necessità non è solo "della comunità" ma anche "*per* la comunità"...»

Facendo finta di allacciarsi una scarpa, il ragazzo si

abbassò e con un rapido scatto del braccio afferrò l'animale, guadagnandosi un'occhiataccia dalla signora con il vestito scollato che gli sedeva accanto. Lo nascose all'interno delle mani giunte per non farselo sfuggire, con l'intento di esaminarlo meglio al termine della funzione.

«... e mi aspetto che i membri di questa comunità uniti, declamino con una sola voce...» Una profonda gracidata resa più cupa dalle mani giunte del ragazzo, tuonò fra gli astanti sorpresi. Padre Garrison, basito, dopo un attimo di interdizione disse con il sorriso sul volto: «Beh, non è esattamente quello che intendevo», e l'assemblea rise educatamente.

Pareva che l'unica a non aver colto il risvolto umoristico della situazione fosse proprio suor Clementine, che squadrava Cassian con un cipiglio devastante. Il giovane sapeva di essere nuovamente nei guai, ma in fondo non voleva far nulla di male e con le guance imporporate cercò di sorridere alla sorella mentre le mostrava il rospo sul palmo semi aperto. Purtroppo l'intrepido anfibio decise di cercarsi una migliore sistemazione proprio in quel momento di parziale libertà e con un buon colpo di zampe saltò nella scollatura della donna vicina al giovane, che cominciò a frugarsi forsennatamente il petto emettendo stridii acuti e chiedendo aiuto.

La situazione precipitò velocemente.

Il banco in cui si trovavano Cassian e la signora si svuotò con rapidità mentre lei cominciava a correre verso l'uscita con al seguito diverse persone, sue conoscenti, che cercavano di calmarla e aiutarla. Padre Garrison, che non poteva sapere perché la donna si lamentasse, chiedeva a gran voce se fosse presente un medico in chiesa. Alcuni cominciarono a digitare sui rispettivi telefonini il numero per le emergenze e a richiedere urgentemente l'intervento di un'ambulanza. Alla fine, la malcapitata riuscì a estrarre dal vestito l'animale, il quale si dileguò in un pertugio vicino alla parete. La matrona, di corporatura robusta, consapevole di essersi resa ridicola di fronte all'intera comunità si diresse a grandi passi verso il giovane, e apparve chiaro che avrebbe potuto aggredirlo fisicamente; giunta a pochi metri da lui si ritrovò però davanti suor Clementine.

«Signora, non so proprio come scusarmi», si dolse con voce penitente. «Le assicuro che il ragazzo sarà adeguatamente punito».

La donna cercò di aggirare la suora per raggiungere Cassian, ma la religiosa si frappose nuovamente fra i due.

«La prego ancora di accettare le mie più sentite scuse per l'accaduto».

Conscia che tutti i presenti la stavano guardando, la signora si diede un contegno. «Bene, ma che sia una punizione esemplare, questo piccolo farabutto non deve passarla liscia. E lei, sorella, dovrebbe riuscire a controllare meglio il suo gregge di pecore indisciplinate. Delinquente», disse ancora all'indirizzo di Cassian che nel frattempo si era fatto piccolo e con lo sguardo a terra si stava scrupolosamente osservando i piedi.

Il ritorno all'Istituto fu veloce e silenzioso. Nel cortile dell'orfanotrofio suor Clementine spedì tutti i ragazzi a prepararsi per il pranzo, ma intimò a Cassian di seguirla nel proprio ufficio.

«Ascoltami bene giovanotto», esordì la sorella dopo essersi accomodata alla scrivania. «Da oggi trascorrerai i pomeriggi ad aiutare padre Garrison nelle sue faccende; ho già parlato con lui e sappi che gli ho chiesto di farmi dei resoconti sul tuo comportamento. Forse così smetterai di camminare con il naso per aria e crescerai nel modo migliore, servendo Dio... anche se in modo indiretto».

Così il ragazzo, che si era ben guardato dal ribattere alcunché, ancora imbarazzato per l'episodio del rospo, accettò i suoi compiti con rassegnazione.

Il pomeriggio di quello stesso giorno bussò alla porta della canonica e venne invitato a entrare da un padre Garrison compiaciuto per aver trovato un aiuto nelle faccende quotidiane e divertito per la disavventura del giovane. Era tarda primavera e la giornata era particolarmente calda e soleggiata. Passare il proprio tempo in chiesa con una giornata così luminosa era proprio un peccato.

Furono molti i pomeriggi che dovette dedicare alle attività di volontariato forzato sotto lo sguardo vigile del parroco. Spazzava, lavava, lucidava. Ogni tanto padre Garrison dava l'impressione di inventarsi di notte i lavori da far fare al giovane il giorno successivo. Staccava la cera solida dai portacandele, rammendava le tendine nere del confessionale, rimuoveva le gomme da masticare da sotto i banchi delle prime file dove di solito si sedevano i bambini per la messa della domenica mattina. Alla lunga, però, Cassian dovette ammettere con se stesso che nonostante i lavori fossero lunghi, trascorrere le giornate con padre Garrison era estremamente piacevole. Il parroco conosceva un mucchio di aneddoti divertenti e ben pochi fra quelli che raccontava erano a sfondo religioso. Molti riguardavano le disavventure vissute da giovane insieme ad altri due ragazzi che avevano il suo stesso temperamento; tre amici che avevano affrontato, nella versione epica fornita dal parroco, scontri clamorosi in punta di spada e sconfitto nemici abilissimi e malvagi fra cui si annoveravano persino alcuni mostri mitologici. Cassian sapeva che il parroco stava inventando di sana pianta, ma doveva ammettere che aveva una gran bella immaginazione e sapeva raccontare favole come un esperto narratore. Spesso borbottava o canticchiava fra sé e Cassian si divertiva a fargli il verso quando gli dava le spalle; finché un giorno ricevette sul viso il panno bagnato del parroco che lo aveva sorpreso; allora fu il prete a ridere.

Quel giovedì pomeriggio il giovane si era presentato in canonica puntuale, e un allegro padre Garrison gli aveva aperto la porta fischiettando e invitandolo ad entrare muovendo il dito indice, senza proferire parola.

«Sei pronto, Cassian? Ti ho trovato un divertente lavoretto da fare», esordì il sacerdote gongolante.

Quattro ore dopo il ragazzo aveva finito di lucidare accuratamente il pulpito e di ridipingere le statuette dei personaggi del presepe che il parroco esponeva a Natale. Soddisfatto del proprio lavoro si diresse in canonica per avvertirlo che aveva finito e chiedere se ci fossero altre faccende di cui poteva occuparsi, ma non trovò nessuno. Non voleva tornare da suor Clementine senza aver avvisato padre Garrison così, supponendo che fosse uscito per qualche spesa, decise di aspettarlo e si sedette su un gradino ai piedi dell'altare nei pressi di una colonna. Il sacerdote tardava e Cassian cominciò a fantasticare. Era sempre stato affascinato da dame e cavalieri, giostre cavalleresche e tornei presso la corte dei re, combattuti a colpi di spada da possenti ma galanti guerrieri vestiti di armature scintillanti. Sicuramente le storielle di padre Garrison avevano acuito in lui il fascino per il romanzo medievale. La chiesa divenne una basilica dove lui, giovane cavaliere, aveva appena prestato il giuramento di fedeltà al suo signore sotto gli occhi vigili e paterni dei veterani e quelli adoranti delle bellissime dame elegantemente abbigliate. Nella sua fantasia l'intera corte era riunita per lui e al termine della funzione tutti gli astanti erano esplosi in un coro di auguri e complimenti applaudendolo, sinceramente ammirati. La stupenda damigella in seconda fila non assomigliava forse a quella ragazzina dai capelli rossi che era recentemente arrivata all'Istituto? Non si chiamava forse Angelica?

In prima fila c'erano anche suor Clementine, che stringeva un fazzoletto con cui asciugava le lacrime che copiosamente ruscellavano sul suo viso, e padre Garrison che dava di gomito ai vicini dicendo che quel novello cavaliere era stato suo apprendista, e ancora che l'allievo aveva superato il maestro. Un rumore... Ci volle un attimo perché Cassian realizzasse che lo scricchiolio che sentiva non era prodotto dalla sua armatura ma proveniva piuttosto dall'abside della chiesa.

La basilica illuminata a giorno da centinaia di candele tornò a essere la chiesetta di San Michele e con suo sommo rammarico Cassian si rese conto di essere solo. Ma se era solo allora chi stava producendo quel rumore che peraltro si faceva sempre più vicino? Il cuore prese a ruggirgli in petto. Sudava freddo. Spostandosi lentamente con le movenze di un gatto scese dal gradino tenendosi basso e si rannicchiò dietro la base della colonna. Cercava addirittura di immaginare di avere lo stesso colore delle piastrelle del pavimento della chiesa per rendersi invisibile come un camaleonte. Tutta la pelle del corpo fu coperta da un fastidioso formicolio. Improvvisamente lo scricchiolio finì e poco dopo, dal retro del presbiterio, comparve padre Garrison. Il parroco era un po' ansante e si stava scrollando di dosso la polvere che si era depositata sull'abito sacerdotale.

«Ragazzo, sei ancora qui?» chiese a gran voce rivolto alle navate silenziose.

Il prete fece qualche passo in avanti superando di poco la colonna ai piedi della quale Cassian immobile stava cercando di riprendere padronanza del suo corpo, che a dispetto dei suoi tentativi si rifiutava di muoversi.

«C'è qualcuno?» provò nuovamente padre Garrison.

Cassian lo osservava dalla sua posizione semisdraiata. Si rendeva conto che era ridicolo restare lì fermo senza dire una parola, ma il terrore lo aveva congelato e gli impediva di muoversi. Aspettava che il parroco si voltasse e si accorgesse che lui era proprio lì, quasi ai suoi piedi; si sarebbe messo a ridere o si sarebbe spaventato a sua volta, ma la tensione si sarebbe sciolta come neve al sole. Invece il prete stette in silenzio per qualche secondo chinando il capo come se fosse in preghiera poi si voltò diretto a grandi passi verso la canonica senza dar segno di averlo scorto. Il giovane riprese a poco a poco il controllo di sé e appena gli fu possibile uscì di corsa dalla porta principale della chiesa, correndo senza fermarsi fino all'orfanotrofio.

Quella sera si lavò scrupolosamente mentre rifletteva sui fatti del pomeriggio. Probabilmente non aveva osato muoversi ancora sotto shock per lo spavento: in fondo se anche padre Garrison lo avesse visto cosa avrebbe dovuto fargli? Ma cosa faceva il prete nel retro del presbiterio e dove si trovava visto che lui l'aveva cercato dappertutto senza successo? Sicuramente dovevano esserci dei locali segreti sotto la chiesa. Chissà cosa combinava il prete in quelle camere nascoste. Forse padre Garrison sotto le sembianze di gioviale religioso nascondeva un'anima criminale. Perché no? Magari aveva costruito un nascondiglio segreto dove stampava banconote false. No, non stava in piedi soprattutto perché la chiesa cadeva a pezzi e non c'erano fondi per ripararla. Già, ma forse accumulava il denaro in qualche banca nei cosiddetti paradisi fiscali e un giorno sarebbe scappato per godersi il gruzzolo. Gli vennero in mente decine di alternative sempre più stravaganti. Un carcerato evaso che anni prima aveva nascosto la refurtiva nella chiesa e ora aveva indossato gli abiti clericali per tornare a riprendersi il bottino, ma aveva scoperto che il luogo di culto era stato ristrutturato e adesso scavava segretamente alla ricerca di qualche baule colmo di oro e gioielli. Una spia in veste di parroco che carpiva segreti di stato dalle confessioni. Un androide alieno che comunicava con l'astronave madre.

La mattina successiva rivolse i suoi dubbi a suor Clementine che però lo rimbrottò.

«Per la beata Madre di Calcutta, Cassian, sei uno sciocco. Non hai pensato che sotto ogni chiesa ci sono le cripte? Forse padre Garrison era sceso a fare pulizia approfittando del fatto che c'eri tu in chiesa. E poi c'è una porticina di legno dietro il presbiterio che conduce proprio là sotto, e posso assicurarti che non è affatto *segreta*. Non starai cercando scuse per non andare a fare le pulizie, vero?»

«No... no sorella, mi sono solo spaventato, tutto qui».

Suor Clementine gli concesse uno dei suoi rari e fugaci sorrisi. «Sei un bravo ragazzo, Cassian. Sbadato e drammaticamente incline ai disastri. Ma sei un bravo ragazzo. Ora va'! E ricordati che padre Garrison mi farà sapere se ti comporti bene, altrimenti...» il ragazzo stava già uscendo di gran carriera dalla porta dell'ufficio della sorella e voltò la testa per risponderle.

«Non si preoccupi suor Clementine, si fidi di...» in quel preciso momento Angelica, da tutti chiamata Angie, la ragazzina nuova con i capelli rossi, stava portando a suor Clementine la solita tisana rilassante del primo pomeriggio, e Cassian le volò letteralmente in braccio. I due caddero e rotolarono per terra l'uno sull'altra, fortunatamente senza danni. Non fu lo stesso per il servizio da tè di suor Clementine. Il ragazzo fu più svelto a riprendersi, e quando capì che con il suo corpo stava schiacciando quello più esile di Angie si alzò velocemente ma con delicatezza, cercando di non peggiorare le cose. Le porse la mano e la aiutò ad alzarsi cercando di accertarsi che lei stesse bene e scusandosi, sinceramente contrito per l'accaduto.

Angie gli rivolse un'espressione di fuoco, ma accettò la mano che lui le porgeva e la trattenne nella sua un istante più del necessario. Cassian voleva aggiungere qualcosa, ma fu interrotto proprio in quel momento.

«Per la beata Madre di Calcutta,», gridava la sorella, «ma tu sei impossibile. Ti farò lavare stoviglie fino alla pensione! E ora dove credi di andare? Bisogna pulire questo disastro... Cassian!» ma il ragazzo stava già correndo in direzione della chiesa dove da lì a poco avrebbe avuto il solito appuntamento quotidiano con padre Garrison.

Il parroco lo accolse a braccia conserte con un bieco cipiglio sul viso.

«Ragazzo dovresti avvisarmi quando te ne vai: in fondo quando sei qui sei sotto la mia responsabilità».

«Mi scusi, padre, ma ieri quando lei è rientrato in chiesa di soppiatto, mi ha spaventato e, non so come, non sono riuscito a riprendermi dallo spavento quel tanto che bastava per farmi sentire», rispose il ragazzo. Il parroco sostituì la sua espressione torva con una di totale incredulità.

«Vorresti farmi credere che quando sono rientrato in chiesa tu eri nascosto da qualche parte?»

«Beh, non ero esattamente nascosto, mi ero accovacciato ai piedi di quella colonna. Lei mi è passato davanti e se n'è andato senza vedermi. E, naturalmente», aggiunse poi per non lasciare equivoci «non voglio dire che l'età avanzata le ha abbassato la vista. Cioè intendo dire che probabilmente ero in penombra ed essendo lei un po' avanti con gli anni...»

«Vieni un po' qui vicino alla colonna», lo invitò il prete ancora scettico sull'accaduto. «Io ricordo di essere arrivato fino a qui chiedendo se in chiesa c'era ancora qualcuno e tu mi stai dicendo che eri rannicchiato lì, quasi ai miei piedi e che io non ti ho visto?»

«Sì, padre Garrison è andata esattamente così. Ho sentito uno strano scricchiolio provenire da dietro al presbiterio, poi è emerso lei tutto impolverato. Suor Clementine mi ha spiegato che lì c'è la porticina che conduce alle cripte, quindi ho capito perché, quando l'ho cercata per avvertirla che avevo finito di ramazzare la chiesa, non sono riuscito a trovarla. Lei era laggiù».

«No ragazzo, non ero nelle cripte», ammise il parroco sorridendogli. «Forse un giorno ti porterò nelle stanze segrete sotto la chiesa – adiacenti alle cripte – ma non oggi. Oggi io e te dobbiamo fare una lunga chiacchierata e da domani, che ti piaccia o meno, dovrai trascorrere molto più tempo qui di quanto non avresti mai potuto sospettare».

«Scusi, padre, ma io non ho alcuna intenzione di diventare prete».

Il parroco gli fece un sorriso divertito.

«Vieni, entra nel mio ufficio e accomodati: c'è molto da

spiegare».

II

L'uomo si era lasciato alle spalle il ponte Du Marèchal Juin e stava passeggiando con estrema calma lungo la rue Grenette nella città francese di Lione. Indossava un lungo impermeabile bianco di pelle e un paio di occhiali scuri dalla montatura d'oro. Poteva avere all'incirca una quarantina d'anni, anche se la barba rossa non rasata da un paio di giorni lo faceva sembrare un po' più vecchio.

Erano gli ultimi giorni del mese di luglio e a Lione la temperatura era superiore alle medie stagionali. Un lungo impermeabile di pelle non passava inosservato. L'uomo alto, in perfetta forma fisica, sudava abbondantemente e ogni tanto si tergeva la fronte con un fazzoletto nero. Svoltò in rue de Brest e arrivò fino alla place de Nizier, una piccola piazzetta posta proprio davanti alla chiesa di Saint Nizier da cui prendeva il nome. La giornata si stava ormai esaurendo, i negozi cominciavano a chiudere le serrande e i passanti si affrettavano verso casa.

Lui, invece, era lontano da casa. E poi, dov'era *casa*? Sapeva che ci sarebbe voluto qualche tempo affinché il buon curato si decidesse a uscire, ma quella sera ci sarebbe stata la luna piena e il religioso non poteva farne a meno. Stando alle informazioni in suo possesso, fonti più che attendibili avevano confermato che il prete già da tempo aveva contratto il morbo della licantropia. Pareva avesse aggredito giovani donne sole sia a Lione sia a Praga durante l'ultimo incontro degli alchimisti, fortunatamente senza ucciderne nessuna. Il sacerdote era diventato un personaggio pericoloso per la comunità e scomodo per la Congrega, perché attirava attenzioni non desiderate. Ci avrebbe pensato lui a risolvere la situazione.

Si mise comodamente al centro della piazza proprio sull'aiuola che fungeva da rotonda e finalmente si tolse l'impermeabile che posò vicino a sé con studiata cura, rivelando un lungo spadone infilato in un fodero di pelle allacciato alla vita con cinghie di cuoio. Il fodero si appoggiava alla sua schiena trattenuto da un'ulteriore correggia sistemata sul petto.

Finalmente libero di godersi un po' di frescura, l'uomo accese una sigaretta e si preparò all'attesa. Nonostante fosse l'ora di cena, diversi passanti transitavano davanti a lui arrivando da rue Chenavard e proseguendo in rue De Brest, ma nessuno lo notò; un guerriero armato di spadone che fumava tranquillamente seduto in un'aiuola nel centro di Lione che non veniva visto da nessuno.

Aspettò parecchio e per ingannare l'attesa richiamò alla memoria le nozioni che aveva letto in merito alla storia della chiesa di Saint Nizier. La chiesa era stata edificata nel V secolo sulle rovine di un monumento romano eretto al *Sol Invictus*, il Sole Invincibile. Nella seconda metà del VI secolo vi venne sepolto il vescovo di Lione San Nizier cui fu poi dedicata. La chiesa, nel corso dei secoli, fu più volte saccheggiata e ricostruita.

L'uomo trovò divertente soffermarsi a pensare a come le

persone comuni non si fossero mai rese conto del perché la chiesa venisse sistematicamente depredata nei periodi di tumulto e puntualmente riedificata subito dopo.

Lui sapeva.

La chiesa era sempre stata più di un semplice luogo di culto. Storicamente Saint Nizier era in realtà una cassaforte. I saccheggiatori, che fossero essi saraceni, potentati o la semplice plebaglia durante la Rivoluzione francese, erano sempre stati manovrati dai nemici della Congrega allo scopo di recuperare l'artefatto che vi era custodito. Naturalmente la Congrega a sua volta agiva dietro le quinte per proteggerne le mura e sollecitare – o talvolta finanziare direttamente – la ricostruzione e sempre con ottimi risultati, perché l'artefatto si trovava ancora lì. Il buon curato, nel periodo a lui concesso, era stato un ottimo custode, ma recentemente aveva dato eccessiva preferenza *alla carne e al sangue*, per così dire, e a quel punto avrebbe dovuto rispondere delle sue azioni.

Le riflessioni dell'uomo si fermarono bruscamente quando il sacerdote uscì da una porta laterale chiudendosela alle spalle per imboccare a passo spedito la strada da cui era giunto il guerriero ore prima.

Era ormai calata la sera e i primi lampioni iniziavano a rischiarare le strade mentre il curato camminava, apparentemente assorto nei suoi pensieri senza mai voltarsi o cambiare direzione. Il guerriero, che aveva indossato velocemente l'impermeabile per nascondere nuovamente la sua lama lunga, lo seguì a distanza di sicurezza finché il suo obiettivo si voltò di scatto individuandolo con estrema facilità lungo la strada deserta.

«Non un altro passo Deomor», intimò il religioso all'indirizzo del guerriero.

«I miei rispetti Arnaud».

«Cosa vuoi da me?» domandò il sacerdote con una nota di paura nella voce.

«Sono spiacente, Monsignore, ma pare che tu abbia goduto di eccessiva libertà di recente».

«Non sono prigioniero. Seguo la via di nostro Signore e rispetto le regole della Congrega, quindi te lo chiedo di nuovo. Cosa vuoi da me? Riguarda la profezia? Per chi lavori adesso Deomor?»

Il guerriero non era un oratore, i suoi muscoli già si preparavano alla battaglia e la sua pazienza si stava esaurendo in fretta.

«Falla finita, Arnaud. Sappiamo entrambi che in almeno un paio di occasioni ti sei svegliato la mattina, nudo, sporco di sangue che non era il tuo e non nel tuo letto. Fortunatamente le donne che hai attaccato sono sopravvissute».

«È da decenni che ho contratto il morbo, ma l'ho sempre tenuto sotto controllo. Ti stai sbagliando Deomor», ma proprio in quel momento la luna piena fece capolino sopra a un edificio della via, brillando orgogliosa nel cielo e il chierico ebbe un sussulto involontario. Le sue mani cominciarono a ricoprirsi di folti peli grigi e ispidi.

«No!» gridò il curato, ma già la voce aveva assunto un timbro troppo basso per delle semplici corde vocali umane. Al religioso non restò che imboccare il *traboule* perpendicolare alla strada, correndo a gran velocità.

Non mi sto sbagliando, pensò il guerriero fra sé mentre correva anche lui all'interno del passaggio. Inseguì la figura scura del curato per qualche minuto, poi lo perse di vista. Il passaggio era esclusivamente a uso pedonale e attraversava edifici e cortili privati. Deomor rallentò fino a fermarsi. Era un guerriero e conosceva il suo mestiere.

Una decina di metri più avanti il viottolo sfociava in un atrio scarsamente illuminato; il posto ideale per un'imboscata. Si avventurò fin quasi all'ingresso dell'androne con passi lenti e studiatamente rumorosi in modo da predisporre l'eventuale aggressore al facile agguato e poi scattò in avanti con un balzo schivando l'attacco del mostro che si era lanciato su di lui dall'alto. Fece una capriola e si rialzò sguainando lo spadone nero appena in tempo per parare il secondo colpo portato dal lupo con gli artigli. Il licantropo aveva perso la sua occasione e intuiva il pericolo insito nell'arma dell'avversario, quindi si allontanò di qualche passo. All'interno dell'atrio lo spazio era limitato e i due lo sfruttarono al massimo girando in cerchio, studiandosi. Deomor si soffermò a scrutare l'imponente figura del mostro. Era alto come un cavallo e si muoveva eretto su due gambe che parevano troppo piccole e sproporzionate se rapportate al resto del corpo. Il petto era enorme e irto di fitti peli neri e argentati e le braccia sembravano tronchi d'albero. La testa aveva le sembianze del lupo con zanne affilate lunghe come coltelli da cui filtrava saliva schiumosa, ma gli occhi tradivano astuzia e famelica trepidazione.

D'un tratto il lupo scattò in avanti in allungo con il braccio sinistro. Deomor concentrò il pensiero nella lama che, ricettiva come sempre, divenne più leggera e maneggevole, pronta a scagliare l'onda d'urto al momento dell'impatto, ma il mostro non era un animale rabbioso e ritrasse il braccio con un rapido movimento, ruotò su se stesso evitando la lama, e colpì Deomor al fianco con il dorso della mano destra.

L'urto fu violentissimo. La creatura era dotata di forza prodigiosa e il guerriero venne scagliato nel corridoio alle sue spalle con un paio di costole rotte. Ma nel suo mestiere non c'era tempo per il dolore. Si rialzò il più in fretta possibile, appena in tempo per parare con la lama la gragnola di colpi portati dal lupo ad altissima velocità. Il primo aveva fatto i suoi danni e ora Deomor riusciva a malapena a difendersi. Il combattimento pareva ormai deciso, ma il guerriero aveva una lunga esperienza e non era la prima volta che si trovava in una situazione sfavorevole. Attese, cercando perlomeno di parare al meglio le mosse dell'avversario, mentre arretrava lentamente nel passaggio. Il fianco pulsava violentemente rendendo difficili i movimenti. Il mostro, pregustando la vittoria, si faceva più audace fino a quando, approfittando di un allungo esagerato, Deomor riuscì a penetrare nella guardia dell'avversario. Non ce la fece a colpire con la lama perché si trovava troppo vicino, ma scaraventò il pomo dell'elsa direttamente sul muso del lupo, scagliando l'onda d'urto come un maglio. Il colpo sorprese il licantropo che fu costretto in ginocchio con la testa a terra. Il guerriero proseguì il movimento, stavolta usando la lama con l'intento di tagliare la testa all'avversario, ma questi riuscì a scattare indietro per evitare la spada. Deomor sentì la lama tagliare la carne, ma solo in un secondo tempo si rese conto che non era la testa ma la zampa destra del mostro che sanguinava lì per terra.

I due, feriti gravemente, presero tempo per riguadagnare le forze.

Il lupo si leccò con cautela il moncherino con le orecchie basse e si profuse in un lungo e sonoro ululato.

«Che diavolo è stato», esclamò una voce dal fondo del corridoio.

In lontananza stava sopraggiungendo un poliziotto. Il

licantropo non sembrava aver avvertito la presenza del nuovo venuto e dopo un'ultima occhiata alla ferita squadrò con odio il suo avversario e si lanciò alla carica. Ora sì che era diventato un animale rabbioso incurante della propria incolumità e desideroso di vendetta. Il poliziotto nel frattempo aveva raggiunto l'atrio e già si sentivano le voci dei suoi colleghi in arrivo. Deomor non aveva tempo di occuparsi di loro perché la sua prima preoccupazione era la montagna di muscoli, artigli e zanne che gli si era catapultata contro.

Le finte tipiche di un normale duello non erano più efficaci contro un avversario che non si proteggeva, così non restava che la forza bruta. Parò e respinse più volte gli attacchi cedendo terreno e riuscì a trafiggere la spalla del lupo rispedendolo indietro di qualche decina di metri usando l'energia nata dalla concentrazione e convogliata nella lama. L'animale cadde proprio ai piedi del poliziotto inebetito. Il mostro sapeva di non avere più scampo. Non era ancora stato ferito mortalmente, ma era impossibilitato ormai ad attaccare; scrutò dal basso l'omino in uniforme che lo guardava e annusò la sua paura.

«No!» gridò Deomor mettendosi a correre per fermarlo, ma prima che lo raggiungesse, il mostro azzannò la gamba del poliziotto, poi lo sollevò di peso e lo lanciò come un pupazzo verso il guerriero in corsa. L'uomo non ebbe difficoltà a schivare il corpo inerte e raggiunse il suo nemico. Il licantropo si rialzò a fatica e guardò Deomor negli occhi mentre la sua spada gli trapassava il cuore. Il corpo del mostro si afflosciò fra le sue braccia tornando ad avere le sembianze del curato.

Gli altri poliziotti avevano appena imboccato il passaggio, ma già riuscivano a scorgere l'uomo con l'impermeabile bianco che estraeva lo spadone dal corpo del prete.

«Fermo o sparo», gridò qualcuno.

Deomor doveva sparire. Si voltò per darsi alla fuga, ma il poliziotto che era stato morso dal lupo si era rialzato e stava tremando violentemente. Il suo viso si stava scurendo rapidamente e cambiava forma, mentre il corpo cominciava a crescere strappando l'uniforme. Senza ulteriori esitazioni, il guerriero raggiunse rapidamente il nuovo avversario e infilò lo spadone nel suo petto. Un boato esplose nel corridoio e un proiettile gli colpì la spalla. I poliziotti ormai erano prossimi e per lui sarebbe stata la fine. Si piazzò in mezzo al corridoio per fronteggiarli, impugnando la spada a due mani e facendola oscillare davanti a sé.

«Fermo o sparo», ripeté uno di loro.

Deomor però non aveva affatto intenzione di farsi catturare e stava arretrando un po' alla volta.

«Ho detto di non muoverti».

Un secondo boato rimbombò nel corridoio, ma il proiettile non andò a segno.

Deomor accelerò la ritirata sempre fronteggiando gli uomini della polizia. Altri spari echeggiarono nel passaggio ma i proiettili vennero inspiegabilmente deviati dal bersaglio. Non appena il guerriero trovò uno svincolo in cui infilarsi senza poter essere visto per qualche istante, vi si tuffò accennando una corsa a perdifiato, ma si fermò poco dopo appiattendosi contro la parete. L'intera squadra gli sfrecciò davanti senza notarlo nonostante il vicolo fosse discretamente illuminato. Le sirene e i lampeggianti delle forze dell'ordine riempirono l'intera Lione quella notte in cerca dell'assassino ferito di un uomo sconosciuto trovato nudo e senza documenti, che venne identificato solo la mattina successiva, e di un poliziotto alle prime armi che aveva avuto grandi ambizioni ma scarsa fortuna.

Nonostante la strettissima sorveglianza il guerriero aveva però ancora un'ultima cosa da fare prima di poter concludere quella lunga nottata. Strisciò nell'ombra ammantandosi con il suo mimetismo per non essere individuato quando si fermava, ma il dolore e la stanchezza cominciavano a intaccare pesantemente la sua concentrazione.

Raggiunse a stento la chiesa di Saint Nizier e dovette infrangere una finestra della canonica per riuscire a entrare. L'avevano informato bene e non ebbe quindi particolari difficoltà a scovare il meccanismo di apertura di una porta a muro segreta, installato negli occhi di un'aquila impagliata. La porta diventava visibile solo quando scorreva all'indietro rivelando una scala a chiocciola che scendeva in profondità. Deomor raggiunse il laboratorio alchemico segreto del sacerdote e accese una lanterna a olio montata sul muro.

Quella stanza proprio non gli piaceva.

C'erano accozzaglie d'ogni genere, alcune accuratamente catalogate, altre sparpagliate a caso. Cominciò a frugare maldestramente fra alambicchi, erbe e oscuri preparati finché trovò una teca di vetro all'interno della quale era custodito un libro con la rilegatura in lamine d'argento lavorato. Se in quel momento non fosse stato così stanco e se non avesse avuto fretta di medicarsi le ferite che lo facevano sussultare a ogni passo, a ogni respiro, forse avrebbe supposto che l'artefatto potesse essere protetto da qualcosa di più del semplice vetro. Ma in quel momento aveva perso la lucidità e decise semplicemente di infrangere il vetro con il gomito.

La sostanza alchemica aeriforme e invisibile contenuta nella teca s'incendiò istantaneamente a contatto con l'ossigeno. Un'esplosione dirompente investì il guerriero, scaraventandolo dall'altra parte della stanza dove colpì con forza il muro e precipitò a terra. Tutto il contenuto della stanza segreta fu spazzato via o prese fuoco. Le fiamme non durarono molto perché i materiali infiammabili erano pochi e l'ambiente risultava quasi ermetico. Anche il libro d'argento venne completamente disintegrato.Il guerriero non avrebbe mai immaginato che la fine sarebbe giunta in un luogo del genere. E quello fu il suo ultimo pensiero.

III

Dopo un paio di mesi di apprendistato presso padre Garrison, Cassian era confuso ma felice. Non sapeva quale accordo il parroco avesse preso con suor Clementine, ma di fatto ormai passava più tempo in canonica o in chiesa di quanto ne trascorresse all'Istituto. Era soddisfatto degli insegnamenti del prete, anche se non li capiva appieno. Ciò nonostante si sentiva a proprio agio ogni volta che il suo mentore gli spiegava le strane teorie sulla differenza di potenziale fra le forze della natura o lo spingeva a sforzarsi un po' di più negli esercizi che lui sosteneva servissero per imparare a "incanalare l'energia potenziale del corpo attraverso la concentrazione". Certo, trovava interessanti gli insegnamenti di padre Garrison anche se non ne vedeva l'utilità, ma in realtà era la sensazione di attenzione e di calore che gli trasmettevano quelle ore insieme a scaldarlo nel profondo dell'anima. In fondo, i suoi compagni all'Istituto andavano e venivano e i rapporti che si creavano, per quanto intensi, erano comunque di breve durata.

Le sorelle lo coccolavano e lo viziavano un po' e la stessa suor Clementine, sempre così severa con quel suo cipiglio battagliero stampato sul volto, sotto sotto nascondeva l'affetto di una madre per lui; in effetti quello che non aveva mai avuto era un padre. Solo in quell'ultimo periodo aveva cominciato a pensare a quali potessero essere i sentimenti per un padre. Una figura da prendere come esempio, che sembra sapere tutto. Una persona cara con cui ci si può scontrare senza il timore di rovinare il rapporto, perché si sa, il legame fra un genitore e il proprio figlio non si può logorare. Quel pomeriggio Cassian arrivò in chiesa di corsa, non troppo eccitato all'idea di dover spolverare la cappelletta di Sant'Antonio, ma ansioso di riprendere le lezioni, quando si accorse che padre Garrison aveva ospiti. Il parroco era seduto al primo banco della chiesa e stava bisbigliando fittamente con un elegante signore sulla settantina in abito scuro, mentre altri due stavano in piedi osservando l'ambiente.

Entrando, Cassian fece rumore, quindi quattro paia d'occhi si puntarono su di lui e immediatamente padre Garrison comunicò che egli era il suo apprendista.

«Ragazzo, siediti all'ultimo banco. No, non quello, non stare davanti alla porta, mettiti di là e stai buono per un attimo. Io ho quasi finito».

Il giovane, curioso per natura, osservò attentamente gli ospiti e gli sembrò strano e molto sospetto che uno dei due indossasse un lungo impermeabile nero ai primi di agosto. Aveva visto molti film ed era praticamente certo che il tizio vi nascondesse un fucile a canne mozze, anche se non si vedevano armi.

Una ventata d'aria gli sfiorò il viso e una leggera fragranza di limone gli colpì le narici come se qualcuno gli fosse appena passato accanto, ma lì intorno non c'era nessuno.

«Grazie Garrison», concluse l'uomo più anziano. «Spero

che sia tutta una bolla di sapone, ma se così non fosse, ti ringrazio per l'aiuto. So che ti sto mettendo in una situazione che potrebbe diventare difficile nella migliore delle ipotesi, ma non ho scovato un posto più sicuro di questo».

«Non preoccuparti», ribatté prontamente il parroco mentre accompagnava lo strano gruppetto alla porta. «Io e il mio apprendista ce ne prenderemo buona cura», poi il suo sguardo si fece distante e triste, «e se dovesse succedere il peggio, il Signore ti protegga, lo porterò di persona a.... in Italia. Ah, Gilfort. Un'ultima cosa: nel caso in cui dovesse succedere qualcosa, volevo ringraziarti».

«Per che cosa, vecchio mio?» chiese stupito il settantenne.

«Beh, per essermi stato amico quando non era facile essermi amico e per avermi aiutato nel periodo oscuro della mia vita».

I due si abbracciarono come se temessero di non incontrarsi mai più, poi si strinsero calorosamente la mano. Timide lacrime bagnavano le guance di padre Garrison.

«Forza. Vedrai che il mese prossimo busserò ancora alla tua porta elemosinando un po' di quel tuo liquore d'erbafoglia che nascondi insieme alle ostie».

Entrambi si sorrisero e il gruppetto uscì ordinatamente.

Cassian e padre Garrison si voltarono e si avviarono verso la canonica quando di nuovo una ventata d'aria profumata di limone investì il ragazzo; la porta della chiesa si aprì ma nessuno entrò e poi si richiuse.

«Lascia stare ragazzo, è solo il vento».

Cassian non ricordava di aver sentito vento nel tragitto dall'Istituto, ma dimenticò l'accaduto e seguì il parroco nel suo studio, contento che l'incontro di poco prima avesse fatto dimenticare al prete che la cappelletta di Sant'Antonio doveva essere spolverata.

Erano trascorse circa tre settimane da quell'episodio e gli studi di Cassian proseguivano.

«Bene, giovanotto, prima di iniziare facciamo un piccolo ripasso: fammi vedere la posizione per la meditazione», affermò il parroco e il ragazzo si tolse le scarpe, si sedette a gambe incrociate e cominciò a fissarsi la punta del naso.

«Molto bene. Adesso dimmi a cosa serve la posizione del pensatore?»

«A raggiungere lo stato di concentrazione fino alla piena coscienza».

«Ottimo, fammi vedere». Il ragazzo si sedette sulla gamba sinistra, piegò il ginocchio destro e vi appoggiò il gomito, poi appoggiò il mento al gomito e chiuse gli occhi.

«Bene, adesso riprendiamo da dove abbiamo interrotto ieri. Ti ricordi la posizione per incanalare l'energia?»

«Sì, padre», e si mise in piedi unendo le mani come in preghiera dopodiché scattò in avanti con il dito indice della mano destra puntato contro il muro antistante.

«No ragazzo, prima di scagliare devi raggiungere la concentrazione. Ci sarà un giorno in cui sarai in grado di scatenare l'energia cosmica in un istante, ma per ora devi andare più lentamente. Sai che cos'è l'energia cosmica?»

«Sì, padre, è l'energia che scaturisce dalla differenza di potenziale fra i due poli che ci sono dentro ogni essere vivente», ripeté meccanicamente Cassian.

Annuendo compiaciuto il parroco proseguì: «Dentro ogni essere vivente ci sono due correnti energetiche opposte che ne determinano lo spirito, le sensazioni e per estensione la vita stessa. C'è chi le chiama buio e luce, yin e yang, male e bene.

«Esistono in ogni essere vivente, è la natura che ci crea così. Pensa agli animali, ad esempio. Una leonessa sarebbe capace di dare la vita per salvare il proprio figlio, ma non esita a uccidere quello della gazzella. Dov'è il bene? Dov'è il male? Possiamo dire che la leonessa è il male quando uccide il piccolo della gazzella? Ma non lo fa forse per sfamare la propria prole che altrimenti morirebbe di fame? Possiamo forse dire che la leonessa è il bene quando dà la vita per difendere un singolo cucciolo condannando così a morte anche gli altri?»

«Beh ma quello non conta, sono animali, agiscono d'istinto», obiettò il ragazzo, animato dalla discussione.

«Certo, certo hai assolutamente ragione. Il bene e il male sono molto più evidenti in un essere umano, perché l'uomo non agisce per istinto ma per volontà. Per questo motivo, raggiungendo la giusta concentrazione atta a sfruttare al massimo la differenza di potenziale, si possono sovvertire le comuni leggi dell'universo, arrivando a gestire un enorme potere».

Il giovane era rapito dal discorso del mentore. «Che genere di potere?»

«Oh, ragazzo mio, rimarresti letteralmente a bocca aperta», assicurò il parroco alzandosi per prendere un bicchiere e una bottiglia. Il vetro conteneva un liquido incolore in cui era immersa una radice che assomigliava a un grosso lampone verde da cui nascevano due foglioline secche. «Purtroppo – o forse per fortuna – non a tutti è concessa la capacità di raggiungere la sufficiente concentrazione», continuò il prete versandosi una discreta quantità di liquore.

«Lei ad esempio, padre Garrison, ne è capace?» domandò

Cassian.

«In effetti, sì», disse l'uomo sorridendo.

Un sussurro eccitato proruppe dalle labbra del ragazzo. «Crede che io ne sia capace?»

«Credo tu abbia delle qualità nascoste, ma sta a te dimostrarmi di cosa sei capace. Fammi rivedere la posizione per incanalare l'energia cosmica».

Il giovane si rimise in piedi con le mani giunte.

«Aspetta», mormorò il parroco alzandosi ancora con il bicchiere in mano. Si posizionò un paio di metri davanti al giovane, adagiando il bicchiere vuoto sul palmo della propria mano, e ripeté: «Aspetta. Ancora non ci sei, rilassa le spalle, cerca nel profondo. Ora... Scaglia!» gridò.

Cassian, che aveva raggiunto uno stato vicino al sonno pur senza dormire, sentì appena l'urlo del suo mentore, ma percepì la presenza di qualcosa alla bocca dello stomaco; era come quando veniva convocato da suor Clementine in ufficio, conscio di dover essere punito per qualcuno dei suoi disastri, una sorta di agitazione che però cozzava contro il suo stato di totale calma. Avanzò con la gamba destra e protese il braccio dallo stesso lato, stringendone il polso con la mano sinistra, in direzione del bicchiere, della cui presenza si era reso conto solo un istante prima di allungare il dito. Sentì che quel globo di agitazione che serpeggiava nel suo stomaco si scioglieva e come un liquido caldo percorreva il suo braccio per l'intera lunghezza fino a uscire dalla punta del dito. Il bicchiere esplose. Persino padre Garrison, che tanto aveva insistito con quel ragazzo, non si aspettava veramente che ci riuscisse e sobbalzò saltellando sul posto gridando «Ce l'hai fatta! Ce l'hai fatta!» Ma lui non riusciva a provare gioia o stupore o qualunque altra cosa. Sentiva solo che quel globo di energia che aveva nello stomaco era scomparso e si era portato dietro tutte le sue forze.

Dovette sedersi, mentre con il volto bianco come un lenzuolo guardava il parroco che, ancora tutto agitato, prendeva un altro bicchiere dal mobile dietro la scrivania e vi versava dentro un po' del liquore con la strana radice.

«Bevi, bevi, ma mi raccomando, piccoli sorsi».

Cassian trangugiò una buona sorsata e gli occhi minacciarono di uscirgli dalle orbite. Un vulcano ardeva ed eruttava nel suo petto. Prese a tossire violentemente, ma si accorse anche che la forza tornava nelle braccia e nelle gambe.

«Te l'avevo detto, ragazzo, piccoli sorsi», lo redarguì il prete mentre gli picchiava colpi leggeri sulla schiena. «Su su, non stai morendo».

Dopo qualche respiro profondo il ragazzo si alzò. Sembrava che quella bevanda al tritolo avesse preziose qualità energetiche.

«Siediti ancora un attimo ragazzo, voglio terminare la lezione di oggi e poi sarai libero di tornare all'Istituto. Hai visto?» fece retorico padre Garrison. «Oggi hai dato un chiaro esempio di incanalamento dell'energia cosmica. Questo ci ha fatto anche capire a quale Classe appartieni».

«Classe?»

«Dunque, abbiamo già detto che non tutti possono arrivare alla giusta concentrazione per poter sfruttare l'energia cosmica, ma anche fra quelli che ci riescono si evidenziano differenze nel modo in cui riescono a gestirla. Prendi me. Non sai quante volte ho provato a fare il giochetto che tu hai realizzato semplicemente in un minuto di concentrazione. Prova a immaginare i ragazzi della tua età. C'è chi entra in una squadra di calcio e chi in una sala da ballo, c'è chi colleziona francobolli o figurine e chi si dedica ai giochi di ruolo e c'è anche chi fa entrambe le cose. Siamo esseri umani e siamo diversi. Ognuno di noi ha capacità che gli rendono facile fare qualcosa. Anche quelli che entrano in una squadra di calcio dovranno decidere se preferiscono fare il portiere o il centravanti, ma non basta. Dovranno capire in quale ruolo possono esprimere al meglio le loro capacità perché se neghi quello che sei ti troverai a essere un portiere che non para o un centravanti che non segna». Il parroco si interruppe per un attimo con aria smarrita. «Scusa ragazzo qual era la domanda? Ah, sì. Scusami ogni tanto mi perdo, sono così abituato a seguire i miei pensieri per la predica durante la messa che non so più fare una normale conversazione. Dicevo che il modo in cui sei riuscito a scagliare quell'onda d'urto che ha infranto il bicchiere ci fa capire che probabilmente la Congrega farà di te un mastro di spada».

«Cos'è la Congrega?»

«Beh la Congrega è...»

«Cosa fa un mastro di spada? Significa che avrò una spada?»

«Calma ragazzo. È arrivato il momento di mettere le domande per iscritto, altrimenti non riuscirò a risponderti», ribatté il prete pensoso. Dopo qualche istante aggiunse: «Ora va a casa. Abbiamo fatto molto oggi e io devo sbrigare ancora qualche faccenda personale. Torna da me domani».

Il ragazzo era eccitato per i progressi fatti ma non insistette oltre e correndo fuori dalla canonica salutò: «Grazie di tutto padre Garrison; domani arriverò presto».

«E guarda che domattina bisogna pulire di nuovo la cappelletta di Sant'Antonio», gli gridò dietro.

«Beh, forse domattina tarderò un po'», La voce del ragazzo lo raggiunse mentre usciva dalla chiesa e il buon parroco sorrise fra sé.

Quella sera Cassian si dedicò alle stoviglie e al bucato, fu meticoloso e attento a non fare danni, tanto che persino suor Clementine ne lodò l'impegno con un sorriso un po' incerto.

Quando fu ora di stendere i panni, Angie, la ragazza dai capelli rossi, si presentò per dargli una mano.

«Sai, presto sarò trasferita», esordì con noncuranza e un po' d'eccitazione.

Cassian ebbe un tuffo al cuore.

«Ma come?» chiese.

«Ho conosciuto una signora molto per bene. È venuta all'Istituto in cerca di una figlia. Dice che anche il suo defunto marito aveva i capelli rossi e che mi ha trovata molto simpatica e spigliata. Mi ha detto che se io accettassi di andar via con lei, ne sarebbe molto felice e che quando sognava di avere una figlia, se l'era immaginata proprio come me».

La notizia aveva preso Cassian alla sprovvista e i suoi pensieri corsero velocemente al fatto che la giovane se ne sarebbe andata mentre lui sarebbe dovuto rimanere. Lui non avrebbe mai avuto una famiglia tradizionale.

«Io non ho bisogno di nessuno», biascicò fra sè.

Il commento risentito però non sfuggì alla ragazza che non si aspettava una reazione del genere da parte del suo nuovo amico.

«Io non sono come te. È la terza volta che mi cambiano istituto e non sono un tipo che si ambienta velocemente», esclamò Angie con la voce incrinata. «Non ho nessuno che mi voglia bene, che mi dica che andrà tutto per il verso giusto o che mi si sieda accanto quando sono triste». Ormai piangeva apertamente.

Cassian si sentì in colpa. Non aveva capito il tormento della compagna. Aveva solo pensato al fatto che probabilmente non si sarebbero incontrati mai più.

«Sai, ho una voglia a forma di scudo sul petto», rivelò lui.

«Cosa?»

«Una voglia. Sai le voglie? All'altezza del cuore».

«Ma questo che c'entra?»

«Beh io...»

«Io ho un neo a forma di stella sul collo», confidò lei mentre si asciugava le lacrime.

I due si sorrisero.

La prese per mano e la invitò a sedersi con lui.

La ragazza era ancora scossa e lui si sentiva impacciato e fuori luogo, ma nonostante tutto trovò il coraggio di cingerle le spalle con un braccio.

«Andrà tutto bene, non preoccuparti. Avrai una vita felice», sussurrò.

La giovane non si scostò.

«La signora verrà presto a prendermi e dovrò di nuovo cambiare casa».

«Sì, ma sarà per l'ultima volta», la rassicurò il ragazzo. «Tu mi piaci!» disse poi lui e subito si chiese come gli fosse potuta scappare di bocca una cosa del genere. Sentì il calore bruciante dell'imbarazzo scaldargli le guance e strinse la ragazza a sé per evitare che lei si accorgesse del color bordeaux che sicuramente gli imporporava il viso.

Stettero abbracciati per un po' poi lei si staccò da lui e gli accarezzò una guancia.

«Grazie di tutto, Cassian Larbon», e fece per andarsene.

Lui stava già per cominciare a darsi dello stupido quando la testa di lei fece nuovamente capolino dalla porta.

«Anche tu mi piaci», gli confermò.

Allora il ragazzo si distese sui panni sorridendo fra sé compiaciuto.

La mattina successiva padre Garrison lo mise al lavoro nella cappelletta di Sant'Antonio nonostante le rimostranze del ragazzo che si diceva ansioso di proseguire la lezione del giorno precedente. Lo spedì a casa per pranzo con la promessa che nel pomeriggio si sarebbe dedicato interamente a lui.

Cassian mangiò in fretta, scandagliando la mensa con occhiate furtive nel tentativo di vedere dove si fosse seduta Angie. Ripensando alla loro chiacchierata si sentiva ancora in imbarazzo, ma in fondo anche lei aveva detto che lui le piaceva, così avrebbe voluto trascorrere un po' di tempo insieme per approfondire l'argomento. Angie però non si fece vedere e lui, spinto dalla curiosità di scoprire dove l'avrebbe portato oggi la lezione, non voleva tardare.

Si presentò puntuale all'incontro con padre Garrison, che gli parve agitato. Cassian si accorse che stringeva fra le mani un bigliettino.

«Sta bene, padre? È successo qualcosa?»

«No, no, non preoccuparti».

«Padre, mi dica, posso fare qualcosa per lei?»

Il prete aveva la mente altrove e le sue risposte risultavano distanti.

«No, grazie», ribatté pensoso. «Ma... devo comunicarti che ho appena deciso di assentarmi per qualche giorno. Oggi faremo la nostra ultima lezione fino al mio rientro. Chiuderò la chiesa. Potresti farmi il favore di pensare tu a tenerla in ordine durante la mia assenza?»

«Ma certo, padre Garrison, conti pure su di me».

I due si accomodarono nell'ufficio in canonica quando udirono la porta della chiesa aprirsi. Pareva fossero entrate almeno tre persone che camminavano lente ma decise, senza fermarsi a pregare.

«Non è possibile... sono qui», esclamò attonito il prete. «Ragazzo dobbiamo pensare a te e abbiamo poco tempo. Sono accadute strane morti a Lione: il primo a morire è stato un mio vecchio amico, padre Arnaud Llull, seguace del libero arbitrio; poi Girard Dupon, mago e illustre studioso, e Alphonsine Mercier, gran sacerdotessa, e molti altri. Sono morti a decine». Il prete infilò frettolosamente oggetti di vario genere all'interno di uno zainetto che aveva estratto dal mobile.

«Ricorda ragazzo, è tutta una messinscena; aveva ragione il mio amico Gilfort a preoccuparsi, te lo ricordi Gilfort? È stato qui poche settimane fa. Mi ha mandato un messaggio con un piccione viaggiatore prima di morire. Forse è per quello che mi hanno trovato».

«Padre Garrison, è qui?» gridò una voce dalla chiesa.

«Non c'è tempo», ribadì il prete. «Non tornare all'Istituto, se sanno di me è possibile che sappiano anche che tu sei il mio apprendista; e siccome qui non troveranno quello che cercano potrebbero venire da te. Devi scappare. Vai a Rocamadour, in Francia, e cerca Maugris, lui saprà aiutarti. Ti lascio qualche decina di sterline e tutti gli euro che ho. Ora scappa. Non farti vedere né sentire. Ricorda come ti sei nascosto quella volta vicino alla colonna».

Stava succedendo tutto troppo in fretta, Cassian non aveva il tempo di pensare.

«Cassian», proseguì il prete guardando il giovane «mi spiace averti cacciato in questa storia, stai attento, perché la tua incolumità mi sta molto a cuore. Buona fortuna». Poi si diresse a grandi passi verso l'interno della chiesa.

«Signori, questo è un luogo di preghiera», ammonì padre Garrison estraendo il grande crocifisso che portava al collo.

I tre loschi figuri circondavano l'abside mentre il parroco si era sistemato un paio di metri davanti al tabernacolo.

Cassian prese lo zaino e si assicurò che nessuno dei tre potesse notarlo mentre usciva dalla canonica, poi lentamente lasciò l'ufficio trovandosi alle spalle del presbiterio e, sentendosi al sicuro, decise di vedere cosa stava accedendo spiando attraverso un'inferriata fittamente lavorata.

L'uomo alla sinistra di padre Garrison indossava un lungo mantello chiuso sul davanti che non permetteva di vederne l'intera figura, ma solo il viso magro e affilato, con occhi neri come la notte.

Quello a destra aveva appoggiato un lungo cappotto sul primo banco e sfoggiava spavaldamente un fioretto seicentesco con guardia a gabbia, o perlomeno Cassian suppose che fosse quella l'arma perché ne aveva vista una molto simile nel film *I Tre Moschettieri*. Il tizio aveva capelli castani e ben curati e sorrideva con una smorfia di scherno e divertimento. L'individuo al centro, invece, non sembrava armato; indossava un completo grigio con una rossa cravatta sgargiante, e si capiva che era lui a capo della spedizione. Aveva una ciocca di capelli completamente bianca che cadeva sulla fronte in netto contrasto con il resto della chioma corvina raccolta in una treccia. Nell'insieme dava un'impressione di forza e impazienza a stento tenuta a freno; aveva una vistosa ferita sul volto che sembrava essersi rimarginata da poco e che si sarebbe trasformata in una estesa cicatrice lungo la linea della mascella.

«Padre, non diamo spettacolo. Non siamo qui per voi. Se lo fossimo a quest'ora la chiesa sarebbe in fiamme. Vogliamo solo il pacco che vi ha fatto recapitare il dottor Leonard Gilfort qualche tempo fa».

«Il pacco non è più qui. L'ho spedito la settimana scorsa a Praga. Potete mettere a soqquadro l'intera canonica, ma non troverete niente».

I due si studiarono per pochi istanti.

«Ho deciso di credervi, padre. Vista la vostra baldanza sono persuaso che non lo troveremo qui. Ma credo che il resto sia un mucchio di balle», gridò l'uomo, e l'aria intorno al suo corpo parve tremolare.

Il fragore del tuono, rapido e assordante, ruppe il silenzio e l'esplosione che ne seguì spinse a terra Cassian in una vampata di calore. Quando riuscì ad alzarsi per tornare a guardare lo scontro vide che l'altare era spezzato, i pezzi ardevano in un angolo. Non c'erano più candele né candelieri.

Padre Garrison invece era là. Non si era spostato di un passo. La sua veste un po' bruciacchiata fumava ai bordi, ma lui non vi dava peso e pregava, stringendo il suo crocifisso. Fu allora che il tizio con il lungo mantello estrasse una grossa balestra che evidentemente aveva sempre stretto in pugno e sparò verso il parroco, il quale si limitò ad alzare una mano; il dardo, scagliato a gran velocità, sembrò urtare un muro invisibile e cadde a terra.

A quel punto fu il sacerdote a passare al contrattacco.

Prima puntò il dito indice di ognuna delle due mani contro il terzo figuro, quello con il fioretto, il quale continuò a sorridere per un bel pezzo. Il suo corpo sembrava paralizzato. Poi il prete scese velocemente i tre gradini che lo separavano dagli avversari e si voltò dando le spalle allo spadaccino bloccato, in modo da poter fronteggiare gli altri due. L'uomo con la ciocca bianca si fece da parte mormorando, mentre quello con il mantello estrasse dal fodero una scimitarra ricurva e crudelmente seghettata su un lato e avanzò lentamente verso il parroco. Padre Garrison afferrò un frammento di legno della balaustra in pezzi, sussurrò qualcosa e il randello improvvisato divenne di un colore verde scuro. Il guerriero armato di scimitarra attaccò più volte, ma il prete parò colpo su colpo continuando a sussurrare e dando prova di una passata esperienza di combattimenti. Ogni tanto un colpo dell'avversario andava a segno, ma le ferite del parroco si rimarginavano probabilmente a seguito dei suoi mormorii. Egli però era visibilmente esausto, e alla sua età non poteva tener testa a lungo a un guerriero preparato e allenato, cosicché cominciò a perdere terreno e a parare sempre meno colpi, mentre le sue ferite si richiudevano sempre più lentamente. Infine il guerriero prevalse, deviando il randello del prete che, lasciato il petto scoperto, fu trafitto dalla scimitarra.

Padre Garrison boccheggiò, poi lanciò un ultimo sguardo oltre il presbiterio e crollò a terra inerte. Cassian lo vide morire e scappò il più velocemente possibile, diretto all'Istituto dove pensava di potersi rifugiare nonostante l'avvertimento del parroco.

Pianse a perdifiato per tutto il tragitto, incredulo che quanto aveva visto potesse essere successo realmente. I due dentro la chiesa sentirono qualcuno fuggire precipitosamente dalla porta sul retro, ma quando il guerriero scattò per inseguire l'intruso, il capo lo bloccò.

«Lascia perdere. Non è difficile immaginare chi ci fosse nascosto laggiù. Mentre combattevi con lui», indicò con un cenno il cadavere a terra, «sono entrato in contatto con la sua mente. Stava addestrando un apprendista. Ho visto le immagini del ragazzo e dell'edificio dove vive. Perquisiamo la chiesa e l'ufficio del prete e se non troviamo niente, stanotte andremo a rimboccargli le coperte».

«Grazie per essere venuto», riconobbe il guerriero «non sarei riuscito a farlo parlare, è stata una fortuna che ci fossi anche tu. Dammi due minuti, faccio un rapido resoconto e torno da te», e si allontanò componendo rapidamente un numero sul suo cellulare.

L'uomo con la ciocca bianca agitò le dita e il terzo figuro sorridente tornò a muoversi.

«Accidenti», esclamò, ma l'uomo dalla ciocca bianca non aveva voglia di chiacchierare. Si chinò sul corpo del vecchio parroco e gli chiuse gli occhi; si accorse che la ferita sul viso aveva ricominciato a sanguinare e qualche goccia era caduta sull'abito del prete.

«Accidenti lo dico io», mormorò.

«Con il corpo che facciamo?» chiese il sicario alla conclusione della telefonata.

«Ho sporcato di sangue la vittima di un omicidio. Voi trovate il pacco, io preparo un bel falò».

Mentre i due sicari cercavano nelle cripte, nella canonica e nell'ufficio di padre Garrison, l'uomo con la ciocca bianca ammonticchiò sul corpo del prete tutto il materiale infiammabile su cui riuscì a mettere le mani, libretti dei canti, vangeli, tovaglie cerimoniali e pezzi della balaustra di legno.

«Niente», dichiarò il gregario con il mantello «Non abbiamo trovato nulla. Stasera dovremo andare dal ragazzo. Ora che si fa?»

L'uomo con la ciocca bianca si diresse verso un portacandele sistemato davanti alla cappelletta di Sant'Antonio, mise una moneta nell'apposita fessura, prese un cero e lo accese.

«Bruciamolo. Bruciamo tutto».

Cassian entrò piangente nell'ufficio di suor Clementine e la sorella lo fece accomodare chiedendogli più volte cosa fosse successo. Lui fra un singhiozzo e l'altro riuscì a mormorare che tre uomini avevano fatto irruzione in chiesa e ucciso padre Garrison. Suor Clementine ascoltò i frammenti di spiegazione del ragazzo con crescente incredulità e decise di fare una telefonata in canonica, ma interruppe la comunicazione poco prima di aver completato il numero: si sentivano le sirene, ed era fumo quello che vedeva dalla finestra librarsi nel cielo terso di quel tardo pomeriggio d'estate.

Cassian fu consolato da suor Mary Rose durante la cena che consumò nell'ufficio di suor Clementine. La sorella aveva deciso che era meglio non rivelare, per il momento, che il ragazzo era coinvolto, in attesa di chiarimenti su quella tragica vicenda. Quella notte avrebbe dormito nella stanza di suor Clementine mentre lei si sarebbe sistemata sul divano davanti alla propria scrivania. Il ragazzo aveva bisogno di conforto e di tempo, ma era giovane, e i giovani si riprendono in fretta. Ci avrebbero pensato le sorelle a fargli dimenticare o quantomeno accettare l'accaduto.

Ma perché ovunque vada quel ragazzo deve succedere qualcosa?, rimuginò fra sé suor Clementine. Certo, quello era un fatto troppo grande per poter essere imputato alla dabbenaggine del giovane. Tre assassini avrebbero ucciso padre Garrison? Un tranquillo parroco di provincia? C'era qualcosa che non quadrava, ma la sorella non aveva la più pallida idea di cosa potesse essere.

Quella notte Cassian si addormentò presto, stremato dagli avvenimenti della giornata, ma il sonno non portò né pace né ristoro. Nel sogno, la chiesa ardeva di un fuoco verde scuro che non bruciava, mentre fioretti e scimitarre danzavano scontrandosi lama contro lama; ogni cozzare di spade era accompagnato da nuove esplosioni che alimentavano l'incendio. Padre Garrison era in piedi davanti al tabernacolo, con le mani giunte e gli sorrideva. Stava dicendo qualcosa, ma Cassian vedeva solo le labbra muoversi e non afferrava il senso del messaggio. D'un tratto l'uomo con la ciocca bianca comparve alle spalle del parroco e, ridendo, gli trapassò il cuore con una scimitarra. Cassian voleva correre dal sacerdote, ma non riusciva ad avvicinarsi. La risata dell'uomo diventava più forte e ormai tutto si stava facendo buio. Una vecchia donna stava in piedi al primo banco e lo osservava. La chiesa era sempre la stessa, ma non bruciava più, era pulita e adornata di fiori freschi. *Allora forse è stato solo un brutto sogno e padre Garrison è ancora vivo*, pensò Cassian speranzoso; ma l'anziana al primo banco scuoteva la testa. «Signora mi dica, dov'è il parroco?» supplicò il ragazzo. «Sorella mi aiuti, Sorella mi dica dov'è il parroco?» provò ancora in direzione della donna che ora indossava la veste delle Missionarie della Carità. «Sorella!» una mano gli premeva sulla fronte mentre un'altra gli strattonava la spalla. «Sorella?»

«Sono suor Clementine, Cassian. Stavi sognando. Sveglia».

Cassian aprì gli occhi e si accorse di essere caduto dal letto. Nel realizzare che non si trattava di un incubo, ma che padre Garrison era morto sul serio, pianse di nuovo fra le braccia di suor Clementine, pianse fino a non avere più lacrime, e questa volta fu uno sfogo liberatorio che lo lasciò svuotato. A quel punto era pronto a guarire la profonda ferita che aveva nell'anima. Alzò lo sguardo per ringraziare la sorella dell'aiuto che gli aveva dato, ma nella stanza non c'era nessuno. Com'era possibile? Le braccia della sorella lo stringevano fino a poco prima ed era più che sicuro di essere sveglio. Voci provenivano dal corridoio. Voci maschili, e quella era l'ala dell'edificio riservata alle celle delle suore: non era consentito l'accesso a nessuno senza adeguato permesso e comunque non a quell'ora. Chi c'era là fuori? Improvvisamente si ricordò che padre Garrison gli aveva detto di non tornare all'Istituto mentre lui, sconvolto per l'accaduto, si era diretto proprio lì senza pensare a nient'altro. I suoi compagni, le sorelle, Angelica, erano tutti in pericolo a causa sua.

Si guardò rapidamente intorno a vide lo zaino che aveva preparato il parroco prima di affrontare il suo destino. Se l'era completamente dimenticato, ma fortunatamente ce l'aveva in spalla quando era fuggito. Non gli restava che scappare, ma doveva farsi inseguire. Non poteva lasciare tutte le persone a lui care in balìa di quegli assassini. Diede un'ultima occhiata alla stanza e con malinconia si chiese se l'avrebbe più rivista; poi il pensiero corse veloce ad Angelica e alla loro unica occasione di intimità avuta nel periodo trascorso insieme. Non c'era più tempo per i ricordi; le persone che gli erano care dovevano essere salvate e lui era deciso a non commettere altri errori.

Uscì nel corridoio muovendosi silenziosamente, e vide il baluginare di una luce che sembrava provenire da una lanterna. Una lanterna? Che diavolo ci faceva qualcuno con una lanterna quando esistevano la corrente elettrica e le batterie?

C'erano due loschi figuri che stavano ispezionando meticolosamente ogni cella del corridoio. Fortunatamente quelle da loro visitate erano vuote a causa della sensibile diminuzione del numero delle sorelle negli ultimi anni.

«Cercate qualcuno?» domandò ad alta voce Cassian.

I movimenti della luce si fermarono.

«Siamo della polizia. C'è stato un incidente nella chiesa di San Michele e stiamo cercando un ragazzo che pare sia coinvolto».

«Che succede qui?» si informò suor Mary Rose uscendo dalla propria cella con il viso assonnato. «Chi siete?»

«Ci spiace averla disturbata sorella, ma stiamo cercando il ragazzo che aiutava padre Garrison in chiesa, se ci accompagna da lui non vi disturberemo oltre».

«Non c'è. Se n'è andato. Non è più tornato qui dopo l'incidente di oggi pomeriggio».

I due si irrigidirono, era chiaro che da lì a breve avrebbero aggredito la coraggiosa sorella per farla parlare.

«Sono io, delinquenti!» esclamò Cassian avanzando di qualche passo portandosi sotto la luce dell'applique a muro.

«Bene ragazzo, ora stai calmo: vogliamo solo farti qualche doman…» a Cassian, che si era preparato un piano di fuga, scattò correndo verso la finestra, nella direzione opposta ai due malviventi. Quando giunse in fondo al corridoio si lanciò attraverso la finestra chiusa aggrappandosi al grosso ramo di un ulivo secolare piantato in giardino. L'aveva fatto molte volte, solo che di solito la finestra la apriva. Agile come un gatto scese saltando da un ramo all'altro fino a terra. Raggiunse di corsa il muro di cinta dell'Istituto attraverso gli orti e con un balzo riuscì ad aggrapparsi in cima al muro. Si tirò su e saltò dall'altra parte scomparendo nella notte.

I due, presi alla sprovvista, raggiunsero la finestra, ma non se la sentirono di aggrapparsi al ramo. In compenso, l'uomo con la ciocca bianca ordinò al suo compare di raggiungere velocemente l'ingresso, che avevano forzato per riuscire a entrare, e di inseguire il fuggitivo, mentre lui si lasciò cadere a terra molto dolcemente dal secondo piano dell'edificio. Provò a inseguire Cassian, ma mentre quest'ultimo conosceva a menadito gli orti, i canaletti di irrigazione e la disposizione delle siepi, l'uomo inciampò e cadde almeno un paio di volte.

Quando la coppia di sicari si incontrò sotto il muro di cinta, in lontananza già si sentivano le sirene della polizia, chiamata probabilmente da qualche suora in camicia da notte.

«Andiamocene da qui», ordinò il capo al gregario, «avremo tempo per scovarlo in seguito».

E dopo aver saltato il muro, anche loro si dileguarono nell'oscurità.

IV

L'ispettore Justine Thompson era seduta alla sua scrivania al Comando della Polizia di Stato a Londra.

Immersa in profondi pensieri, fissava la propria tazza di caffè.

Era un tipetto giovane e grintoso, con capelli neri portati alle spalle, di corporatura leggera e non particolarmente alta. Aveva la tipica aggressività femminile che emerge quando in un gruppo di soli uomini è una donna a primeggiare; e Justine primeggiava spesso e volentieri.

Era stata recentemente assegnata al lavoro d'ufficio, ma non riusciva a focalizzare bene la pila di dossier che aveva davanti. Consapevole che quella era solo una sistemazione temporanea, attendeva che il processo a suo carico avesse luogo con esito positivo, cosa di cui lei non aveva dubbi.

Sei settimane prima si trovava a casa di una giovane coppia a Brixton, appena fuori Londra, per appurare lo svolgimento dei fatti in un caso di omicidio. La ragazza giaceva a terra in una pozza di sangue rappreso con un coltello piantato nella schiena. Il convivente affermava che durante la notte un ladro era penetrato all'interno della loro stanza da letto e li aveva aggrediti, c'era stata una colluttazione e il malvivente le aveva piantato quel coltello da cucina tra le spalle prima di fuggire. La storia non stava in piedi. Tanto per cominciare la giovane coppia era probabilmente sotto l'effetto di sostanze stimolanti di qualche genere, o perlomeno lo era lui che, persino nel raccontare la propria versione, non riusciva a stare fermo e a evitare di guardarsi attorno.

«Bene signor Forrester», aveva detto l'ispettore Thompson al ragazzo, «pare che la sua fidanzata abbia lottato con il suo aggressore e lo abbia graffiato procurandogli dei segni sul corpo, grossomodo come quelli che lei ha sulle braccia. Analizzando il DNA dei tessuti che troveremo sotto le unghie sapremo chi è il colpevole. Gentilmente lei dovrebbe seguirci al comando, dove le faremo un prelievo di DNA, ma non si preoccupi: ci basta un suo capello. Sa, è la prassi».

Con voce tremante, ormai prossimo al pianto, il giovane aveva risposto: «Non sono stato io».

«Ma certo che no, Signor Forrester. Lei non avrebbe mai pugnalato la sua compagna. Perlomeno se fosse stato in sé. Mi dica, Signor Forrester: che tipo di droga avete assunto ieri sera?»

Il ragazzo aveva portato lentamente una mano dietro la schiena ribadendo con la voce ridotta a un sussurro: «Non sono stato io».

«Signor Forrester, mi faccia vedere le mani», aveva ordinato l'ispettore estraendo la pistola.

Il ragazzo aveva estratto un revolver dalla cintura, puntandolo a turno verso tutti quelli che aveva di fronte, gridando: «Non sono stato io!»

«Getta l'arma o sparo», aveva intimato l'ispettore Thompson.

Ma il ragazzo, sconvolto, prima aveva abbassato il braccio e poi lo aveva rialzato improvvisamente come per sparare verso un poliziotto in divisa che si era sistemato di fianco a Justine; e lei aveva sparato per prima.

Il proiettile aveva colpito il giovane che era stramazzato a terra senza vita.

Nei giorni seguenti se ne erano dette tante.

L'arma del ragazzo era scarica e la stampa aveva ingigantito i fatti scrivendo di abuso di potere e grilletti facili.

L'ispettore capo non aveva avuto altra scelta che assegnare Justine al lavoro d'ufficio in attesa che le acque si calmassero, ma lei non era proprio tagliata per la scrivania.

Le giornate erano lente e i caffè erano troppi.

«Sveglia, Thompson!» esclamò il capo avvicinandosi alla sua postazione. «Come ti senti?»

«Ormai ho i calli sotto i gomiti a forza di appoggiarmi alla scrivania e nelle vene mi scorre caffè annacquato».

«Ho una proposta da farti. Io ti assegno il caso di un furto, che so essere ben al di sotto delle tue capacità, ma che in questo momento è tutto ciò che ho da offrire, e tu alzi il culo da quella scrivania senza dire una parola e mi prometti di stare alla larga dai guai».

Justine balzò dalla sedia afferrando il fascicolo che il capo le stava porgendo e uscì di corsa dall'ufficio dicendo «Prometto».

«Speriamo», pensò il capo che tornò sorridendo alla propria scrivania.

L'indagine era banale, ma le consentiva di tornare a lavorare all'aria aperta e quindi lei vi si buttò con rinnovato entusiasmo. In una enorme villa seicentesca situata non molto lontano dalle terme romane della città di Bath, era scomparsa una scultura antichissima, acquistata a un'asta dal nonno del proprietario di casa.

Il collega che stava facendo gli ultimi rilievi aveva consegnato a Justine un paio di foto, fornite dal proprietario, in cui si vedeva la statua che faceva bella mostra di sé nell'atrio di ingresso della villa. Era alta circa quattro metri e larga due, pesava quasi sei tonnellate e rappresentava il dio greco Ermes – Mercurio per i Romani – scolpito a braccia aperte con un bastone in una mano e una pergamena nell'altra. Naturalmente alla statua non mancavano le ali, che erano poste sia sui sandali sia sull'elmo.

Le venne presentato il padrone di casa, il signor Wilson, mentre il poliziotto iniziò a spiegarle la presunta dinamica del furto.

«Devono aver portato un mezzo speciale, di quelli che si usano per il trasporto delle barche, appena fuori dal passo carrabile».

«Devono?»

«Sicuramente il furto non può essere stato compiuto da una sola persona».

«Già».

«Il cancello è automatico, quindi devono essere riusciti ad aprirlo con un dispositivo a onde radio oppure avevano una copia della chiave».

«Segni di scasso?»

«Nessuno, né sulla serratura esterna né sulla porta d'ingresso».

«Telecamere?»

«Ce ne sono parecchie. Due sulla recinzione, una decina disseminate nei giardini, una appena al di fuori dell'entrata alla villa e una direttamente nell'atrio dove c'era la statua, ma non abbiamo ancora visionato il materiale registrato».

«Okay, vediamo il locale d'ingresso», affermò l'ispettore

quando ormai erano giunti davanti alla porta.

Il padrone di casa sbloccò la serratura e tenne spalancato il battente per far entrare i due poliziotti, mentre i loro colleghi all'esterno proseguivano con il sopralluogo della scena del crimine.

Justine fece un rapido sopralluogo del piano inferiore e tornò nell'atrio.

«Direi che la domanda più curiosa è: ma come diavolo l'hanno portata fuori? Non ci sono porte o finestre che consentano alla statua di uscire se non a pezzi».

«Non credo l'abbiano rotta. Il suo valore crollerebbe anche ammesso che in seguito siano in grado di rimetterla insieme senza che si vedano le giunzioni. Mio nonno non ebbe problemi a sistemarla in quel punto perché a suo tempo questa ala della casa era all'esterno. In pratica questi locali sono stati costruiti intorno alla statua», spiegò il proprietario.

«Hanno rubato o tentato di rubare qualcos'altro? Manca niente?»

«No», rispose il Signor Wilson, «è la prima cosa che ho controllato quando mi sono accorto del furto».

«Sicuramente sarà in possesso di tutta la documentazione certificativa di autenticità e di proprietà della scultura, vero?»

«Naturalmente».

Justine osservava l'interno della casa e rifletteva sulle possibilità, scartandole una per una.

«La statua era assicurata?»

«Non ho mai ritenuto necessario farlo, in fondo era antichissima ed era originale, ma ci sono oggetti che valgono molto di più, in casa. Non ho mai ritenuto che la maggiorazione del premio di assicurazione ne valesse la pena: in fondo pensavo che rubarla fosse impossibile e il rischio di danneggiarla era minimo e quindi accettabile».

«Bene, signor Wilson, la terrò aggiornato sugli sviluppi. Arrivederla», salutò l'ispettore che si allontanò subito dopo con il collega in uniforme.

Giunti alle auto in sosta i due si lasciarono, e Thompson decise di andare a prendere un caffè decente.

Più tardi fece qualche controllo di routine accertando che effettivamente la sera del furto non c'era nessuno in casa e che il signor Wilson era a un ricevimento con il sindaco della città di Bath.

La cosa cominciava a interessarla. La statua era troppo ingombrante per poter passare da una qualunque apertura del piano terra e troppo pesante per essere spostata a mano, il che portava a dover considerare l'impiego di qualche mezzo, ma non c'erano segni di alcun genere nei pressi dell'ingresso.

«Questo è per te. Te lo manda quel caro poliziotto con cui sei stata oggi pomeriggio. Sono i video delle telecamere di sorveglianza di villa Wilson», annunciò un collega porgendole un paio di DVD.

«Grazie Ben», sussurrò Justine. «Allora, vediamo...»

Un paio d'ore dopo era stanca e più confusa di prima. Le telecamere all'esterno della villa non avevano ripreso niente al di fuori dell'ordinario. Niente autogrù, niente mezzi per il trasporto speciale, niente ladri. Niente. Il cancello era rimasto chiuso per tutta la notte. C'erano solo pochi istanti nell'atrio in cui la telecamera, che era di quelle in movimento, inquadrava un uomo con indosso un lungo mantello che osservava la statua. L'uomo faceva una breve telefonata, ma mentre era ancora al cellulare si accorgeva stupito della telecamera. Nelle immagini si vedeva chiaramente dai suoi movimenti che era alterato con la persona con cui parlava, probabilmente per aver notato una video-sorveglianza che non era prevista; poi puntava un'arma contro la videocamera e l'immagine si faceva improvvisamente bianca. L'arma non aveva distrutto l'obbiettivo, tant'è vero che la registrazione non era interrotta; l'aveva in qualche modo *accecato*.

Ah, bello mio, non basta questo per fermarmi, pensò Justine alzando il ricevitore del suo telefono d'ufficio. «Scusami Richard, avrei bisogno di un favore: dovresti rintracciarmi un numero di cellulare. Posso dirti l'ora esatta e l'indirizzo da cui chiamava».

Il pomeriggio del giorno successivo era in auto diretta a Purbrook, dove il misterioso cellulare aveva fatto un'ultima telefonata una settimana dopo il furto della statua e poi era diventato muto.

L'arrivo dell'ispettore Thompson a Purbrook coincise con il funerale di padre Garrison.

Tutto il paese si era riunito per l'estremo saluto al vecchio parroco e al cimitero si era presentata anche una troupe televisiva locale per documentare la cerimonia. Le sorelle del Saint Mary erano subito dietro al feretro portato a spalla da alcuni ragazzi dell'Istituto che piangevano apertamente. Le parole del nuovo sacerdote furono di commovente e sincera costernazione e i presenti, ancora scioccati per quell'improvvisa e quanto mai cruenta dipartita, si strinsero con calore intorno alle sorelle come una buona comunità cristiana.

Ci volle poco perché Justine scoprisse cos'era accaduto in quella tranquilla cittadina. Constatò anche che l'omicidio del prete era avvenuto pressappoco nell'orario a cui le risultava fosse stata fatta l'ultima telefonata dal famoso cellulare e l'ipotesi di un collegamento le sembrò plausibile. Quel giorno raccolse quante più informazioni poté, spremendo come un limone la polizia locale. La chiesa era ancora sotto sequestro e lei, che ne aveva l'autorità, richiese una rilevazione delle impronte digitali molto più approfondita di quella che era già stata messa in atto.

Decise di fermarsi in un alberghetto del paese per la notte e la mattina dopo si diresse all'orfanotrofio chiedendo un incontro con la direttrice.

«E così è venuta a indagare sulla nostra terribile vicenda». Suor Clementine versò il tè fumante in due tazze del servizio buono.

«Non esattamente, sorella. Ho modo di credere che l'omicidio avvenuto qui sia collegato a un'altra indagine che sto seguendo».

«Ah capisco, quindi neanche lei può far nulla per ritrovare il nostro Cassian», si rammaricò suor Clementine trattenendo le lacrime. La teiera tremava visibilmente nelle sue mani e Justine l'aiutò a sedersi alla scrivania porgendole poi una delle tazze.

«La polizia locale mi ha informata dell'intrusione e della fuga del ragazzo e mi ha assicurato che faranno del loro meglio. Cassian Larbon, dico bene?»

«Già. Deve perdonarmi, ispettore, ma non posso fare a meno di pensare a quel ragazzo, da solo in qualche angolo buio mentre cerca di nascondersi, senza cibo, spaventato a morte; e a quei due individui, loschi e pronti a tutto. Non potrei sopportare che facciano del male al mio Cassian».

«Ecco, sorella, questo è uno dei motivi per cui sono qui. Lei ha dichiarato che quei due sono penetrati nottetempo nell'Istituto e cercavano proprio il ragazzo, Cassian.»

«Sì, è così. Io personalmente non ho fatto in tempo a vederli perché per quella notte avevo ceduto la mia cella al ragazzo affinché fosse vicino alle altre sorelle in caso di bisogno ed ero rimasta a dormire qui sul divano. Era tornato piangente e stremato dopo quello a cui aveva assistito in chiesa e ho cercato di aiutarlo. Suor Mary Rose li ha incrociati in uno dei corridoi, ma non è riuscita a vederli bene: era buio e tutto si è svolto molto in fretta».

«Non ha idea di dove potrebbe essere andato? Aveva amici da cui rifugiarsi?»

«No, non che io sappia. Però adesso che me lo chiede, ricordo di aver notato che aveva uno zaino quando è rientrato dalla chiesa quel pomeriggio. Uno zaino che non avevo mai visto prima».

«Uno zaino? Quindi è possibile che sia stato padre Garrison a darglielo, oppure che lui abbia lo sottratto a uno dei due malviventi. È certa che il ragazzo non lo avesse quando si è diretto in chiesa nel primo pomeriggio di quel giorno?»

«Ne sono sicurissima».

Justine trascorse ancora qualche minuto in compagnia di suor Clementine, poi chiese di poter fare qualche domanda alle altre suore e ai ragazzi presenti all'orfanotrofio, ma non ne ricavò nulla di particolare. Salutò la sorella esprimendo sentite condoglianze per la morte del parroco e confortanti speranze per il ritrovamento del ragazzo, dopodiché decise che nel paese non c'era altro da fare.

L'uomo camminava per Praga con passo calmo, gongolante per le informazioni di cui era finalmente entrato in possesso. Era di corporatura robusta e scrutava i passanti con due occhietti biechi e indagatori di un azzurro intenso.

Percorse il ponte Carlo senza badare ai jazzisti e agli artisti di strada che dipingevano e si esibivano per i turisti e raggiunse rapidamente il suo piccolo appartamento in affitto al secondo piano di un edificio settecentesco della città nuova. Si sistemò sul divano stappando una bottiglia di birra e dedicando qualche istante al ricordo di quando era cominciata la sua avventura.

Era iniziato tutto nella vecchia bottega in cui mastro Bernardo rilegava antichi libri nella città eterna, Roma, in via delle Botteghe Oscure. Una sera di quasi un anno prima il vecchio Bernardo era entrato in possesso di un cimelio unico, di un valore incalcolabile. Diceva di averlo trovato nella soffitta di un amico rigattiere, morto in circostanze ancora da chiarire, la cui moglie aveva deciso di disfarsi di tutto il ciarpame del marito. Quando aveva visto quel mantello appeso al muro, non aveva capito immediatamente di cosa si trattasse, ma l'aveva preso, per pochi euro, incuriosito dai riflessi dorati che baluginavano sulla lana di cui era rivestito. Giorni dopo, dopo che la moglie ebbe lavato e asciugato quel mantello, Bernardo fu assalito dal dubbio. Quanti testi e saggi e poemi erano stati scritti per quell'oggetto? Il buon rilegatore si documentò e sebbene non fosse arrivato a chiarire come fosse finito nella soffitta dell'amico, riuscì comunque ad avere la certezza che si trattasse proprio del mantello di Frisso. Ma il vecchio Bernardo era un cuore sincero; commosso e ansioso di far conoscere alla Congrega la propria scoperta, non pensò che altri avrebbero potuto volere l'artefatto per scopi poco nobili e quindi non si preoccupò di tenere la cosa riservata.

La voce nei vicoli si sparse in fretta finché raggiunse anche l'orecchio dell'uomo che viveva a Praga. Non ci mise molto e non usò stratagemmi. Nottetempo penetrò a casa di Bernardo, lo uccise nel letto insieme alla moglie e rubò il mantello. Si concesse una capatina nella cantina della casa, dove, dietro un armadio, si celava il passaggio verso un piccolo antro con pochi corridoi segreti che Bernardo usava per custodire i piccoli cimeli che recuperava di tanto in tanto. Il buon rilegatore era un chiacchierone e quel passaggio era noto a molti. Sapeva che chiunque avesse cercato il mantello a casa di Bernardo, prima o poi avrebbe trovato il finto armadio e decise di lasciarvi dentro una sorpresina. Estrasse una pergamena dalla tasca e la lesse con enfasi accorata, poi uscì di corsa dai cunicoli e chiuse il guardaroba soddisfatto, dileguandosi nella notte.

Nei giorni successivi valutò diverse opzioni. Vendere il mantello alle fiere d'inverno non sarebbe stato un problema, ma aveva ricevuto un'offerta migliore da un misterioso compratore. Era stato avvicinato da un tizio di cui ricordava bene il viso anche se la cosa non aveva importanza perché nel mondo della Congrega un mago poteva cambiare il proprio aspetto a piacimento. Il tizio non era interessato all'oggetto in sé, ma all'utilizzo che se ne poteva fare. Siccome lui era stato così abile da scovare e recuperare il mantello, forse, dietro cospicuo compenso, poteva impiegare alcune doti dell'artefatto per scoprire i luoghi esatti in cui erano nascosti alcuni oggetti cui il compratore era interessato; a fine lavoro poteva anche tenersi la veste. Lui accettò senza battere ciglio, si fece spiegare come funzionava l'artefatto e si mise all'opera. Ci volle quasi un anno per scoprire i tre nascondigli, ma quel giorno finalmente aveva individuato l'ultimo. Non gli restava che incassare, vendere il mantello alla fiera d'inverno di Praga e godersi la vita.

Raccogliendo rapidamente le idee, l'uomo bevve un paio di sorsi e telefonò all'acquirente fissando l'incontro presso il proprio appartamento da lì a un paio d'ore, poi andò a fare una doccia.

Denizer Cerny era un ladro nativo della Repubblica Ceca. Aveva vissuto a Praga tutta la vita e non aveva alcuna intenzione di andare altrove. Era una città stupenda sia per viverci che per lavorare.

Aveva cominciato all'età di dieci anni con piccoli furtarelli al supermercato, quasi per gioco. Era giovane e di famiglia estremamente facoltosa quindi non lo faceva per soldi, ma per l'eccitazione che ne scaturiva. All'età di quindici anni era diventato molto scaltro, esercitandosi con le carte e facendo esercizi con le palline da tennis per rinforzare i muscoli delle dita. Rubare l'orologio dal polso di uno sprovveduto sui mezzi pubblici era quasi banale. A vent'anni aveva messo a segno qualche truffa niente male e ormai lucrava della propria attività tanto da decidere di lasciare i genitori, con cui non faceva che litigare, per sistemarsi in un appartamentino nella città vecchia. Aveva ventisette anni, un corpo slanciato e un fisico tornito, solitamente vestiva ricercato e ci sapeva fare con la gente, soprattutto con le donne. Parlava, sussurrava, sorrideva, e loro erano pronte a dargli tutto quello che chiedeva. Lui prometteva, ma non aveva mai mantenuto nessuna di quelle promesse. Anche se si teneva in allenamento, era parecchio che non rubava più per strada come un volgare borseggiatore, ma era qualche tempo che aveva messo gli occhi su uno strano tipo che da settimane non faceva altro che passeggiare con un mantello antico sulle spalle; ogni tanto si fermava, se lo stringeva addosso e poi ripartiva. Inizialmente l'aveva preso per pazzo poi, dopo averlo incrociato casualmente per l'ennesima volta, aveva notato che l'interno del mantello era rivestito di lana grezza che baluginava al sole. Non poteva crederci. Era d'oro. Qualcuno aveva bagnato la lana nell'oro e questo tizio lo indossava impunemente in giro per le strade. Doveva avere quel mantello. Decise di prendere informazioni e di scoprire dove abitasse l'uomo.

Si appostò davanti a casa sua per tre giorni di fila e per tre giorni lo vide partire e ritornare. Ne studiò velocemente le abitudini, gli orari, le precauzioni adottate per non essere seguito e decise che avrebbe agito il giorno seguente.

E così fece.

Si accomodò nell'appartamento di fianco a quello dello sconosciuto, approfittando dell'assenza dei proprietari. Lo aspettò ingannando l'attesa con un'accurata ispezione delle stanze in cui si trovava, divertendosi a immaginare la padrona di casa – una donna di mezz'età – con indosso la biancheria trasgressiva che aveva trovato nei cassetti.

Grossomodo alla solita ora, la persona che aspettava rientrò con un ghigno sul volto che rappresentava una novità se confrontato con la più consueta espressione delusa e stanca.

Denizer appoggiò un bicchiere alla parete e cercò di capire cosa stesse succedendo nell'appartamento. Udì una rapida conversazione telefonica di cui non comprese quasi nulla e poi il più familiare scroscio dell'acqua della doccia. Uscì nel corridoio e attese pochi istanti, poi fece per forzare la serratura; ma proprio in quel momento i padroni della casa in cui lui aveva aspettato tutto il pomeriggio rientrarono passandogli davanti. Lui sorrise e salutò con un cenno del capo mentre faceva finta di cercare in tasca le chiavi dell'appartamento.

Attese che i due entrassero nel loro alloggio e in un attimo riuscì a penetrare nel trilocale.

Effettivamente l'uomo dal mantello d'oro stava facendo una doccia. Il ladro se la prese comoda cercando quello per cui era lì e quando lo trovò lo mise in una busta di plastica che si era portato dietro per l'occasione e si diresse verso la porta per andarsene.

Inaspettatamente l'altro uscì dal bagno con indosso un grande asciugamano bianco legato in vita, apparentemente in cerca di qualcosa. L'acqua della doccia scorreva ancora, quindi Denizer fu preso alla sprovvista. Entrambi si fissarono per un istante infinito poi il ladro regalò al tizio un sorriso disarmante e si proiettò oltre la porta correndo a perdifiato. Denizer era sicuro che l'uomo non fosse armato, ma la prudenza non era mai troppa; comunque era altamente improbabile che lo seguisse nudo in mezzo alla folla, così quando arrivò in strada trasformò la corsa in un passo affrettato cercando di apparire disinvolto.

Purtroppo, il losco proprietario del mantello non aveva particolari problemi a mostrare la sua nudità e se lo ritrovò di fronte con indosso unicamente un paio di boxer e una maglietta. Per quanto il suo abbigliamento non fosse fra i più classici, in fondo era un fine settembre particolarmente caldo e si vedeva di peggio in giro: la folla non gli avrebbe prestato particolare attenzione.

«L'hai fatta grossa, compare», ammonì. «Tu non hai la più pallida idea di cosa posso farti. Ora metti per terra la borsa e fai due passi indietro».

Denizer sorrise con quel modo che faceva impazzire le donne e scattò nel senso opposto lungo la strada.

Lo sconosciuto non dava segno di volerlo seguire.

Denizer rallentò guardandosi indietro, accorgendosi che in effetti l'aveva staccato di parecchio, quando una mano che sembrava una tenaglia lo afferrò per la gola e lo trascinò all'interno di un vicolo.

«Ora basta, buffone. Lascia la borsa», ripeté l'uomo.

Non era la prima volta che Denizer si trovava in una situazione del genere solo... Come aveva fatto l'energumeno a coprire la distanza che li separava e a superarlo? Era impossibile. Istintivamente colpì all'inguine con il ginocchio, e colui che lo minacciava perse tutta la sua prepotenza accasciandosi al suolo.

Denizer non si fece scrupoli a colpirlo di nuovo pensando a cosa avrebbe fatto lui se fosse stato al suo posto, poi si girò lasciandolo al suo destino, ma sentì una mano che gli tratteneva la caviglia e poi uno strano non-so-che avvolgergli le membra, come se a poco a poco i muscoli non rispondessero più e lui rimanesse paralizzato.

Si scrollò di dosso quella sensazione e uscì dal vicolo sotto gli occhi stupefatti del suo inseguitore sofferente.

«Ho detto fermo, feccia», esclamò l'uomo rimettendosi in piedi mentre con una mano si appoggiava al muro. «Sappi che sto per ucciderti e non ho remore a farlo mentre mi volti le spalle, ma preferirei guardare i tuoi occhi mentre la luce della vita li abbandona».

«Di solito queste sono frasi che mi riservano le signore», ribatté Denizer fronteggiando sorridente il suo avversario per l'ultima volta.

L'uomo non diede peso alla risposta e si concentrò per pochi istanti allo scopo di lanciare un incantesimo di disintegrazione sul corpo del ladro, ma questi approfittò dei momenti necessari al mago e si catapultò a peso morto contro di lui urtando con forza la spalla contro lo stomaco dell'avversario che rimase senza fiato. Entrambi si ritrovarono stesi a terra, ma solo Denizer si rialzò guardando con preoccupato stupore l'affilato pezzo di vetro di una bottiglia che aveva trapassato la gola dell'uomo. Il ladro non aveva mai ucciso nessuno e il suo stomaco minacciò di svuotarsi, ma i passanti cominciavano ad affollarsi e qualcuno stava già chiamando aiuto; Denizer aveva ancora sufficiente sangue freddo per dileguarsi.

Il mago, abbigliato con un completo giacca e cravatta, si materializzò sul sedile posteriore di un taxi parcheggiato appena oltre il ponte Carlo e attese che l'autista rientrasse in auto.

«Accidenti», esclamò il guidatore quando vide il cliente accomodato. «Mi scusi, mi sono spaventato, ero solo andato a comprare dei fiori per mia moglie in quel negozietto laggiù e non mi ero accorto che fosse salito qualcuno. Dove la porto?»

«Zlatà 65».

Il taxi percorse le vie di Praga con decisione e rallentò in prossimità della destinazione a causa dell'interruzione della strada bloccata dalla polizia.

«Mi spiace signore, ma deve essere successo qualcosa».

«Non importa. Tenga il resto», tagliò corto il mago scendendo dall'auto.

Non fu contento di quello che scoprì. L'uomo con cui aveva appuntamento era morto in un vicolo, e dopo un rapido sopralluogo in casa sua si rese anche conto che il mantello era sparito. Lesse nel pensiero dei testimoni interrogati dalla polizia e vide il volto di un giovane di bell'aspetto con una borsa di plastica sotto il braccio mentre lottava con il suo informatore.

Il ladro aveva rubato il mantello di Frisso e, seppure ne fosse inconsapevole, grazie ai talenti dell'oggetto, sarebbe stato difficilmente rintracciabile.

Ormai lì non aveva più nulla da fare. Si scostò la ciocca bianca dagli occhi e scomparve.

«Thompson! Thompson, vieni nel mio ufficio».

«Eccomi, capo», si annunciò Justine che, entrando nell'ufficio dell'ispettore capo, salutò con un cenno l'ospite seduto su una poltrona.

«Thompson vorrei che tu mi spiegassi com'è possibile che io ti assegni il semplice caso del furto di una statua e tu finisci per infilarti in una storia di omicidi su cui indaga l'Organizzazione Internazionale della Polizia Criminale».

«Come?»

«Thompson, ti presento il commissario Van de Baner dell'Interpol».

«È un piacere, ispettore Thompson», ossequiò il commissario alzandosi dalla poltrona per stringere la mano a una Justine attonita e sorpresa. «Si accomodi, prego. È notorio che lei sia un elemento valido e intelligente. Abbiamo anche saputo che recentemente è stata a Purbrook dove ha richiesto una più approfondita analisi delle impronte digitali in una chiesa dove è stato ucciso un parroco in circostanze quanto mai bizzarre. È così?»

«Sì, commissario. Ho ritenuto che l'omicidio presentasse dei lati oscuri che meritavano un'indagine più approfondita e, senza nulla togliere alla polizia locale, ho pensato che una maggiore attenzione ai dettagli avrebbe potuto dare una svolta alle indagini».

«Ha sentito della strage di Lione?» domandò il commissario.

«Sì, so quanto hanno scritto i giornali».

«Deve sapere, ispettore Thompson, che qua e là, il killer della strage di Lione ha lasciato diverse impronte digitali. Sfortunatamente non ci sono informazioni su di lui nei database dell'Interpol, ma ora, grazie a lei, sappiamo che il nostro uomo ha cambiato zona e qualche mese fa ha contribuito a uccidere un parroco di campagna a Purbrook».

«Abbiamo riscontrato un'impronta digitale identica su una moneta lasciata in un portacandele della chiesa», intervenne l'ispettore capo, «e siccome questa scoperta la si deve a te, l'Interpol richiede ufficialmente la tua collaborazione. Pensi di accettare?» domandò con un sorriso.

«Vi ringrazio per l'opportunità. Sono a disposizione».

V

Cassian corse a perdifiato fino ai limiti di Purbrook e poi oltre. Trascorse la notte camminando in campagna diretto a sud, verso Portsmouth. Ricordava che da Portsmouth partivano numerose vie marittime commerciali e turistiche dirette verso il continente europeo. Non valutò nemmeno per un secondo la possibilità di andare in un posto diverso da quello che aveva nominato padre Garrison, Rocamadour in Francia.

Dopo le prime due miglia smise di correre, un po' per la stanchezza e un po' perché doveva prestare una certa attenzione a dove metteva i piedi; la luna rischiarava il suo cammino, ma la strada era comunque buia. Al passaggio delle automobili si nascondeva per non essere individuato e si teneva a distanza dalla strada, ma senza mai perderla di vista. Sapeva che l'avrebbe portato vicino alla London Road, l'autostrada che collegava Londra a Portsmouth e lui aveva intenzione di seguirla fino al primo centro abitato, mantenendosi debitamente defilato.

La notte fu lunga e, se non si considerano le due ore di sonno che si era concesso dopo cena, di fatto erano due giorni che non dormiva tranquillo e la testa cominciò a farsi pesante.

Proseguì a passo deciso per un altro paio d'ore poi si rese conto che non riusciva più a restare in piedi; era stremato per gli eventi della giornata, scioccato per aver assistito alla morte di un caro amico che aveva cercato di aprirgli le porte di un mondo nuovo e la fuga precipitosa dall'Istituto l'aveva spossato oltre i limiti.

Trovò infine un ulivo secolare che sorgeva su un piccolo promontorio, circondato da giovani betulle che sembrava fossero cresciute lasciando all'antico albero un rispettoso spazio vitale, quasi che lui fosse un vecchio maestro che insegnava ai giovani studenti. Il pensiero lo fece sorridere e decise di riposare ai piedi dell'anziano insegnante. Poco prima di cadere in un sonno profondo e ristoratore lo colpì il ricordo di come suor Clementine lo avesse svegliato poche ore prima, stringendolo fra le proprie braccia e di come subito dopo si fosse accorto che nella stanza non c'era nessuno. Non era stato un sogno, ma se anche lo fosse stato era giunto a proposito, destandolo proprio poco prima dell'arrivo degli assassini.

Dormì poche ore, ma si svegliò poco dopo l'alba rinvigorito e riposato come se avesse dormito fino a tardi nel suo letto. Si mise a sedere e si ricordò, per la prima volta dal pomeriggio precedente, dello zaino che il buon parroco aveva preparato per lui poco prima di morire, e decise che era giunto il momento di controllarne il contenuto.

Dispose tutti gli oggetti sull'erba accanto a sé per essere sicuro di non tralasciarne alcuno, poi li esaminò uno a uno.

Notò immediatamente la bottiglia di quel liquore con lo strano lampone verde a due foglie e si fece l'appunto mentale di non bere mai più quel liquido esplodente. Trovò un thermos con acqua fresca, carne secca, alcune barrette energetiche contenute in una busta ermetica, un portamonete con diverse sterline e qualche decina di euro debitamente divisi nei diversi scomparti, una borsetta con un kit da bagno ancora sigillata, un asciugamano profumato, un piccolo portagioie chiuso a chiave e una lettera imbustata con sopra il suo nome.

Pensò che padre Garrison dovesse sospettare che i tre sgherri lo trovassero perché, dalla cura che vi aveva dedicato, sembrava che lo zaino fosse pronto da giorni e che all'ultimo avesse aggiunto solo le cose che aveva a portata di mano; scacciati questi pensieri si dedicò alla lettera, aprendola con meticolosa attenzione, e lesse.

Caro Cassian,

spero tu non debba mai leggere queste righe frutto della mia mente troppo apprensiva, ma se ciò dovesse accadere nutro la più sincera speranza che niente di male ti sia accaduto.

Se questa lettera ti ha raggiunto sicuramente io sono morto e quindi ho dovuto caricare sulle tue giovani spalle un compito che richiederà tutta la forza e il coraggio che possiedi.

So di doverti molte spiegazioni.

Per alcune di queste devi cercare il mio amico Maugris a Rocamadour in Francia; è stato uno dei più grandi insegnanti della Congrega e porterà avanti il tuo addestramento molto più di quanto non avrei potuto fare io. Apprendi al meglio e solo quando sarai pronto potrai proseguire il tuo viaggio verso Capitalis o, come molti la chiamano, il Granducato; ma Maugris saprà darti maggiori dettagli sulla sede centrale della Congrega.

Non credo che il pericolo, di qualunque cosa si tratti, sia imminente quindi puoi permetterti di dedicare il tempo necessario all'apprendimento e allo sviluppo delle tue doti; senza una loro conoscenza rischieresti la morte prima di arrivare a destinazione.

Quello che dovrai fare quando sarai pronto è consegnare il portagioie che trovi nello zaino al Granduca in persona. Bada bene, dovrai consegnarlo esclusivamente nelle sue mani.

Maugris potrà scriverti una lettera di raccomandazione che ti consentirà di avere un incontro. Non accettare di consegnare il cofanetto ad alcun intermediario, neanche a Maugris. Nessuno dovrà sapere il vero motivo per cui vuoi incontrare il Granduca. All'interno del cofanetto c'è l'oggetto che il mio amico Gilfort è venuto a portarmi qualche settimana fa e cioè un libro molto particolare, magico diresti tu. Ho recentemente scoperto che Gilfort è morto e siccome alla morte del suo proprietario il libro era affidato a me, credo che esso mi abbia eletto suo nuovo custode.

Prima della morte di Gilfort non potevo aprirlo mentre da oggi, con me, si comporta come un qualsiasi altro libro. La sua magia però è ancora intatta, tant'è vero che sono riuscito a rimpicciolirlo fino a farlo entrare nel portagioie senza usare alcun incantesimo, ma utilizzando solo la magia propria dell'oggetto.

La cosa importante, però, è che ho visto le ultime due pagine del libro; una non mostrava alcuna scritta, aveva i colori giallastri e le sfumature di una bruciatura pur essendo perfettamente integra, l'altra riportava un'oscura profezia in rima e penso che riguardasse un grande pericolo per l'umanità. Purtroppo non ho idea di cosa significhi, ma so che ci vorrà ancora qualche tempo. C'è il rischio che questa lettera finisca in mano al nemico, di chiunque si tratti, quindi non posso dirti di più, ma tu portala sempre con te.

Mio caro ragazzo, queste sono le mie ultime righe e desidero lasciarti più di un messaggio di sincero affetto. Mi rincresce di averti dato fardelli troppo grandi per la tua età, ma non l'avrei fatto se avessi potuto. Resta sempre nel giusto. Vedi oltre l'apparenza. Non rattristarti per la mia morte, sono come una barca sul fiume che dietro la sponda scompare. Anche se non puoi più vederla non è affondata, viaggia verso il mare.

Cassian terminò la lettera di padre Garrison e sentì un nodo di commozione leggendo le ultime righe. Ancora non gli sembrava vero.

Il dolore per la perdita, però, era scomparso. Certo si sentiva triste, ma la sensazione era quella di un dolore lontano nel tempo; come se la morte del parroco fosse avvenuta molto prima e lui avesse ormai superato la cosa. Ora guardava avanti ed era pronto a riprendere il viaggio. Non avrebbe deluso il suo amico.

Raccolse le cose che aveva sparpagliato per terra e si concesse una barretta energetica e un paio di sorsi d'acqua per colazione, a Portsmouth avrebbe potuto pagarsi un panino.

Zaino in spalla, si voltò per dare una pacca sul tronco dell'ulivo secolare che l'aveva accolto e accudito nella notte, ma l'albero non c'era più. Si guardò intorno stupito e riconobbe le betulle nella stessa posizione in cui le aveva lasciate, ma dell'ulivo neanche l'ombra. No, un momento, questo non era vero: c'erano una decina di olive che sembravano appena colte dall'albero, lì per terra. Le raccolse con cura e le ripose insieme alle barrette di cioccolato, decidendo di archiviare la questione dell'ulivo scomparso in quell'angolo della sua memoria in cui c'erano gli avvenimenti impossibili. Poi, con rinnovato vigore, riprese a camminare verso la città.

Verso mezzogiorno cominciò a scorgere le prime case. Un paio d'ore dopo giunse all'insegna di benvenuto nella città di Portsmouth, mentre un cartello più piccolo indicava l'ingresso nel distretto residenziale di Cosham. Non ebbe difficoltà a trovare un bar dove comprò due tramezzini, una bottiglia d'acqua e una lattina di aranciata, dopodiché cercò una fermata d'autobus per studiare il percorso da fare per arrivare al porto riparato sulla costa occidentale dell'isola di Portsea.

Portsmouth sorge perlopiù su un'isola, chiamata per l'appunto Portsea Island, separata dal resto dell'Inghilterra da una stretta insenatura, e questo rappresentava un motivo in più per doversi affidare a un mezzo pubblico; non poteva raggiungere l'isola a nuoto.

Il denaro di cui disponeva non era molto e c'era la possibilità, per quanto remota, che i suoi inseguitori avessero preferito un pattugliamento strategico delle vie obbligatorie. Alla fine decise che avrebbe rischiato, in fondo il rischio era accettabile; loro non sapevano dove era diretto e c'erano tanti, troppi posti che lui avrebbe potuto raggiungere anche con un semplice viaggio in treno. E sicuramente, la loro organizzazione, ammesso che esistesse, non poteva certo coprire una zona di ricerca così ampia.

La giornata era calda e soleggiata e le strade tranquille, affiancate da villette a schiera o indipendenti, recintate da piccoli steccati o alte siepi profumate e, qua e là, qualche viale alberato ombroso prometteva un po' di frescura.

Continuò a spostarsi verso sud finché la strada che stava percorrendo, la Widley Road, divenne una pista ciclopedonale.

Proseguì lungo la via preclusa al traffico veicolare vedendo che più avanti i mezzi transitavano con un flusso maggiore su quella che doveva essere la Havant Road, come aveva notato sulla cartina alla fermata dell'autobus dove aveva sostato. A metà della via pedonale c'era un gruppo di ragazzi poco più vecchi di lui che si pavoneggiava davanti a un paio di ragazze carine che ridacchiavano allegramente. Cassian tirò dritto ma non passò inosservato, e il più arrogante ed esibizionista del gruppetto lo apostrofò:

«Ehi, guardate! Uno spaventapasseri che cammina». Gli altri risero, e il bullo si fece più audace perché forte della presenza degli amici, nonostante fosse di qualche spanna più basso di Cassian.

«Ehi, dico a te, maleducato», proseguì il ragazzo, posizionandosi davanti allo straniero e impedendogli così di proseguire.

«Lasciami stare», esclamò Cassian cercando senza successo di aggirare il bullo.

«Avete sentito, ora parla», commentò il secondo perdigiorno avvicinandosi.

Il terzo, invece, non disse niente, ma siccome era il più alto della compagnia non ebbe difficoltà a provocare Cassian assestandogli uno scappellotto sulla testa mentre le due ochette ridacchiavano delle prepotenze del branco. Il primo ragazzo spintonò Cassian.

«Adesso devi darci un po' di soldi per poter passare.»

«Quanto hai in tasca?» chiese il secondo.

«Non ho soldi e ho fretta», rispose Cassian; poi, senza preavviso, assestò una gomitata alla bocca dello stomaco al ragazzo che gli aveva dato lo scappellotto, lasciandolo senza fiato, e spintonò quello che aveva davanti per aprirsi un varco, ma il terzo bullo gli fece lo sgambetto mandandolo per terra.

Il perdigiorno che per primo lo aveva stuzzicato gli strattonò lo zaino, ma Cassian non aveva alcuna intenzione di lasciarsi derubare. Cercò di colpire al volto il prepotente, che però era pronto e non ebbe difficoltà a schivare il colpo e a ricambiare con un buon destro sullo zigomo che fece vedere a Cassian un lampo di luce bianca e minacciò di fargli perdere i sensi.

Quello che aveva ricevuto la gomitata intanto si era ripreso dal colpo e aveva estratto un coltello a scatto dalla tasca.

«Tiratemelo su, forza», ordinò.

Gli altri due aiutarono Cassian ad alzarsi e poi lo lasciarono in balia del ragazzo armato.

«Avresti dovuto mostrarci maggior rispetto», lo ammonì uno.

«Non ho soldi e voglio solo andarmene», ribatté lui.

«Troppo tardi», sentenziò il ragazzo mentre con un fendente gli lacerava l'avambraccio.

«Tranquillo», mormorò, ancora esaltato dal sangue che scorreva lungo il braccio di Cassian, «non voglio ucciderti, voglio solo insegnarti l'educazione.» E provò con un secondo fendente, che andò a vuoto.

A quel punto Cassian, non avendo più nessuno alle spalle, fece uno scatto e cominciò a correre inseguito dai bulli; raggiunse la Havant Road e continuò a correre per un bel pezzo, superando una chiesetta e un negozio di modellistica, fino a quando fu fermato da un poliziotto di quartiere che piantonava un incrocio.

L'agente lo vide trafelato e ferito poi scorse il gruppetto di teppisti i quali si bloccarono all'istante e dopo un attimo di incertezza tornarono indietro gridandogli di non farsi più vedere da quelle parti.

L'uomo in divisa capì che il ragazzo ferito non era del luogo e prima lo accompagnò in farmacia dove fu medicato poi gli chiese di mostragli un documento. Fortunatamente Cassian nella sua fuga dall'Istituto non aveva dimenticato di prendere il portafogli con i suoi documenti di identità e li fece vedere al poliziotto.

«Bene bene, Cassian Larbon, cosa fai così lontano da Purbrook?»

«Sto cercando di raggiungere il porto di Portsmouth», spiegò Cassian d'un tratto più guardingo.

«E vorresti imbarcarti per dove?» domandò ancora l'agente.

«Non devo imbarcarmi signore, sto solo raggiungendo una zia che vive da quelle parti e non avevo i soldi per un taxi che da Purbrook mi portasse a Portsmouth».

«Ma senti, senti. E non sai che anche da Purbrook passano degli autobus diretti a Portsmouth?»

«Beh è stata una bella passeggiata e ho visto posti che non avevo mai visto prima, quindi sono comunque contento di essermela fatta a piedi, signore».

«Uhm, d'accordo, signor Larbon», continuò l'agente, «non voglio essere troppo insistente purché non porti guai, okay? Se vuoi continuare a fartela a piedi, questo è un paese libero; diversamente, in quel negozio laggiù puoi acquistare il biglietto per l'autobus che ti porterà fino al porto; potrai prenderlo in una qualunque fermata lungo questa strada».

«Grazie per l'aiuto, signore». Così dicendo il giovane si diresse verso il negozio per comprare un biglietto mentre il poliziotto, dopo essersi toccato il berretto in segno di saluto, tornò al pattugliamento del quartiere.

Cassian salì sull'autobus per il porto ovest di Portsmouth. L'automezzo impiegò poco meno di un'ora prima di lasciare i passeggeri al capolinea ma a quel punto era ormai sera. Il ragazzo decise quindi di cercare una camera per passare la notte, rimandando al giorno dopo la ricerca di una nave che lo traghettasse sul continente. Girovagò un po' nei dintorni, ma senza fortuna; il circondario era costituito da grandi centri commerciali, quello che sembrava un ospedale e intere vie di casette a schiera, finché individuò un motel in una delle strade più all'interno.

Avvicinandosi notò un'auto della polizia con i lampeggianti accesi in sosta ai margini della strada. Sentiva delle grida provenire dalla casa di fronte e immaginò si trattasse di una lite famigliare; ma quello che attirò la sua attenzione era la stampa di una sua fotografia sul cruscotto della volante.

Rimase di sasso.

Perché la polizia aveva una sua foto? Sicuramente lo stavano cercando. Volevano forse accusarlo dell'omicidio di padre Garrison? No, era ridicolo, al più potevano volerlo interrogare sui fatti, o forse stavano semplicemente cercando un ragazzino su richiesta di suor Clementine, che probabilmente ne aveva denunciato la scomparsa. Ma il problema restava: qualunque fosse il motivo, l'avrebbero riportato indietro mettendo a rischio la sua vita, quella delle sorelle e degli altri ragazzi.

Angie. Chissà se l'avrebbe mai più rivista. Forse avrebbe dovuto far sapere alle sorelle che stava bene; solo per tranquillizzarle.

Cassian si riprese dai suoi pensieri quando i due poliziotti uscirono dalla casa trattenendo un uomo scarsamente vestito che sembrava ferito al volto; uno dei due gli intimò di allontanarsi dall'auto e lui si scusò, incamminandosi velocemente verso il motel; percepì lo sguardo del poliziotto che lo scrutava cercando di mettere a fuoco il suo viso.

Raggiunto il motel, si diresse al telefono pubblico nell'ingresso, ma improvvisamente si ricordò che per pernottare da qualunque parte avrebbe dovuto esibire un documento. Se la polizia lo stava cercando, il modo migliore per farsi prendere era far vedere i documenti a qualcuno. Accidenti al poliziotto di qualche ora prima a cui li aveva mostrati.

Fece un paio di passi indietro. Il compito che gli aveva assegnato padre Garrison era molto importante e lui era deciso a non commettere errori. Era spiacente per le sorelle, ma era sicuro che se avessero conosciuto i fatti l'avrebbero capito.

Sotto lo sguardo del proprietario del motel uscì dalla porta da cui era venuto e si ritrovò di nuovo per strada. Anche se per comprare un biglietto non chiedevano i documenti, sicuramente le biglietterie erano controllate e comunque c'erano telecamere ovunque: come avrebbe potuto imbarcarsi?

Un problema alla volta, decise, *prima vediamo dove poter dormire e domattina vedremo come prendere una nave.* Cominciò a perlustrare i dintorni alla ricerca di un posto tranquillo dove potersi sistemare indisturbato per la notte; un parco giochi, un fabbricato abbandonato, una panchina in posizione defilata, poi pensò che non potendo acquistare un biglietto per una normale traversata, avrebbe dovuto imbarcarsi clandestinamente e non c'era momento migliore delle ore notturne per tale impresa, con il favore del buio e la scarsa sorveglianza.

Si avvicinò alla rete metallica che racchiudeva la zona

ad accesso limitato, controllò più volte l'area alla ricerca di eventuali telecamere e identificò un buon punto d'ingresso. Si sentiva un po' un agente segreto, ma ricordò a se stesso che non era un gioco e se lo avessero preso lo avrebbero consegnato alla polizia, cosa che per lui avrebbe significato la fine di tutto.

Raccolse un sasso e lo lanciò contro un lampione che illuminava eccessivamente la zona da lui scelta, rompendone la lampadina e attese circa un'ora per vedere se qualcuno veniva a verificare l'accaduto; ma nessuno si presentò. D'altro canto, si trattava solo di una parte riservata di un porto, non di una banca.

Quando si sentì sicuro si arrampicò sulla rete, scavalcò e saltò dall'altra parte, fermandosi un momento per verificare che nessuno l'avesse visto. Era agile come un gatto e nel buio si sentiva a proprio agio. Si spostò velocemente da un nascondiglio all'altro senza far rumore seguendo sempre percorsi poco illuminati, scrutando le navi in cerca qualche indicazione che gli consentisse di capire dove fossero dirette.

C'erano navi di ogni dimensione, forma e colore. Dai grossi mercantili alle enormi navi da crociera, ma anche i più piccoli catamarani. Dopo qualche decina di minuti di ricerca prudente finalmente individuò una grossa nave passeggeri che dal nome doveva essere francese e recava su una fiancata quello che Cassian presupponeva fosse l'elenco dei porti di scalo del viaggio. Gli addetti al carico avevano sospeso le loro attività per la notte ma ris ultava evidente, dalle poche casse rimaste a terra, che il giorno dopo avrebbero completato le operazioni di carico merci e probabilmente avrebbero iniziato gli imbarchi. Se fosse riuscito a infilarsi in uno di quei bauli sarebbe stato perfetto.

Provò a forzarne uno usando una sbarra di ferro trovata lì vicino. Il compito non era facile perché doveva cercare di non danneggiarlo in modo che il giorno seguente fosse caricato a bordo senza ulteriori controlli; poi finalmente alcuni chiodi cedettero e con difficoltà riuscì a togliere un'asse. Lo spazio però non era sufficiente e avrebbe dovuto cercare di toglierne una seconda per poi provare a inchiodarle dall'interno. Si trattava di una parete laterale che non avrebbe dovuto sostenere il peso del carico, quindi era sufficiente che reggesse fino alla stiva; un lavoro approssimativo poteva bastare.

«Ehi, ma chi diavolo sei?» gli chiese una voce.

Stranamente il suo primo pensiero fu che quella era una strana domanda. Un guardiano istintivamente avrebbe chiesto «Ma che diavolo stai facendo?» e da questo se ne poteva quasi dedurre che l'uomo alle sue spalle non fosse un guardiano.

«Ehi, guardate: abbiamo un visitatore inatteso», aggiunse una seconda voce alla quale se ne associarono una terza e una quarta.

Cassian si voltò lentamente alzando le mani, ma braccia robuste lo sollevarono di peso e lo gettarono a terra senza complimenti. Di fronte aveva un gruppo di uomini il cui aspetto suggeriva una vita di espedienti. Quello che sembrava il capo portava una bandana rossa sulla fronte, jeans e un paio di stivali borchiati alla texana. Gli altri presentavano un abbigliamento incurante della calura, esclusivamente portato per indicarli come i duri del quartiere; uno indossava persino un gilet di pelle sopra al torso nudo.

«Sentite, non voglio guai. Stavo solo cercando un posto per dormire», provò a giustificarsi l'intruso.

«Ma sentitelo. Sono i guai che ti hanno trovato, bello».

«E adesso che ne facciamo di lui?»

«Il problema è che tu non avresti dovuto vederci stanotte», gli spiegò sorridente il capo della banda.

«Noi avremmo finito i nostri piccoli affari e ce ne saremmo andati a far baldoria».

Mentre il tizio con la bandana proseguiva nel racconto di quanto fantastica sarebbe stata la nottata, gli altri si erano disposti in cerchio impedendo a Cassian ogni via di fuga. Non si trattava di bulletti di scuola, questi erano veri malviventi, spietati, aggressivi e sicuramente armati, e stavano giocando con la sua vita.

«Tiratelo su», ordinò infine il capo.

«Allora, bamboccio, facciamo così. Adesso tu provi a scappare. Se ce la fai ti lasciamo andare». E così dicendo i quattro allargarono il cerchio dentro al quale si trovava Cassian. «Se invece non ce la fai...» tutti e quattro estrassero lunghi coltelli da caccia e cominciarono a girare in tondo.

A ogni giro completo il cerchio si stringeva di un passo e si poteva immaginare cosa sarebbe successo quando il cerchio l'avesse raggiunto.

«Fermi», esclamò una quinta voce dal buio.

«Chi c'è lì?» chiese uno dei quattro.

«Non ho particolare interesse per la vita del ragazzo, ma lo zaino mi appartiene».

«Vieni alla luce, *bambolo*».

I quattro si erano tranquillizzati perché avevano capito che il nuovo arrivato non era un poliziotto ed era solo. Quando l'individuo misterioso si fece avanti però fu Cassian ad avere un tuffo al cuore. Era lo stesso uomo che aveva trafitto padre Garrison.

L'avevano trovato.

«Ehi, forse non hai compreso la situazione. Ma che bel mantello. Un po' lungo. Cosa nascondi lì sotto, un kalashnikov?» disse il capo facendo cenno a due dei suoi di seguirlo mentre il terzo continuava a sorvegliare Cassian.

«Qui siamo tutti armati», proseguì il balordo estraendo anche una pistola da una fondina agganciata ai pantaloni, «quindi tu sei fottuto. Non sognarti neanche di dirmi cosa ti appartiene. Vedi, *bambolo*».

«Non chiamarmi *bambolo*», ammonì l'altro con estrema calma e per nulla impressionato.

«Vedi, *bambolo* il punto qui è... cosa faremo di te?» continuò il capo avvicinandosi al sicario.

«Forse ti lasceremo andare via dopo che ti sarai spogliato e ci avrai supplicato», rise il capo, seguito dai suoi, mentre premeva la canna della pistola sotto il mento dello sconosciuto. Quest'ultimo afferrò l'avambraccio del balordo e la pistola esplose un colpo in aria, poi colpì con forza la rotula del capobanda, frantumandola. Con un guizzo ruotò il polso dell'avversario facendo cadere l'arma a terra e costringendo il suo corpo a voltarsi verso i suoi accoliti, fungendo così da scudo umano. Sorreggendo con l'altra mano il malvivente lo spinse avanti lentamente.

«Adesso conduco io il gioco, ragazzi. Il vostro amico qui è spacciato perché lo ucciderò non appena avrò preso ciò che è mio, ma voi potete andare. Non ho nulla contro di voi», concluse il sicario con estrema disinvoltura.

Il capo intanto si lamentava e imprecava.

«Uccidetelo, bastardi. Che state aspettando?»

Anche il terzo si fece avanti, lasciando libero Cassian che cominciò a correre.

«No. Fermalo, idiota», gridò rivolto al terzo balordo, ma

questi gli puntò la pistola contro.

«Va bene. Mi avete fatto scappare il ragazzo quando ormai l'avevo preso. Mi avete aggredito e non contenti siete rimasti anche quando vi ho detto che potevate andare. Diciamo che ve la siete cercata».

Così dicendo lanciò il suo ostaggio contro il malvivente che si trovava alla sinistra, mandando entrambi per terra in un groviglio di braccia. Con la mano si slacciò il mantello, che fece svolazzare verso il delinquente di fronte a lui. Questi, confuso, sparò un colpo senza successo.

Nel frattempo si era portato al di sotto della linea di tiro del malvivente che aveva sulla destra e non ebbe difficoltà a colpirgli con forza la bocca dello stomaco con la mano aperta. L'avversario, rimasto senza fiato, si piegò in avanti, e il sicario lo aggirò appoggiando la propria schiena sulla sua. Con una mossa decisa lo riportò in posizione eretta, rendendo il suo corpo bersaglio per il proiettile mortale sparato dal terzo aggressore. Estrasse quindi la sua scimitarra dal fodero legato dietro le spalle e con un fendente fluido tagliò la mano con cui reggeva la pistola al balordo che aveva sparato. Gli spasmi muscolari dell'arto troncato, caduto a terra, fecero scattare ripetutamente il grilletto, che svuotò il caricatore. Il mutilato barcollò qualche istante, incredulo, poi la sua testa si staccò dal collo sotto il colpo di una seconda violenta sciabolata.

Il delinquente che era caduto all'inizio dello scontro intanto si era rialzato, ma vedendo il massacro compiuto in pochissimi secondi posò lentamente l'arma a terra, fece due passi indietro e cominciò a correre. Ma il sicario non concedeva mai una seconda possibilità, e impugnata l'elsa della scimitarra prese due passi di rincorsa e scagliò quel giavellotto improvvisato nella schiena del fuggitivo, spaccandogli il cuore.

Non restava che il capobanda piangente che si circondava il ginocchio rotto con entrambe le mani.

«Bene, *bambolo*», lo schernì il sicario. «Tu non hai compreso la situazione», e così dicendo gli sferrò un calcio dall'alto sulla tibia dell'altra gamba, spezzandola. Il capo strillò di dolore e paura.

«Tu sei fottuto», proseguì il torturatore, e con un altro calcio gli ruppe il braccio sinistro all'altezza del gomito. «Non sognarti neanche di dirmi cosa mi appartiene», e ruppe alla sua vittima anche il braccio destro. «Vedi, *bambolo*. Il punto qui è: cosa farò di te?»

Con calma, per lasciare il tempo al capobanda di capire cosa gli sarebbe successo, lo prese per un piede mentre questi chiedeva aiuto, lo trascinò fino al bordo del molo oltre il quale si estendevano le scure acque del porto e lo spinse giù.

Le sirene della polizia già suonavano in lontananza e il tempo che restava al sicario era poco. Decise comunque di sistemare il campo gettando anche gli altri tre cadaveri in acqua, non prima di aver ripulito la scimitarra sugli abiti del primo che gli capitò a tiro. Poi si rimise il mantello e tornò nell'ombra da dove era venuto.

La mattina successiva c'erano ancora le volanti sul piazzale di carico dove c'era stato lo scontro, ma i poliziotti erano confusi. Pur vedendo le tracce di sangue non c'erano corpi che testimoniassero gli eventi della notte precedente; e pur considerando l'eventualità che i cadaveri fossero stati fatti sparire nelle acque, non potevano mettere sotto sequestro la zona senza prove certe, impedendo alle navi di partire.

D'altra parte c'era anche la possibilità che si fosse trattato di uno scontro a fuoco fra bande rivali che si era concluso con diversi feriti e nessun morto; nessuno voleva quindi prendersi la responsabilità di arrecare alle compagnie marittime un ingente danno economico.

Il commissario di zona decise di togliere i sigilli in attesa di sviluppi e consentire agli addetti di ricominciare le operazioni di carico e scarico delle merci.

Nella confusione generale nessuno notò che una cassa non era esattamente integra come avrebbe dovuto.

D opo sei ore dalla partenza da Portsmouth, Cassian provò a uscire dalla cassa rimuovendo le assi che aveva divelto la sera prima, ma l'operazione si protrasse per qualche decina di minuti più del previsto. Si trovava nella stiva ed era solo. Per maggior cautela rimise a posto alla buona la cassa in modo da non destare sospetti al momento dello scarico. Fortunatamente era stata stoccata a terra così si risparmiò la fatica di dover scalare l'intero carico. Era distrutto. Pensava che le emozioni del giorno prima gli sarebbero bastate per tutta la vita, inoltre dopo una giornata di cammino, l'incontro con i bulli e lo scontro con i delinquenti, non aveva chiuso occhio per tutta la notte. Però ne aveva abbastanza di stare rinchiuso là dentro. Riteneva che una passeggiata sul ponte e l'aria frizzante del mare l'avrebbero rinvigorito.

Uscire dalla stiva non fu difficile, ma si ritrovò negli alloggi del personale di bordo. Un cameriere lo squadrò severamente, dicendo che quelle erano aree della nave a uso esclusivo, e lui rispose che stava girovagando e non se ne era reso conto. Mostrando estrema sfacciataggine domandò all'inserviente come si facesse a tornare sul ponte e quello, assumendo un tono più gentile, gli mostrò la strada.

Giunto in coperta si rese immediatamente conto di aver fatto un grosso errore. I suoi abiti, la ferita al braccio malamente fasciata, il suo aspetto stanco e lo zaino che portava a tracolla, lo mettevano terribilmente in risalto in mezzo agli altri passeggeri che invece si godevano la traversata prendendo il sole e bevendo cocktails freschi e colorati. Decise quindi di trovarsi un posto all'ombra e di cercare di farsi notare il meno possibile. Trovò un lettino libero e si appisolò.

«Giornata stupenda, non trova giovanotto?»

La voce giunse fino a lui insinuandosi fra i suoi sogni, svegliandolo. A parlare era stata una signora avanti con gli anni che vantava un inglese impeccabile ma con un forte accento francese.

«Come, scusi?»

«Mi perdoni, devo averla svegliata. Le stavo chiedendo se non trova che sia stata una giornata stupenda».

Cassian, ancora perso nei fumi del sonno, si rese conto solo in quel momento che era sera e che il ponte era quasi deserto.

«Credo che lo sia stata, signora», rispose un po' incerto.

«Ma non mi dirà che ha dormito tutto il giorno su quel lettino?» chiese ancora l'anziana.

«Credo proprio di sì», rispose lui stiracchiandosi. «E che dormita!»

«Allora è stato provvidenziale che io l'abbia svegliata proprio adesso, perché credo che quel marinaio ce l'abbia con lei», fece notare la signora accennando con la testa verso la poppa della nave.

Cassian seguì la direzione indicata e vide che un manipolo di marinai gallonati si stava dirigendo velocemente verso di loro e tutti stavano guardando lui.

Non ebbe il tempo di fuggire.

«Signore, buonasera. Posso vedere il suo biglietto d'imbarco per favore?» chiese con tono brusco e formale uno di loro.

«Ma certo», rispose il ragazzo sulla difensiva frugandosi le tasche, «devo averlo messo qui».

Passò qualche secondo a ispezionarsi gli abiti e a cercare una scusa.

«Spiacente, ma devo averlo perso», ammise alla fine.

Il marinaio lo afferrò per un braccio. «Devi averlo perso, eh? Abbiamo trovato una cassa con delle assi malamente fissate nella stiva, tu sei stato visto girovagare da quelle parti e ora non hai il biglietto? Sei un dannato clandestino».

«Ma io veramente...»

«Fermi», comandò la donna «Questo ragazzo è mio nipote e si è imbarcato con me», dichiarò con fermezza.

«Ma, mrs. Campbell, lo abbiamo colto in flagrante».

«Vi risulta che dalla stiva manchi qualcosa?» chiese la signora.

«Veramente no», rispose il marinaio.

«Bene allora, siccome mio nipote si è imbarcato con me, non c'è stato alcun reato. Potete andare».

«E per il biglietto mancante?» chiese ancora il membro dell'equipaggio.

«Oh, dovete sapere che alla mia età perdo un sacco di cose. Il biglietto l'avevo io e devo averlo perso. È necessario che le ricordi chi è il maggiore azionista della compagnia marittima per cui lei lavora, che guarda caso è proprietaria anche di questa nave?»

«No signora. Ci scusiamo per il disagio. Chiedo scusa anche a lei signore e le auguro un buon proseguimento», e così dicendo il gruppetto se ne andò.

«Non so come ringraziarla, signora Campbell», riconobbe Cassian quando non ci fu più nessuno a portata di orecchio.

«Non è il caso, giovanotto, forse un giorno potrai rendermi il favore. Ora che ne dici di una bella doccia calda e di mangiare un boccone al ristorante?»

«Non vorrei essere di disturbo».

«Nessun disturbo; anzi, mi terrai buona compagnia».

Dopo essersi dato una sistemata si sentì molto meglio. Accettò abiti puliti e una giacca sportiva che gentilmente la signora aveva messo a sua disposizione, e con la donna sottobraccio si diresse verso la sala ristorante.

«La tua sembrerebbe una storia interessante; se non sono troppo indiscreta ti andrebbe di parlarmene?» chiese la signora Campbell dopo l'aperitivo.

«Oh, niente di così eclatante, una storia come molte altre. Ho deciso di lasciarmi alle spalle il passato e cercare la mia strada», spiegò il ragazzo pensando che in fondo un po' di verità c'era.

«Uhm. E così sei diretto in Spagna».

Un brivido percorse la schiena di Cassian.

«Fino a poco fa ero convinto di essere diretto in Francia», osservò dopo qualche secondo di riflessione.

«Direi di no. Perlomeno non con questa nave. Domattina sbarcheremo a Santander che si trova in Spagna, in effetti non molto distante dal confine francese. Non voglio insistere, ma tieni presente che se decidessi di dirmi qual è la tua destinazione forse potrei aiutarti a raggiungerla», ribatté la donna.

«Preferisco non mentirle signora per rispetto di quanto ha fatto per me oggi e anche perché...»

«Vai avanti», sollecitò la donna.

«Beh, ecco, non riesco a focalizzare, ma lei mi ricorda fortemente qualcuno che ho già visto, anche se non saprei dire dove. Insomma, ho l'impressione di averla già conosciuta».

«E forse è così», rispose lei.

«Comunque tornando al mio itinerario, posso rivelarle che sto andando in un posto preciso e che là spero di incontrare una persona che mi dia una mano», concluse lui avventandosi sull'arrosto con patate.

La signora si fece pensierosa; piluccava appena dal suo piatto. La cena proseguì scarsamente animata da una conversazione pressoché inesistente a causa del fatto che entrambi i commensali erano persi nei propri pensieri.

Con l'arrivo di due coppe di fragole con gelato e biscotto l'anziana donna si riscosse dal suo rimuginare.

«Giovanotto, avrei voluto aiutarti in questa tua impresa così misteriosa, ma vedo che non hai intenzione di accettare una mano; pertanto, siccome mi sembri un ragazzo sveglio che ha le carte giuste per fare qualcosa di grandioso nella sua vita, voglio che accetti almeno un pegno da parte mia».

«Grazie, ma...»

«No, no non protestare: lo faccio volentieri. Non considerarlo un regalo, ma un oggetto in prestito. Se un giorno ci rincontreremo me lo ridarai e per quel giorno dovrai aver realizzato con successo la tua grandiosa impresa. Servirà a ricordarti che hai preso un impegno e che devi fare di tutto per portarlo a buon fine. Ti va l'idea?»

«Non so cosa dire. Sì, l'idea mi piace, ma non vorrei approfittare della sua generosità», rispose Cassian.

«Sciocchezze, sciocchezze», sentenziò la donna sfilandosi dal dito un vistoso anello d'argento con una pietra rossa all'interno.

«Questo appartiene alla mia famiglia da sempre. La pietra è un'agata rossa. La striatura disegnata dalla natura al centro della pietra ha la forma di una foglia d'ulivo, ed è per questo che il gioiello è stato chiamato Cecrope».

«Cecrope?» chiese interessato il giovane.

«Cecrope fu il leggendario fondatore di quella che sarebbe diventata la più prosperosa città dell'Attica, la quale, però, al momento della costruzione non aveva nome né patrono, così i suoi abitanti decisero di affidare agli dei il compito di battezzarla. Solo due di loro risposero alle invocazioni dei greci: Poseidone, dio del mare, e Atena, dea della giustizia. Poseidone offrì agli abitanti della città l'acqua che sgorgò dal buco lasciato dal suo tridente conficcato nella terra, che si rivelò potabile ma salmastra. Atena fece nascere un ulivo sulla roccia dove oggi sorge il Partenone e da quel dono gli abitanti ricavarono legname, ma soprattutto olio, che risultò particolarmente gradito. Così i greci decisero di dedicare la città ad Atena, chiamandola Atene. L'ulivo c'è sempre stato nella storia dell'uomo. D'ulivo era il ramo che la colomba riportò a Noè dopo il diluvio».

«E la pietra?» si incuriosì Cassian.

«In oriente l'agata è simbolo di longevità e tradizionalmente riequilibra il rapporto fra yin e yang. Plinio nel suo *Naturalis Historia* afferma che contrasta il veleno di ragni e scorpioni e in Persia le agate scacciavano tempeste e fulmini».

«Accidenti», esclamò Cassian completamente rapito dalle conoscenze della signora.

«Questo anello è un po' come te oggi. Non vale molto sul mercato, ma è depositario di una storia affascinante e grandiosa», concluse la donna. «Ora devi perdonarmi, ma le mie vecchie ossa necessitano di un letto. Ho chiesto al personale di prepararti una cabina in modo che tu possa riposare stanotte. Qui le nostre strade si dividono», si congedò la signora stringendo la mano del giovane. «Ti auguro ogni bene, giovanotto; e, mi raccomando, non deludermi».

«Ci proverò, Signora Campbell, e grazie di tutto».

La mattina dopo Cassian si svegliò fresco e riposato, si lavò e si vestì con gli abiti che aveva ricevuto dalla signora, prese il suo zaino e si avviò sul ponte per le operazioni di sbarco. Cercò spesso con lo sguardo la sua benefattrice ma non la vide mai, così, a malincuore, scese dalla nave e si preparò a proseguire il suo viaggio.

Occhi vecchi, molto vecchi lo seguirono quando scese dall'imbarcazione. Quegli occhi lo avrebbero rivisto, e a quel pensiero la bocca sorrise.

Raggiungere Rocamadour non fu un viaggio breve, ma fortunatamente il porto di Santander era uno fra i più vicini alla sua destinazione, fra gli sbarchi in cui attraccavano le navi provenienti da Portsmouth.

Cambiò autobus diverse volte percorrendo prima la E5 sul territorio spagnolo, che divenne la E80 in territorio francese fino alla città di Toulouse, dove dormì su una panchina della stazione in attesa del primo autobus del mattino seguente che, percorrendo la E9, lo portò quasi fino a destinazione.

Ormai le giornate si erano accorciate e la calura estiva aveva da un po' ceduto il posto alla piacevole frescura dell'autunno.

L'ultimo tratto lo fece a piedi, godendosi i colori e i profumi delle alture del sud della Francia. Dovette trascorrere l'ultima notte all'aperto, ma pensò che ne avrebbe approfittato per addormentarsi sotto il cielo stellato. Non fu fortunato perché intorno alla mezzanotte fu svegliato da poche gocce d'acqua sulla faccia, che ben presto divennero un tonante temporale che lo costrinse a cercare riparo sotto una quercia frondosa.

Sotto all'albero, inalando gli odori della natura esaltati dall'acqua, ripensò divertito alla signora Campbell: meno male che in Persia pensavano che le agate scacciassero le tempeste e i fulmini.

La mattina successiva riprese la marcia e in poche ore raggiunse un cartello che riportava "Rocamadour – 711 *habitants*". Il paese conservava i tipici tratti del borgo medievale, con due file di antiche abitazioni lungo un'unica via, ma era altrettanto palese la sua valenza religiosa per via dei molti fedeli, alcuni dei quali procedevano devotamente in ginocchio lungo una scalinata di 216 gradini che conduceva, come lesse su un pannello illustrativo, al pianoro su cui sorgeva la città. Dopo tante fatiche e un viaggio così lungo non gli sembrava ancora vero di aver finalmente raggiunto la tanto sospirata destinazione e si concesse un momento per guardarsi intorno, affascinato; poi ricordò a se stesso che il suo compito era appena cominciato e che a quel punto avrebbe dovuto trovare Maugris.

Ipotizzò che il modo migliore per trovare il suo nuovo mentore fosse quello di chiedere a qualcuno dei 711 habitants. Chissà a quando risaliva quel numero di residenti così preciso. Entrò in una trattoria e chiese alla proprietaria, che fortunatamente parlava un po' di inglese. Gli disse di non conoscere nessuno con quel nome, ma che avrebbe potuto provare all'osteria *Fleur des lys*, l'osteria del Giglio.

A dispetto del nome, l'osteria era tutt'altro che candida. Era appartata e un po' fuori mano per il semplice turista, perciò gli avventori erano tutti della zona. Nessuno parlava inglese, o così pareva, perciò dovette arrangiarsi scimmiottando alla meglio i concetti delle sue domande e pronunciando spesso il nome Maugris, ma sembrava che nessuno l'avesse mai sentito. Non si sentiva a suo agio nel locale e decise di tornare in strada per escogitare qualcosa. Dopo pochi minuti, ne uscì un individuo avanti con gli anni, di corporatura robusta con una barba cespugliosa ingrigita dal tempo che gli copriva buona parte del viso.

«Figliolo», senza che nel suo tono ci fosse qualcosa di paterno, «mi chiamo Etienne Barbier. Se stai cercando Maugris sappi che è morto un paio di settimane fa».

VI

Denizer era agitato. Non dormiva da due notti e non riusciva a capacitarsi degli eventi accaduti pochi giorni prima. Era stato scoperto da quell'individuo dagli occhi di cielo che lo aveva inseguito per strada e poi, dando prova di strane e portentose abilità, lo aveva raggiunto con estrema facilità e lo aveva minacciato. Denizer non aveva letto menzogna nel suo sguardo. Quell'uomo era pronto a ucciderlo. Nella colluttazione però era stato lui a eliminare quel fenomeno. Denizer non credeva alla magia, ma non trovava una spiegazione razionale per quanto aveva visto. Quello che realmente lo turbava però era la netta sensazione di aver esagerato; di essersi impadronito di un tesoro molto particolare, ed era quasi certo che altri erano già in cerca di quello strano mantello. L'istinto gli suggeriva di disfarsene, ma la ragione gli diceva che chiunque stesse cercando il mantello a quel punto stava cercando lui, e non esserne più in possesso nel momento in cui lo avessero trovato poteva rappresentare un grosso rischio perché non aveva più la sua principale merce di baratto. Certo, però, quello era un vicolo cieco; un cane che si mordeva la coda. Non poteva vendere o barattare l'oggetto per ricavarne un profitto perché un giorno gli sarebbe potuto servire come merce di scambio per salvarsi la vita qualora qualcuno avesse scoperto che ce l'aveva lui, quindi in definitiva sarebbe stato meglio non rubarlo. Ma ormai l'aveva rubato. Doveva cambiare la sua logica; provare a entrare nell'ordine di idee di chi voleva il mantello, solo che lui non sapeva chi fosse, come pensasse; diamine, non sapeva nemmeno se c'era davvero chi lo stava cercando in questo momento.

Ipotizzando che ci fosse davvero qualcuno sulle sue tracce, allora era corretto presumere che fosse dotato delle stesse particolari abilità del proprietario del mantello che lui aveva accidentalmente ucciso. Lui non era un esperto, ma era certo che quel tizio scomparisse e ricomparisse a piacimento ovunque decidesse di farlo, quindi perché in quei due giorni nessuno era ancora comparso magicamente nel suo salotto reclamando il bottino? Semplice. Perché non sapevano ancora che il mantello fosse in suo possesso. C'erano diversi testimoni, però, quel giorno, e per gente come quella non doveva essere difficile farsi fare un identikit del misterioso giovane che aveva lottato con la vittima in quel vicolo. Non poteva continuare così. Stava impazzendo un po' alla volta. Servivano maggiori informazioni. Già ma a chi chiederle? Chi si occupava di sette sataniche o di riti massonici e simili lì a Praga? Denizer non conosceva nessuno. Non era il suo ambiente. Un momento: c'era sempre la cartomante che leggeva la mano e le carte ai turisti nella piazza del luna park! Non sarà stata la massima esperta ma forse, se gli avesse anche soltanto letto le carte... In quel momento non vedeva migliori alternative. Decise di uscire finalmente di casa, tenendo il mantello in una borsa ben chiusa e legata al polso per evitare che eventuali borseggiatori riuscissero a rubargli il suo tesoro, e si diresse verso la piazza dove erano state recentemente piazzate le giostre. Trovò la cartomante sola e annoiata in attesa di qualche cliente e decise di sedersi con lei. La donna era vistosamente truccata e vestiva alla zingara, esibendo persino un turbante bicolore e grossi orecchini a cerchio. Sotto al trucco si scorgeva una bellezza fine e un viso giovane che però quasi nessun occhio notava, ingannato dal travestimento di scena.

«Guarda, guarda chi è venuto a trovarmi stasera. Signor Cerny. Ma non avevi detto di non credere alle sciocchezze che dico agli sprovveduti passanti? Cosa ti porta qui?» chiese la cartomante.

«L'ho detto, mia cara Marketa, ma era un complimento», rispose Denizer con un sorriso disarmante.

«Senti, senti. Ho appena deciso che voglio crederti, sai che non ti resisto quando mi guardi così».

«Nessuna donna mi resiste quando la guardo così», ribatté lui.

«Che bellissimo sbruffone. Cosa posso fare per te stasera?»

«Senti Marketa, ho un problema che rientra nella tua sfera di competenza e ho bisogno di qualche consiglio».

«D'accordo. Vediamo», accettò la donna disponendo tre carte coperte sul tavolino davanti a sé e girando la prima. «La carta di genesi, la carta che ci rivela il passato, è il Mago. Nel tuo passato c'è il mago. Che ti prende?» domandò la donna vedendo il volto improvvisamente sbiancato di Denizer.

«Niente. Scusa. Dicevi?»

«Mmm... Il mago è la carta della volontà e della competenza, ma è anche quella del potere della mente. Hai di recente utilizzato la tua particolare competenza nel perseguire ostinatamente uno scopo che però ha dato frutti molto diversi da quelli sperati. Ti sei scontrato con forze arcane e oscure. Ecco perché sei venuto da me». Dopo un istante di riflessione voltò la carta di mezzo.

«Questa è la realtà attuale e nella tua attualità c'è l'Eremita. Il simbolo della solitudine e del distacco. Non stai affrontando il tuo problema, stai fuggendo da esso e questo ti sta isolando. Ma l'Eremita è anche saggezza e coraggio. Affronta la tua realtà con coraggio e non fuggire da essa, ma attento: non dovrai essere avventato. Pensa. Prenditi il tempo per riflettere su ciò che è già accaduto. La soluzione è a portata di mano. Attendi il momento opportuno».

La cartomante si accinse a voltare la terza carta e un sorriso le si accese sul volto.

«L'ultima è quella dell'evoluzione. Il tuo futuro sta nella carta degli Amanti. C'è l'amore e l'affinità con una donna. Ma attenzione: questa rappresenta anche la scelta. Un giorno il destino ti costringerà a farne una coraggiosa. Quella determinerà il tuo futuro. Quando sarà il momento, mio bellissimo Denizer, scegli bene, perché mentre il mago ormai è relegato indissolubilmente nel tuo passato e questo è un fatto che non si può cambiare, sarai tu a dover decidere se fare di te un'eremita o sacrificare te stesso per l'amore».

Denizer fissava la cartomante con sguardo assorto.

«Grazie Marketa. Non credevo che fossi così brava nella tua arte», disse lui sovrappensiero.

«Quanti complimenti, signor Cerny, quasi non ti riconosco più. La mia lettura deve aver centrato il segno. E dimmi: hai già conosciuto la donna che ti farà perdere la testa?»

«Non credo che conoscerò mai una donna simile», rispose lui ritrovando la sua solita spavalderia mentre si alzava dalla sedia per andarsene.

«Se cambierai idea ricordati che non sarò qui per sempre», gli gridò dietro mentre lui allontanandosi la salutava con la mano.

Tornando verso casa, Denizer, per la prima volta dopo due giorni, aveva ricominciato a ragionare lucidamente. *Visto che fino ad ora non mi hanno trovato, significa che non sono in grado di stabilire la posizione del mantello usando la magia*, pensava, rendendosi conto che ormai dava per scontata l'esistenza di certe persone in grado di compiere vere e proprie azioni che andavano oltre le normali regole della fisica, di origine magica, per così dire.

Ora, Marketa mi ha detto di pensare a quanto è già accaduto. L'uomo che per caso ho ucciso girava per Praga con il mantello addosso, ne era il proprietario. È ragionevole presumere che con questo caldo non lo portasse per ripararsi, ma perché cercava di sfruttare un qualche tipo di potere proprio dell'oggetto. Forse è un'ipotesi un po' azzardata, ma in fondo tentar non nuoce.

Così Denizer decise di coprirsi con la cappa di stoffa e immediatamente si rese conto di non percepire più il caldo e provare invece una sensazione di benessere totale.

Notò che il mantello aveva un angolo tagliato, ma comunque sembrava funzionare correttamente. Nonostante lo ricoprisse interamente, lui avvertiva una temperatura ideale e la stanchezza dovuta alla mancanza di sonno era sparita. Avrebbe dormito volentieri e sapeva che sarebbe stato un sonno profondo e ristoratore.

Indossandolo per qualche minuto si accorse che percepiva anche qualcos'altro. Era come sentire il battito del cuore di qualcuno con uno stetoscopio. No, un momento. C'erano più battiti. Ascoltando attentamente poteva udirne nella testa almeno tre distinti. Uno di essi era veloce, ma molto vicino; gli altri due sembravano ugualmente distanti dalla sua posizione, ma erano profondamente diversi fra loro. Il primo era lontano e veloce mentre il secondo era lontano e lento, ma percuoteva la sua testa come il martello sul gong. Il cuore di un bambino pulsa alla frequenza di cento – centottanta battiti per minuto mentre in un uomo la frequenza cardiaca è di circa settanta battiti per minuto. Se vale la stessa logica, pensò Denizer, il battito veloce corrisponde a qualcosa di piccolo, e più è lento il battito più è grande ciò che lo produce. Si accorse anche che spostandosi cambiavano leggermente in relazione alla sua posizione. Arrivò alla conclusione che indossando il mantello a facendosi guidare da lui avrebbe potuto raggiungere uno qualunque fra i tre luoghi da cui provenivano i colpi. Ovviamente non poteva sapere cosa ci fosse in quei luoghi e per il momento decise di accantonare quella interessante scoperta. Per qualche tempo si sarebbe tenuto il mantello, in attesa di scoprire quale sarebbe stata la mossa successiva di coloro che lo cercavano. Decise anche che non si sarebbe fatto trovare impreparato. In fondo era un abile truffatore; inventare nuovi modi per fregare la gente era il suo mestiere.

Justine era seduta alla sua nuova scrivania a Lione, in un ufficio asettico con mobili moderni, nella sede dell'O.I.P.C., *Organisation Internationale de Police Criminelle*, da tutti più comunemente indicata come Interpol. Aveva trascorso giornate intere a studiare i delitti della "strage di Lione" e a rimettere in discussione le vecchie teorie con nuove ipotesi, ma senza risultati.

«Come andiamo, ispettore Thompson?» chiese il

commissario Van de Baner entrando nella stanza. Lui era un tipo dall'aspetto affascinante, sulla quarantina, sempre con abito e cravatta; gli occhiali dalla montatura dorata e i capelli sale e pepe lo facevano assomigliare all'immagine del capoufficio medio, preciso e pretenzioso. Per quel poco che aveva visto, Justine era convinta che fosse proprio così.

«Non ho trovato alcun nuovo elemento. Non ho fatto progressi da quando mi ha richiesta in appoggio alla sua squadra. Sto cominciando a chiedermi se ho davvero la lucidità e l'intelligenza per poter stare seduta qui», rispose lei, in vena di autocommiserazione.

«Non si preoccupi, ispettore. Qualsiasi idiota possiede le qualità per stare seduto su quella sedia. Quello di cui in realtà abbiamo bisogno, è qualcuno che abbia anche le capacità per alzarsi da quella sedia e accompagnarmi in auto», ribatté Van de Baner.

«Sì, signore».

Il superiore fece una breve pausa nel suo ufficio dove si allacciò la fondina con la rivoltella, una Smith & Wesson modello 60, e raggiunse Justine che aspettava in corridoio. Lei, invece, non lasciava mai la sua Beretta 92-FS semiautomatica; un'abitudine che aveva adottato da tempo nella polizia inglese, anzi, la portava così spesso che quando si trovava in situazioni in cui non era consentito, ne sentiva la mancanza.

I due salirono in macchina e la sottoposta, su insistenza del nuovo capo, si mise alla guida.

Il cielo era nuvoloso, tipico delle giornate di metà autunno e questo non migliorava l'umore di Justine.

«Dove andiamo, signore?»

«A tempo debito, Thompson. Tu guida verso sud».

Trascorse qualche minuto senza che nessuno parlasse, poi la donna, ansiosa di mettersi a lavorare sul serio, interruppe il silenzio.

«Nove omicidi compiuti proprio qui a Lione, sotto il naso dell'Interpol e l'unico indizio recuperato oltre alle impronte digitali che l'hanno portata da me è un solo lungo capello bianco. Come pensa di procedere, commissario?»

«Caspita, Thompson, in una sola domanda sei riuscita a riassumere uno fra i più celebri smacchi subiti dall'Interpol, a ricordare al tuo ego quanto sei brava e a infastidire notevolmente il nuovo capo, da cui, per inciso, potrebbe dipendere la tua carriera. Niente male», esclamò Van de Baner, alterato. Lei gli lanciò un'occhiata senza voltarsi. «Comunque, tornando a parlare di lavoro», proseguì, «al momento le cose stanno esattamente così. A differenza degli altri sette, durante l'omicidio della dottoressa Alphonsine Mercier c'è stato uno scontro e l'assassino, o presunto tale, ci ha regalato quel lungo capello bianco».

«A differenza degli altri otto», disse Justine.

«Come, prego?»

«Lei ha detto a differenza degli altri sette, ma gli omicidi sono stati nove, e se uno è diverso dagli altri significa che ce ne sono otto simili». Justine accennò un sorrisetto impertinente.

«Ebbene, mia cara saputella, intendevo dire proprio sette, perché anche sul primo omicidio nutro seri dubbi. L'assassinio di padre Arnaud Llull non ha fornito particolari informazioni, ma lo stile non era quello del nostro omicida e anche l'arma non corrispondeva. Insomma, mi sono fatto l'idea che la morte di padre Arnaud sia imputabile a un altro *killer*, come direste voi inglesi».

L'ispettore Thompson gli rivolse una smorfia. «Di per sé il solo capello e quelle impronte senza riscontro nel database non ci hanno dato molte piste su cui indagare», aggiunse Van de Baner. «Poi è saltato fuori il video di un uomo, il quale si ipotizza abbia rubato una statua impossibile da rubare; e guarda un po', quell'uomo telefona sia davanti a una telecamera sia da dentro una chiesa più o meno nello stesso momento in cui, si presume, sia presente anche il nostro signor lunghi capelli bianchi.

«Si immagina che i due si conoscano e che siano addirittura complici, ergo se troviamo l'uomo che ha rubato la statua possiamo farci dire dove trovare il signor lunghi capelli bianchi», concluse il commissario con l'aria di aver appena tenuto un corso rapido su come fare il buon detective e lo sguardo di chi sa qualcosa in più di quello che dice.

«Ora, per rispondere alla tua prima domanda, ispettore Thompson, stiamo andando a cercare di scoprire qualcosa sul furto di quella statua», spiegò infine il superiore.

«Ma, non capisco. La statua è stata rubata a villa Wilson in Inghilterra. Cosa possiamo scoprire a Lione?»

«Saccente fino all'ultimo, eh? Ci sono cose che tu non sai e questo prima lo impari tanto prima potrai fare progressi in quest'indagine. Ora gira a destra e poi parcheggia nella piazzetta a sinistra».

Lasciarono l'auto e proseguirono a piedi per circa mezz'ora. Erano vicoli in cui il sole arrivava in maniera molto flebile, odoravano di muffa ed escrementi e sulle pareti degli edifici erano chiaramente visibili tracce di umidità e macchie di chissà cos'altro. Svoltarono infine in un cortile che sembrava proprietà privata, ma il commissario non parve curarsene e proseguì fino a una scala che scendeva in quello che pareva essere un seminterrato. Ci vollero cinque rampe di scale per arrivare a una grossa porta di metallo che sbarrava il passaggio. Van de Baner bussò tre volte e poi ancora due, e uno sportello sull'altro lato della porta si aprì, ma il volto che comparve rimase nell'ombra.

«Chi è?» chiese una voce straordinariamente roca.

«Siamo qui per la fiera d'inverno», replicò tranquillamente il commissario.

«Quanti per entrare?»

«Tre monete per me e due per la donna», rispose il commissario.

Si udì chiaramente il suono di una grossa chiave che ruotava all'interno della serratura facendo ben otto scatti e la porta si aprì. Il commissario si infilò agilmente nel passaggio e Justine lo seguì un po' titubante. Quando oltrepassarono la porta udirono il rumore di un mercato che sembrava lontano, ma Justine non ci fece subito caso perché stava cercando di identificare quella strana guardia dall'imponente statura che si manteneva nell'ombra. Un po' troppo imponente per un uomo. *Sarà come minimo alto tre metri*, pensò.

La donna si decise finalmente a distogliere l'attenzione dall'individuo per dedicarla a dove stava mettendo i piedi; il cunicolo era lungo e sporco, ma più avanti si vedevano luce e movimento, quindi si chiese cos'altro avrebbe visto di lì a poco. Van de Baner proseguiva imperterrito, ma prima della fine del cunicolo si fermò e si voltò verso di lei.

«Ricordi che in macchina ti ho detto che ci sono tante cose che devi ancora imparare?» chiese. «Bene, stai per farlo», aggiunse dopo che lei ebbe annuito.

Entrarono in una grande piazza malamente illuminata. L'intera area era fittamente ricoperta di bancarelle d'ogni sorta. Era il più grosso mercato che Justine avesse mai visto. Come di consueto i banchi erano disposti in modo da lasciare un passaggio centrale fra una fila e l'altra in cui i passanti potevano camminare ed esaminare le merci in vendita. L'intera piazza si trovava sottoterra e in quello che doveva essere il soffitto comparivano grandi oblò che lasciavano passare la luce, ma non erano trasparenti, in modo da conservare la privacy del luogo. Enormi colonne marmoree dislocate in maniera apparentemente casuale sorreggevano la volta. Alcune bancarelle erano estremamente illuminate e addobbate con colori sgargianti per attirare l'attenzione, altre erano quasi nascoste da grandi tendoni e altre ancora avevano lampade che irradiavano buio, non c'era altro modo per definirlo: una luce nera che lasciava il banco in penombra. Nonostante il chiasso assordante e l'immensità del mercato, però, erano essenzialmente due le cose che maggiormente colpivano chi ci andava per la prima volta: le merci in vendita e la clientela.

La maggioranza delle persone che frequentavano il mercato erano uomini e donne comuni, ma qua e là si notavano, in individui dall'aspetto apparentemente ordinario, pupille dal taglio felino o colorate di rosso o giallo, orecchie a punta o zanne animalesche. Justine dubitava fortemente che si trattasse di lenti oculari colorate o altri artifici estetici. L'abbigliamento andava dalle variopinte vesti orientali alle palandrane con tuba e bastone; da misteriosi mantelli e tuniche lunghe fino alle caviglie ai più moderni jeans con scarpe da tennis.

In quel contesto l'abito giacca e cravatta di Van de Baner colpiva come un piccione ubriaco che si schianta contro una vetrata. Le merci, poi, erano a dir poco strabilianti. C'erano bancarelle che vendevano pergamene e testi magici, o così diceva il venditore, armi e armature di tutte le epoche, erbe e polveri raccolte in anfore di cristallo, amuleti sacri e pozioni incantate, finanche corni di unicorno e piume di grifone. E come in ogni mercato che si rispetti c'erano sicuramente oggetti autentici e falsi d'autore.

«Benvenuta alla fiera d'inverno di Lione», esclamò il commissario con aria compiaciuta sorridendo per la faccia scioccata di lei.

«Ma...» provò a dire Justine osservando un tizio in sovrappeso che indossava un gilet e un cappello anni Venti mentre fumava una pipa di schiuma e portava a spasso un cane a tre teste.

«Comprendo il tuo stupore, Thompson, ma ci vuole spirito di adattabilità e l'intelligenza per capire che il mondo non è solo quello che vediamo al telegiornale».

Justine non riusciva a staccare gli occhi di dosso a quel tizio. «Ma...»

«Forza Thompson. Un nuovo mondo ti è appena stato presentato. Questa è una piccola parte di uno più vasto, che per necessità ha dovuto mantenersi nascosto. Ci sono molte cose che devi comprendere e ci vorrà tempo, per il momento cerca solo di riprendere a respirare».

«Chissà se da qualche parte fanno il caffè», si informò infine Justine, lasciando a bocca aperta il commissario.

«Brava», disse lui ridendo, «è il modo giusto di procedere».

«Non stavo scherzando. Mi ci vuole un caffè forte. Molto forte».

Dopo due caffè di cui uno corretto serviti da una gentile signora italiana, finalmente Justine fu in grado di riprendere la marcia dietro a Van de Baner che si muoveva con straordinaria sicurezza, dando prova di aver frequentato spesso la fiera. A quel punto Justine osservava con un altro spirito l'ambiente circostante.

Finalmente il commissario si fermò davanti a una bancarella il cui proprietario sembrava un cane che stava eretto come un uomo, vestito di tutto punto con un abbigliamento indiano particolarmente sgargiante. Il muso somigliava a quello di un *bassett hound,* ma di pelo completamente nero; gli occhi però non avevano la classica espressione triste di quella razza, erano anzi estremamente vispi e intelligenti.

In quel momento il cane stava millantando le particolari peculiarità di un flauto parlante fabbricato da un pastore.

«Anche il celebre Antonio Stradivari usava l'acero per fare il ponte dei suoi violini, signore e signori», continuava il venditore. Poi vide Justine che lo osservava e le fece l'occhiolino. «Il flauto non parla», aggiunse, «ma se potesse ne avrebbe tante da raccontare». Poi riprese, esponendo un mazzetto di rami di salice. «Rarissimo *salix babylonica,* se lo piantate vedrete l'albero piangere», e proseguì sottovoce a beneficio della signorina, «o piangeranno loro ripensando a quanto hanno speso per comprarlo».

La donna sarebbe rimasta a osservarlo per ore. Aveva un tono estremamente suadente e sapeva pubblicizzare le sue merci, inoltre lo trovava molto divertente ed evidentemente lui l'aveva presa in simpatia. Van de Baner, che era rimasto in disparte non notato, non la pensava così.

«Vedo che non hai perso l'abitudine di truffare il prossimo, Hercule».

Il cane rimase di stucco nel vedere il commissario spuntare dal nulla ma non si fece sorprendere.

«Per voi, *mon commissaire*, tratterò meglio il prossimo», dichiarò girandosi verso una donna che stava esaminando un corno di unicorno. «Signora mia tutti sanno che i veri corni di unicorno sono rarissimi e la loro commercializzazione è alquanto illegale. Quello è una stupenda riproduzione che conserva naturalmente tutte le proprietà terapeutiche dell'originale. Lo provi all'insignificante prezzo di costo cui lo vendo, non se ne pentirà», e incassò un paio di banconote.

«Visto», si compiacque strizzando l'occhio a Justine. «La signora è stata trattata più che bene».

«Adesso basta Hercule, so che ti diverte da morire mostrare la tua sagacia all'ignaro spettatore, soprattutto se si tratta di una ragazza carina, ma non sono venuto fin qui per sentirti blaterare sciocchezze tutto il giorno».

«Calma, calma, *mon commissaire*, mi spaventate i clienti. Cosa volevate dal povero e disponibile Hercule?»

«Sto cercando il ladro di una statua di Ermes».

«Non conosco nessun artista di nome Ermes, mon commissaire, figuriamoci le sue opere».

«Hercule!» esclamò Van de Baner, ben sapendo che l'altro lo stava prendendo in giro.

«*Ainsi*. Dove è avvenuto il furto della scultura?»

«A Bath, in Inghilterra».

«Troppo lontano, *mon commissaire*. Non ne so nulla». Van de Baner conosceva molto bene il suo informatore e aveva notato l'istante di pausa prima della risposta e il leggero tremolio delle palpebre. Ora sapeva che l'informatore poteva aiutarli. «So che sai qualcosa Hercule. Mi serve una mano, una traccia. Non dovrò rispolverare quella vecchia storia del contrabbando di lumache da combattimento vero?»

«Ma no, no. Però *je ne sais rien*. Non ne so niente di statue rubate».

«Ci sarebbe sempre quella vendita di pozioni della lussuria a quel gruppo di orchesse. L'orco che ha commissionato la ricetta ha rivelato solo a me il nome del suo fornitore».

«*Ainsi*. D'accordo, *mon commissaire*. Forse posso aiutarvi. Seguitemi dietro al carro. Non voglio che mi vedano confabulare segretamente con voi».

Mentre i tre si dirigevano dietro al carro al riparo da sguardi indiscreti, Justine fece notare che il tesserino dell'Interpol probabilmente laggiù non aveva giurisdizione, ma Van de Baner ribatté che laggiù non era in rappresentanza dell'Interpol che faceva quelle domande e svolgeva indagini. Aggiunse anche, con rammarico, che raramente nel corso della vita era riuscito a separare nettamente il suo ruolo all'Interpol quello che svolgeva in luoghi come quello.

«Venite, venite, *mes amis*», li sollecitò il cane parlante. «Gira voce che tre fra i migliori assassini della Congrega siano stati reclutati nell'ultimo anno da un oscuro committente. Di lui si sa solo che è molto influente e molto ben informato. Ai tre sono stati dati molti incarichi. Il furto della statua di Ermes a Bath era uno di questi».

«A cosa serve la statua?» chiese Justine.

«*Je ne sais rien*. Ma questa non è la domanda giusta», spiegò l'informatore.

«Sono stati loro a compiere la strage di Lione?» riprovò Justine.

«Certamente sì, ma lo sapete già altrimenti non sareste qui da me».

«Perché qualcuno dovrebbe assoldare addirittura tre sicari prezzolati per commettere furti impossibili e stragi di membri accreditati della Congrega? È chiaro che i furti e gli omicidi sono collegati, ma quale scopo ultimo spera di raggiungere questo misterioso committente?» si interrogò il commissario.

«*Exactement*. Io non so rispondere a questa domanda, ma ritengo sia proprio questa la strada che dovete percorrere per risolvere la faccenda», approvò l'informatore.

«Sulla scena di uno degli omicidi abbiamo rinvenuto un lungo capello bianco che non era della vittima. Potrebbe appartenere a uno dei tre sicari?» domandò Justine un po' risentita per non aver centrato subito il nocciolo del problema.

«Non so chi siano i tre sicari incaricati, ma so che è recentemente tornato sulla piazza un professionista italiano, un mago. Non so quale sia il suo vero nome ma è conosciuto nell'ambiente come Il Cannibale, per via della meticolosa abilità di far sparire i corpi delle sue vittime. Un mio collega di Roma, Ferdinando Bartolomeo Visconti, ha fatto qualche confidenza a questo assassino cedendo alla violenza. Forse lui può dirvi qualcosa di più».

Un lieve sussulto del commissario non preoccupò Justine, che chiese ancora: «Perché dovremmo andare fino a Roma per avere notizia di un killer a pagamento fra i tanti? Spiegaci perché ci stai proponendo di cercare proprio questo *Cannibale*?»

«*Mais certainement*, mia bella signorina. Il Cannibale ha lunghi capelli corvini a eccezione di una singola ciocca bianca che gli cade sulla fronte».

Due giorni dopo il commissario Van de Baner e l'ispettore Thompson avevano oltrepassato il confine italiano in auto, diretti alla volta della città eterna.

«Non riesco ancora a capacitarmi di quel mercato che abbiamo visitato a Lione», esordì improvvisamente Justine.

«Fiera d'inverno», la corresse il suo compagno di viaggio.

«Sì, quello, comunque lo chiamiate. Vorrei sapere così tante cose e non so da dove cominciare».

«Comincia dall'inizio. Penso che dopo quanto hai visto, tu abbia il diritto di conoscere com'è fatto veramente il mondo e quali pericoli vi si possono celare».

«Non so. Cos'è esattamente la fiera d'inverno? Perché la chiamate così?» domandò quindi Justine.

«Con fiera d'inverno si intende un mercato, come quello che hai visto a Lione, che consente il commercio di merci particolari, diciamo pure di natura prevalentemente incantata, che non potrebbero essere vendute in un qualsiasi altro mercato per così dire *normale*. Se per esempio io volessi comprare, che so, delle tende o un cuscino andrò in un qualunque negozio specializzato, o in un centro commerciale o in uno dei moltissimi mercatini che si organizzano alla luce del sole; ma se sto cercando un incantesimo su pergamena o una pozione in forma gassosa mi rimangono due possibilità; o so da chi comprarla o vado a una fiera d'inverno. Tieni comunque presente che ci sono moltissimi articoli la cui commercializzazione è severamente punita anche in una fiera d'inverno. Per esempio, il corno dell'unicorno che ha citato il nostro amico Hercule è un oggetto molto raro e speciale e la sua vendita è punita con la morte».

«Non posso ancora credere di aver avuto a che fare con un cane parlante», osservò lei.

«Non farti mai scappare una cosa del genere quando è presente uno della sua razza. Hercule non è semplicemente un cane parlante creato accidentalmente da qualche mago pazzo. Hercule è un fiero membro della razza dei coboldi; abili commercianti, grandi risparmiatori al punto da essere addirittura considerati taccagni».

«Capisco. Ma tornando all'unicorno, perché la vendita del suo corno viene punita così severamente?» chiese lei.

«Immagina la campagna di questi ultimi vent'anni contro lo sterminio di rinoceronti o elefanti compiuto da cacciatori senza scrupoli esclusivamente per avere un ritorno economico dalla vendita dell'avorio. Ora pensa a quanto sarebbe stata severa se rinoceronti ed elefanti fossero stati in numero inferiore alla ventina e se i loro corni avessero potuto essere impiegati per creare armi di distruzione di massa. Aggiungici il fatto che la Congrega non è vincolata alla democrazia o alla convenzione di Ginevra ed ecco la risposta».

«E come mai chiamarla "fiera d'inverno"?»

«Non lo so esattamente. L'ho sempre associato al fatto che d'inverno fa freddo e si tende a restare rintanati in posti chiusi mentre il mondo, fuori, continua la sua folle corsa verso l'ignoto; allo stesso modo la iera d'inverno vive per se stessa e se ne frega se la società, fuori, non sa o non vuole sapere. La fiera si nasconde in posti sicuri e vive a prescindere da quello che fa il mondo. C'è una fiera d'inverno in molte grandi città del mondo perché i membri della Congrega sono ovunque».

«E che cos'è la Congrega?» chiese ancora Justine interessata ma anche intorpidita dalla quantità di informazioni che stava ricevendo.

«Oh... Quando parliamo di Congrega intendiamo la comunità formata da quegli individui che sanno o potrebbero potenzialmente sapere come gestire la carica energetica che viene generata dalla differenza di potenziale fra i poli, positivo e negativo, che sono dentro ognuno di noi. Non so se ricordi le nozioni che t'insegnavano a scuola di elettrotecnica o di fisica sulla carica elettrica e sulla tensione. Si tratta esattamente della stessa cosa. La differenza di potenziale è applicabile a tutti i campi conservativi, come il campo gravitazionale o il campo elettromagnetico. Questi particolari individui riescono a sfruttare il dualismo insito nell'essere umano e a utilizzarlo. Dentro ogni persona c'è sia il male sia il bene, sia luce sia oscurità».

«Sfruttarlo per fare magie? Quindi è una comunità di maghi?»

«Non solo. La capacità si manifesta in modo diverso nei vari soggetti. Effettivamente c'è chi riesce, come dici tu, a fare magie e c'è invece chi può sfruttare questa energia, che si chiama energia cosmica, esclusivamente incanalandola allo stato grezzo. In quest'ultimo caso l'individuo non riesce a modificarla per fare magie, ma la usa nel combattimento corpo a corpo per sferrare colpi di una potenza inaudita a una velocità doppia rispetto a quella del normale essere umano. Stranamente risulta che se appartieni a un gruppo, non potrai mai appartenere all'altro».

Justine aggrottò la fronte. «Ed è... così per tutti i maghi?»

«Potrebbe sembrare usuale per un mago che normalmente modifica l'energia cosmica usarla anche allo stato grezzo come fa un guerriero, o mastro di spada, ma la cosa risulta impossibile, pertanto i due gruppi rimangono ben distinti».

«I due gruppi? Ne esistono altri?»

La domanda di Justine uscì spontanea.

«Oltre ai maghi e ai mastri di spada ci sono anche gli alchimisti», riprese il commissario «i quali si comportano più o meno come dei chimici, solo che usano la loro capacità di sfruttare la differenza di potenziale fra i poli del proprio corpo per produrre reazioni magiche al fine di realizzare sostanze che un normale chimico non potrebbe mai riprodurre usando i sistemi tradizionali; sto parlando delle pozioni come quella di forma gassosa che ho citato prima parlando della fiera d'inverno.

«Gli alchimisti si sentirebbero defraudati dei traguardi raggiunti se mi sentissero in questo momento, perché in realtà sono in grado di creare molto più di semplici pozioni. Mago, mastro di spada e alchimista sono categorie di membri della Congrega altrimenti chiamate classi. Ce ne sono altre su cui però al momento non mi dilungherei», concluse Van de Baner.

Rimasero assorti in silenzio per diversi minuti, mentre l'autostrada scorreva veloce sotto di loro.

«Questo genere di informazioni saranno sicuramente riservate ai membri della Congrega, immagino», affermò d'un tratto Justine.

Il commissario sorrise. «Naturalmente».

«Quindi lei è un membro della Congrega?» azzardò Justine con un certo impeto.

«Naturalmente».

Justine si fece cauta.

«Io invece sono un ispettore della polizia inglese che si è imbattuto in un'impronta digitale e quell'impronta mi ha coinvolto in un'indagine dell'Interpol. Perché mi ha voluto con sé? Perché mi ha messo al corrente di informazioni di cui non dovrei essere in possesso? Perché mi ha mostrato un mondo che non avrei dovuto vedere?»

Fra i due ci fu di nuovo qualche minuto di silenzio e fu chiaro che il commissario stava raccogliendo le idee.

«Justine», sospirò infine il commissario chiamandola per nome per la prima volta. «Conoscevo tua madre, Amanda

Thompson. Una donna eccezionale, intelligente, acuta. C'è molto di lei in te. Mi è spiaciuto molto quando è morta».

La donna, colpita profondamente da quel ricordo improvviso, tornò immediatamente a quando aveva quattordici anni; a quella stanza di casa piena di fiori, con una cassa chiusa adagiata su sostegni di metallo. Ricordò di aver pensato a quanto le sarebbe mancata la madre e ripensò alla folla che si era radunata per darle l'ultimo saluto.

Il dolore della perdita provato a quell'età non era mai stato del tutto superato ma Justine non voleva farlo trasparire.

«Già, fu un incidente statisticamente impossibile, eppure è successo».

«Parlamene», insistette il commissario.

«È proprio necessario?» domandò lei sulla difensiva.

«Consideralo un favore personale».

«D'accordo. La sua macchina fu ritrovata sotto un traliccio dell'alta tensione. La polizia che aveva ricostruito i fatti dichiarò che aveva fatto tutto da sola. Uno sbandamento sulla strada deserta e la frenata ben visibile sull'asfalto. La macchina urtò con violenza il palo, ma lei non morì sul colpo. Scese dalla macchina con fatica perché la portiera era incastrata e fu letteralmente incenerita quando mise il piede a terra. Il palo si era rotto e un cavo era finito a pochi piedi da lei».

«Grazie Justine. Ora che mi hai raccontato la tua storia, ti ricambierò il favore raccontandoti la verità».

Lei d'un tratto divenne vigile e attenta.

«Tua madre non morì in un incidente, ma fu deliberatamente uccisa. Amanda allora era la mia collega», spiegò il commissario.

«No. Si sbaglia, Van de Baner. Mia madre non ha mai

lavorato all'Interpol o in un qualunque corpo di polizia. Ne sono certa», ribatté Justine.

«È vero, tua madre non era una poliziotta mentre io invece sì, non ho mai saputo fare altro. Quando dico che era la mia collega, mi riferisco al nostro incarico presso la Congrega. Ricordi quando eravamo da Hercule e tu mi hai fatto notare che il mio distintivo dell'Interpol non valeva niente in una fiera d'inverno? Avevi ragione, ma io ero forte dell'autorità di cui mi ha insignito la Congrega: sono un siniscalco. Non è molto diverso dal fare il commissario per l'Interpol. Il siniscalco non è una classe, come il mago o il mastro di spada, ma una mansione; io sorveglio, indago e all'occorrenza catturo coloro che trasgrediscono le regole. Tua madre, a quel tempo, faceva la stessa cosa».

«Questo significa che anche mia madre era...»

«Già. Eravamo entrambi maghi e credo di poter asserire senza modestia che eravamo una grande squadra», si compiacque Van de Baner. «Al tempo eravamo sulle tracce di un assassino molto abile. Un killer a pagamento come quelli cui stiamo dando la caccia ora. Gli eravamo molto vicini. Non ne conoscevamo ancora il nome ma sapevamo esattamente dove si sarebbe dovuto trovare la mattina dopo il giorno in cui tua madre fu uccisa. Come dicevo, però, lui era molto abile e sapeva che presto l'avremmo trovato, così agì per primo. Qualcuno l'aveva informato che tua madre aveva una figlia e faceva di tutto per tornare da lei ogni volta che era possibile. Probabilmente le aveva fatto la posta per diverse sere senza successo, ma quella volta fu fortunato. Tua madre tornava a casa dalla sua bambina ormai quattordicenne e lui la stava aspettando su quella strada. Posso solo presumere che abbia lanciato un incantesimo sull'auto per farla uscire di strada e poi abbia colto tua madre alla sprovvista con un incantesimo di disintegrazione; poi fece in modo di far cadere il cavo dell'alta tensione per fuorviare la polizia locale. Appena lo seppi mi recai sul luogo. Era lampante che in quel posto ci fosse stato uno scontro magico, ma la magia non si può portare in tribunale o alla scientifica, e il caso venne archiviato come incidente. Così facendo, l'assassino prezzolato ebbe il modo di sparire e di lui non si seppe più nulla».

Justine singhiozzava e Van de Baner decise di parcheggiare in una stazione di servizio per darle il tempo di riprendersi e magari bere qualcosa. Poco dopo, mentre lui sorseggiava un caffè al bar, lei uscì dalla toilette con gli occhi ancora arrossati.

«Tutto bene?» chiese lui.

Lei annuì.

«Bene. Visto che ti ho messo al corrente di molte cose, mi sembra corretto anche accennarti dei miei programmi per il futuro», affermò lui adottando un tono volutamente allegro.

«Vuole sposarsi, avere sei figli e trasferire la famiglia in qualche isola tropicale?» Un timido sorriso le comparve sul volto.

«Molto spiritosa. Molto. Ti ho già spiegato che il processo per impiegare l'energia cosmica sfrutta la differenza di potenziale fra i due poli opposti insiti nel corpo umano, giusto? Devi sapere che esistono anche dei metodi per aumentare esponenzialmente l'energia cosmica prodotta, ben oltre i normali limiti del corpo umano. Questo processo è conosciuto come *decuplicazione* degli incantesimi. Per poterlo fare, sostanzialmente, si usa lo stesso principio. Sono necessari due oggetti che rappresentino i poli opposti più un terzo che, a causa della sua storia, sia neutro, cioè rappresenti in egual misura sia il polo positivo che quello negativo; sia il bene sia il male. Il terzo oggetto è necessario in quanto questa procedura, senza un neutro che limiti i picchi di energia, sarebbe estremamente instabile e assolutamente impossibile da gestire».

«E questo cosa ha a che fare con i programmi per il futuro?» chiese Justine.

«Pazienza, mia allieva prediletta. Gli individui che stiamo cercando stanno usando questo sistema. Ricordi il video in cui si vedeva il ladro della statua di Ermes? L'ho esaminato fotogramma per fotogramma e posso assicurarti che quel tizio aveva uno spadone sotto quel mantello; questo fa di lui un mastro di spada. Partendo da questo presupposto e sapendo che un mastro di spada non può essere anche un mago, come ha potuto il tizio teletrasportarsi all'interno della villa? Non c'erano segni di effrazione, ricordi? Inoltre, quando si è accorto della telecamera, non l'ha distrutta, l'ha accecata con un incantesimo luce. L'unica spiegazione è che c'erano almeno due suoi complici, un alchimista e un mago, in un qualche laboratorio chissà dove, che gli stavano dando una mano. L'alchimista potenziava gli incantesimi del mago con la procedura di cui ti ho parlato e il mago lanciava le sue magie attraverso il mastro di spada. Con lo stesso sistema hanno teletrasportato la statua altrove. Uno stratagemma rischioso ma efficace, come hai potuto constatare».

«Arrivi al punto», sollecitò Justine.

«È molto semplice. È possibile che le nostre indagini ci conducano fino al laboratorio in questione, dove ipoteticamente si trovano i due poli e il neutro. È altrettanto possibile che quando saremo là, io sarò impegnato a evitare che uno o più malintenzionati ci uccidano, quindi vorrei che tu fossi consapevole che quei tre oggetti vanno distrutti».

«Ma come potrei riconoscerli?»

«Beh, sono tre e sono sicuramente antichi».

«D'accordo, ma chissà quanti altri manufatti antichi ci saranno in un laboratorio del genere».

«Vero, ma la procedura prevede che ognuno di essi sia adagiato su un sostegno di pietra o marmo, che serve a stabilire il contatto con la madre Terra, e che i tre in questione siano in fila».

«Intende in linea retta?»

«Non è una questione trigonometrica; una linea quasi retta va bene lo stesso. Quanti oggetti antichi ci saranno mai, in quel laboratorio, che rispecchino la descrizione?»

Quella notte fecero sosta in un albergo di provincia e il giorno dopo raggiunsero finalmente la capitale d'Italia. Si fecero largo nel traffico cittadino e dopo circa un paio d'ore lasciarono l'auto in un parcheggio presso piazza Barberini. Camminarono per dieci minuti nel centro di Roma lungo via del Tritone. Il caos era totale. Alle centinaia di auto in coda che reclamavano a clacson spiegati e alla fiumana di romani che si accalcavano nella via diretti in ufficio o a fare shopping, si aggiungevano le centinaia di turisti armati di videocamere e macchine fotografiche digitali che, un po' disorientati, cercavano di raggiungere la fontana di Trevi o piazza di Spagna.

Era una giornata di metà autunno insolitamente calda e la ressa e i tubi di scappamento delle numerose auto in coda davano a Justine un senso di soffocamento, invece Van de Baner camminava a passo spedito senza dar segno di alcun disagio. Dopo aver oltrepassato la sede di un importante giornale italiano entrò senza esitazione in un negozietto di cravatte. Il locale era così piccolo che oltre al commerciante non potevano soffermarsi più di due persone e in quell'ambiente così ristretto e privo di un'adeguata ventilazione il caldo era quasi insopportabile. Justine si guardò intorno affascinata dalla quantità di cravatte esposte alle pareti ma si mantenne vigile e all'erta.

«Posso aiutarvi?» chiese un tizio in sovrappeso sulla quarantina dall'altra parte del bancone mentre si asciugava il sudore con il fazzoletto rosa.

Van de Baner sorrise a trentadue denti.

«Buongiorno, io e mia moglie siamo turisti francesi in visita a Roma e il *maître* del nostro hotel ci ha caldamente consigliato il negozio di cravatte del signor Visconti. Siamo nel posto giusto?»

«Ma certamente. Il miglior assortimento di cravatte dell'intera Roma e dintorni. Stavate cercando un articolo in particolare? Per quale occasione?»

«Quindi è lei il signor Visconti?» chiese ancora Van de Baner allargando ulteriormente lo smagliante sorriso.

«Sono io in persona, signore», esclamò orgoglioso il proprietario gonfiando il petto e appuntando entrambi i pollici alle bretelle color arcobaleno.

Il sorriso del commissario divenne un ghigno mentre afferrava per il colletto della camicia l'informatore trascinandolo sopra al bancone.

«Chiudi la porta», ordinò a Justine.

«Ferdinando Bartolomeo Visconti», scandì lentamente il commissario.

«Chi siete? Cosa volete da me?» piagnucolò il commerciante.

«Solo informazioni. Ma che siano genuine o ci costringi a tornare».

«Vi dirò tutto quello che so».

«Qualche mese fa è stato da te un uomo con una ciocca di capelli bianchi. Lo chiamano il Cannibale. Hai capito di chi sto parlando?» domandò Van de Baner strattonando il negoziante che era improvvisamente impallidito. «Vogliamo sapere cosa voleva da te e cosa gli hai detto. Vogliamo anche sapere dove si trova», concluse il commissario aumentando la stretta intorno al collo dell'uomo.

«Per piacere, per piacere fatemi alzare», implorò l'informatore.

Quando fu di nuovo in piedi, riprese fiato e si asciugò il sudore dalla fronte e dal collo.

«Comprendete che se vi dico quello che mi chiedete, la mia vita non vale più niente».

«Cosa credi che possa farti io se non me lo dici, Ferdinando? Se invece mi assecondi», aggiunse Van de Baner assumendo un tono più morbido e vellutato, «nessuno saprà mai che siamo stati qui e questi sono per te», concluse estraendo una molletta ferma soldi d'oro con diverse banconote da 200 euro pinzate all'interno.

«Tanto non ve ne andrete finché non parlo, vero?» chiese in tono rassegnato il negoziante.

Una sonora bussata arrivò dall'altra parte della porta chiusa.

«Ferdinando ci sei? Stai bene?» si informò una voce femminile.

Istintivamente entrambi si voltarono verso la porta e l'informatore approfittò del momento di disattenzione per tornare oltre il bancone e infilarsi in una porticina che dava sul retro sbattendo la porta in faccia a Justine che si era lanciata all'inseguimento. La porta si chiuse e non ci fu verso di riaprirla, così i due dovettero uscire di corsa dall'ingresso principale nel tentativo di aggirare l'edificio.

Uscendo si trovarono davanti una signora obesa sulla cinquantina che, allarmata, si mise a chiedere aiuto. Cominciarono a guardarsi intorno cercando un accesso al cortile sul retro dell'edificio quando il loro uomo, su uno scooter, uscì da un portone e sfrecciò sul marciapiede guidando con una mano, mentre con l'altra sventolava il dito medio.

Van de Baner agì con rapidità sorprendente dirigendosi verso un gruppo di moto parcheggiate e sollecitando Justine a fare altrettanto.

«Monta dietro, svelta!» ordinò accomodandosi su una Moto Morini Granpasso e puntando il dito sull'accensione.

Il motore si accese immediatamente.

«Non saremo stati un po' troppo duri?» si preoccupò Justine.

«Forse. Ma è l'unica pista che abbiamo e voglio seguirla fino in fondo», ribatté Van de Baner dando gas e immettendosi sulla strada all'inseguimento dello scooter.

I due sfrecciavano al centro della via e guadagnavano terreno, ma lo scooter si districava più agevolmente nel traffico compensando la differenza di cilindrata. Arrivarono a un incrocio a *T* e seguirono l'informatore che aveva svoltato a destra verso piazza Venezia. Lo scooter zigzagava fra le auto in coda e Van de Baner decise di correre lungo il marciapiede suonando per intimare ai passanti di scansarsi. Un'auto uscì da una via laterale, e non potendo evitare l'impatto il commissario scalò la marcia, dando un colpo di gas che portò l'avantreno ad appoggiarsi sul cofano. Con un abile spostamento di peso in avanti portò anche il posteriore della moto a sollevarsi, e con un'ulteriore accelerata atterrò con violenza sull'asfalto oltre l'ostacolo.

Justine fu proiettata in alto, e l'unico motivo per cui non cadde fu la stretta erculea con cui abbracciava il commissario. Lo scooter aveva recuperato lo svantaggio e percorreva a tutta velocità la carreggiata intorno a piazza Venezia in direzione del Colosseo, ma Van de Baner tagliò il piazzale, accelerando sul prato deserto, per poi ritornare sulla strada lasciandosi sulla destra l'Altare della Patria. La moto correva veloce e in prossimità del Colosseo raggiunse l'informatore che riuscì a infilarsi nel cancello di uscita dal foro romano zigzagando tra scolaresche e gruppi di visitatori stranieri.

Il commissario proseguì oltre, irrompendo fra le transenne in cui si incolonnavano le persone per entrare al Colosseo.

Bloccò la due ruote con un testacoda proprio davanti a una famiglia di orientali che mangiava il gelato e ripartì immediatamente lasciandosi alle spalle una gran nuvola di polvere. In lontananza si sentivano le sirene delle volanti e un paio di vigili urbani stavano correndo verso la moto per bloccarla. Uno dei custodi del foro, nel frattempo, aveva chiuso il cancello nel quale si era introdotto lo scooter, ma il commissario si diresse verso il chiosco di un ambulante parcheggiato davanti al muro di cinta del foro. La moto urtò con violenza i sostegni della verandina, il cui tetto cadde in modo da diventare una rampa perfetta.

Tre volanti erano ormai nei pressi e si accingevano a intrappolare Justine e Van de Baner per non lasciar loro alcuna via di fuga. Il commissario prese la rincorsa e si diresse a gran velocità verso il chiosco salendo sulla rampa un attimo prima che le volanti gli tagliassero la strada. La moto volò oltre la cinta e atterrò all'interno del complesso di rovine. Justine gridava di fermarsi, ma le mancò il fiato nel momento in cui il mezzo iniziò la sua parabola di discesa. L'impatto con il terreno danneggiò irrimediabilmente il veicolo, mentre i due passeggeri rotolavano nella polvere procurandosi lividi e contusioni.

Il viaggio è finito senza successo, pensò Van de Baner adocchiando i guardiani muoversi velocemente nella loro direzione; ma poi notò che la loro preda si era appostata nelle vicinanze, probabilmente per ridere del loro arresto, e ora li stava fissando immobile con la bocca semi aperta: Visconti non si sarebbe mai aspettato che i suoi inseguitori riuscissero a volare sopra il muro di cinta. Justine era ancora seduta per terra e cercava di rallentare i battiti del cuore, ma il commissario era euforico come non lo era da anni e con due lunghe falcate raggiunse Ferdinando.

«Ora mi dirai quello che ti ho chiesto, me lo dirai velocemente e io non tornerò a trovarti», minacciò mentre strattonava l'informatore per un braccio marciando a passo spedito verso Justine.

«Non ho potuto fare a meno di dirglielo. Minacciava di farmi cose peggiori della morte», si giustificò Visconti.

«Dirgli cosa? Svelto!» insistette il commissario.

«Gli ho fatto il nome di uno studioso della Congrega la cui passione era proprio l'oggetto che il Cannibale stava cercando. È l'unica cosa che sapevo allora e che so adesso. Non ho detto nient'altro. Lo giuro».

Van de Baner avrebbe voluto fare altre domande, ma i guardiani si erano fatti pericolosamente vicini e non c'era più tempo.

«Dimmi quel dannato nome», esclamò.

«Antonio Navarro. Vive nei pressi delle terme di Caracalla».

«Bravo. Eccoti la somma pattuita. Di' ai sorveglianti che ti ho rapito. Io devo andare», così dicendo lasciò andare Ferdinando e prese in braccio Justine, poi si nascose alla vista delle guardie rifugiandosi dietro una colonna.

Quando i sorveglianti la raggiunsero i due erano spariti.

Trascorsero la notte in un hotel. Mentre Justine dormiva nella sua stanza, Van de Baner cercò l'indirizzo esatto di questo Antonio Navarro tramite un collegamento internet con il *mainframe* dell'Interpol e la mattina si presentarono entrambi davanti a casa sua. L'abitazione era una casetta indipendente su due piani con poco giardino di fronte e un orto mal tenuto sul retro. Bussarono più volte, ma nessuno rispose; così Justine sbirciò attraverso una finestra e vide che la stanza era a soqquadro.

Sfondarono la porta e penetrarono all'interno. La confusione era totale e l'odore di cadavere era soffocante. Sembrava chiaro che, a seguito della soffiata di Ferdinando, il Cannibale avesse individuato, minacciato e ucciso il povero studioso in cerca di informazioni su un misterioso oggetto.

Trovarono quel che rimaneva del corpo di Navarro disteso sul pavimento del salotto. Sul suo petto giaceva un foglio stropicciato. Van de Baner lo prese usando un fazzoletto e lo mise nella tasca della giacca. Dopo aver perlustrato sommariamente il piano terra decisero di salire a quello superiore, quando una voce giunse dalla porta d'ingresso.

«Van de Baner. Dopo quindici anni, ci incontriamo di nuovo. Non posso dire che sia un piacere».

Entrambi i detective furono presi di sorpresa e scattarono puntando le pistole verso il nuovo arrivato. Il commissario, che non poteva credere ai propri occhi, rimise l'arma nel fodero.

«Justine, rinfodera per cortesia. Contro questo avversario i tuoi proiettili non servono. Ti informo che la nostra caccia è finita. Lui è il Cannibale, e da quanto mi ha appena fatto capire, è lo stesso assassino che stavamo cercando io e la mia collega quindici anni fa».

La ragazza osservò lo sconosciuto. Aveva una bella presenza e vestiva un formale abito gessato grigio con una cravatta bianca. Bianca come la lunga ciocca di capelli che cadeva morbidamente accanto all'occhio sinistro puntando verso la gola. Aveva anche una vistosa cicatrice su una guancia ormai completamente guarita, anche se sicuramente recente.

«*Cannibale*. Non mi è mai piaciuto il soprannome che mi è stato affibbiato. È così volgare e grossolano. Ti chiederai perché sono qui. Sono qui per fermarvi. Sono qui perché ancora, Van De Baner, mi stai con il fiato sul collo e in queste condizioni non posso lavorare. L'ultima volta non sono riuscito a ucciderti, ma ho riservato un trattamento di favore alla tua collega e anche in questa occasione, purtroppo», affermò scagliando un dardo di luce contro il petto della giovane, «la vedrai morire. Ma solo poco prima di fare la sua stessa fine».

La ragazza avvertì un intenso bruciore al petto e fu scaraventata contro una libreria sul fondo della stanza. I due uomini cominciarono a girarsi intorno, studiandosi. Il Cannibale agitò le mani creando un globo abbagliante davanti agli occhi del commissario con l'intento di accecarlo, ma lui fece una finta e si abbassò sulle ginocchia scagliando un dardo di luce rossa simile a quello scagliato poco prima dall'altro su Justine. L'assassino fu lesto nell'intercettare il proiettile con il dorso della mano che si era improvvisamente colorata di blu, deviandolo contro la finestra, che andò in frantumi. A parte i rumori degli oggetti che si rompevano intorno a loro, i due combattevano una battaglia molto silenziosa.

Il Cannibale cambiò strategia e corse su per le scale, accarezzandone il corrimano che si trasformò in un enorme serpente. Il rettile lungo quasi otto metri si scagliò contro Van de Baner che si riparò dietro a uno schermo invisibile generato dai palmi delle sue mani. Braccia tese, gambe puntellate sul pavimento: doveva resistere alla forza del serpente che lo spingeva indietro.

In quel momento Justine riprese conoscenza e notò che a salvarla era stato il giubbotto antiproiettile che aveva impedito alla folgore di trapassarle il cuore. Resasi conto della situazione estrasse la pistola e sparò tre colpi alla testa del serpente che si accasciò a terra tornando di legno.

«Brava. Ma sta attenta: quel tizio è imprevedibile, è per questo che è così bravo», si raccomandò il commissario ad alta voce.

«Tu mi lusinghi», sghignazzò l'assassino dal piano superiore.

«Ho capito bene? Ha ammesso di aver ucciso la sua collega circa quindici anni fa?» chiese Justine infervorata.

«Temo di sì, Thompson», rispose Van de Baner con tono triste.

«Lui è l'assassino di mia madre?» domandò ancora Justine incredula.

«Accidenti, chi l'avrebbe detto. Tu sei la figlia di Amanda Thompson? Due al prezzo di una. Ora ti mando dalla mamma», minacciò la voce dal piano superiore.

Dalle fessure fra le assi di legno del soffitto cominciarono a cadere vermi di ogni genere. Dalle scale, lombrichi striscianti scendevano e ruzzolavano ricoprendole come un immenso tappeto semovente. I vermi cominciarono a cadere a fiumane sulle loro teste. I due resistettero per qualche secondo poi, quando la quantità di invertebrati che strisciava loro addosso trasformò il pavimento in una poltiglia che arrivava alla caviglia, cercarono di uscire dalla porta d'ingresso.

Istintivamente il commissario realizzò che era proprio quello che voleva il loro avversario, e fermò Justine sulla soglia dopodiché lanciò fuori una sedia che esplose in una fiammata. Il soffitto cedette al centro sotto il peso di tonnellate di creature striscianti che si riversarono al piano di sotto costringendo i due a salire in piedi sul tavolo del salotto.

Van de Baner consegnò il foglio che avevano trovato sul cadavere del padrone di casa a Justine.

«Tu per lui non sei una minaccia quindi alla prima occasione vattene. Non ti seguirà».

«Non posso lasciarla qui da solo», rispose lei.

«Non hai alternative. Se resti devo pensare anche a proteggere te oltre che me stesso. Qui non sei di aiuto, è un avversario che va oltre le tue possibilità», ribatté il commissario.

Scrutarono il piano superiore attraverso il buco che si era creato in mezzo al soffitto, da cui il flusso di vermi era sensibilmente diminuito, e videro il Cannibale sospeso a mezz'aria sorridere nella loro direzione.

Troppo tardi Van de Baner capì che quella era solo un'illusione, una trappola. Scagliò un fulmine verso quello che credeva essere il nemico senza accorgersi che il vero avversario stava velocemente riprendendo la sua forma originaria proprio alle sue spalle. Astutamente il mago prezzolato dalla ciocca bianca aveva creato centinaia di colonie di vermi e poi aveva trasformato il suo stesso corpo in una quantità di vermi di massa analoga, passando così inosservato dal primo piano a quello inferiore e si era portato alle spalle dei due ignari detective. Fu facile da quella posizione privilegiata scagliare una palla di fuoco contro il suo acerrimo nemico.

Il globo esplose sulla schiena di Van de Baner coinvolgendo nella detonazione anche la collega che gli era vicina. I due corpi furono sbalzati in direzioni diverse, inerti come bambole. Le fiamme generate dall'esplosione si estesero ai tappeti e alle tende e in un attimo l'intera abitazione fu avvolta dal fuoco.

L'assassino sorrise e mandò un bacio ai nemici sconfitti in battaglia, poi tornò da dove era venuto.

VII

Era come trovarsi in un profondo tunnel buio. Sembrava di riemergere dalle profondità degli abissi. A ogni metro verso la superficie la luce diventava più intensa. I suoni diventavano meno cupi e perdevano sempre più quel riverbero che li rendeva ovattati e incomprensibili. Ecco la luce in fondo al tunnel. Quel piccolo puntino luminoso che cresceva a vista d'occhio fino a riempire l'intera visuale.

«Oh mio Dio», trasalì una voce femminile.

«Mamma, si è svegliato. Mamma».

Deomor aprì gli occhi, ma impiegò qualche istante a mettere a fuoco l'ambiente circostante. Intorno a lui vedeva pareti con carta da parati rosa e tende davanti a una porta finestra che dava sull'esterno. Si trovava in un letto con lenzuola che profumavano di bucato e sul comodino a fianco c'erano una lampada, una bottiglia di vetro piena d'acqua e un bicchiere vuoto appoggiato al rovescio per evitare che vi entrasse la polvere. Avvertiva alla testa un senso di gonfiore e pesantezza, i muscoli erano doloranti come se non li usasse da qualche mese e la spalla era intorpidita. Già, la spalla. Era stato colpito da un poliziotto zelante a Lione, subito dopo aver ucciso Arnaud Llull, il licantropo.

In ogni caso sembrava perfettamente guarita e al suo occhio di guerriero necessitava solo di un po' di moto. Come il suo corpo, peraltro.

Si tolse il lenzuolo e scoprì di essere completamente nudo. Provò a mettersi seduto, ma un capogiro lo costrinse ad appoggiare la testa sul cuscino proprio mentre una signora dall'espressione preoccupata faceva il suo ingresso nella stanza.

«Troppo presto, signor Deomor. Ci vorrà qualche giorno perché possiate scendere dal letto, ma non preoccupatevi; siete al sicuro. Angelica, tesoro, puoi gentilmente aspettare fuori. Non è il caso che tu veda il nostro ospite in queste condizioni», si raccomandò la donna rivolgendosi a una ragazzina dai capelli rossi che poteva avere circa quindici anni. La sua interlocutrice, invece, ne aveva una cinquantina, ma si teneva in forma. L'acconciatura curata nascondeva eventuali capelli bianchi e il corpo aveva ancora un aspetto tonico e sodo, frutto certamente di sport e di una dieta studiata. Solo le rughe sul collo e intorno agli occhi tradivano la sua età.

«Dove...» bisbigliò lui accorgendosi di avere la gola tremendamente secca e la lingua impastata.

«Siete nella mia villa poco fuori Lione e, come dicevo, siete al sicuro. Tenete, bevete», offrì la signora porgendogli il bicchiere che aveva riempito di acqua fresca.

«Cosa... è successo?» riuscì finalmente a chiedere Deomor.

«Non voglio caricare la vostra mente con troppi dettagli, al momento. Per quelli ci sarà tempo. Vi posso dire però che vi abbiamo trovato nella stanza segreta della chiesa di Saint Nizier, dove il vecchio padre Arnaud conservava i suoi cimeli e aveva il suo laboratorio. Eravate in fin di vita. Vi abbiamo portato qui e curato. Purtroppo, è passato parecchio da allora. Abbiamo dovuto mantenervi addormentato per poter curare le vostre ferite e consentir loro di guarire adeguatamente».

«Perdonatemi mia signora. Voi sapete chi sono io?» chiese Deomor con un filo di voce.

«Sì, signor Deomor, vi conosco di fama».

«Conoscevate padre Arnaud?»

«Era un mio buon amico».

«Allora avete commesso un errore a portarmi qui e a occuparvi di me. Sono stato io a ucciderlo», affermò Deomor.

«Lo so, e non crediate che non mi sia costato aiutarvi sapendo quello che avevate fatto, ma era giusto così. Lo stesso Arnaud Llull avrebbe approvato la mia condotta. Ora riposate. Parleremo più avanti», concluse la donna, congedandosi.

«Signora».

«Sì?»

«Grazie».

Deomor non rivide la signora per un paio di giorni. C'era sempre quella vivace ragazzina dai capelli rossi che gli portava da mangiare e lo sorreggeva nei primi passi attraverso la stanza. Dopo quelle zoppicanti e brevi passeggiate, l'uomo si sentiva sempre sfinito. Notò che durante il suo sonno prolungato qualcuno gli aveva tagliato i capelli e quando chiese chi fosse stato alla ragazzina, lei rispose orgogliosa che era stata opera sua. Si chiamava Angelica e aveva un visetto dolce e lentigginoso. Lui intravedeva negli occhi della giovane l'infatuazione nei suoi confronti e sorrideva al ricordo delle cotte adolescenziali.

Due giorni dopo il suo risveglio la signora tornò invitandolo per una passeggiata all'aperto. La stanza del mastro di spada si trovava al primo piano quindi dovette fare un notevole sforzo per scendere le scale; ma non si rifiutò, e al piano terra trovò una sedia a rotelle ad aspettarlo.

«Non mi avete ancora detto il vostro nome, signora», constatò.

«Avete ragione. Mi chiamo Francine De Bois».

«Bene, signora De Bois, cosa prevede la nostra scampagnata?»

«Oh, niente di speciale. Ho ritenuto che foste in condizione di parlare un po' con me e non volevo farlo nella vostra camera».

I due oltrepassarono la porta d'ingresso affiancati mentre Angelica spingeva la sedia a rotelle. La casa era una splendida villa settecentesca completamente restaurata e immersa in una lussureggiante campagna curata. Appena al di fuori della porta si dipanava un ampio colonnato bianco attorno al quale era stato costruito un terrazzo occupato da tavolini riparati sotto un ombrellone aperto. Siccome la villa era posizionata su una collinetta, dal terrazzo partivano due scalinate laterali che portavano al cortile lastricato sottostante. Non molto distante c'era una grande piscina sorvegliata da statue di animali mitologici e poco oltre, attraverso un piccolo bosco di betulle, si intravedeva il campo da tennis.

Sulle fronde degli alberi le foglie iniziavano a cambiare colore, l'estivo caldo torrido aveva lasciato il posto a un piacevole tepore e i profumi della campagna che si preparava all'arrivo dell'autunno colpirono le narici di Deomor strappandogli un sorriso.

Angelica spinse la sedia sul terrazzo, concedendo al suo ospite di vedere il cielo terso, mentre la signora si versò un bicchiere di succo di frutta.

«Posso offrirle qualcosa?»

«No, grazie signora. Sono più curioso di sapere cosa volete da me».

«Angelica, tesoro, potresti lasciarmi da sola con il nostro ospite per qualche minuto?»

«Certo mamma. Ma vorrei farti notare che non sono una bambina e sono cresciuta molto più in fretta delle mie coetanee. Credo sia tempo che cominci anch'io a farmi un'opinione sulle questioni importanti».

«Tesoro, sono certa che sei molto più matura della tua età e comprendo il tuo desiderio di crescere, ma vorrei preservare il tuo animo da certe questioni ancora per un po'. Non sono sicura che simili argomenti possano giovare alla tua maturità, ma sono certa che potrebbe turbarti. Fa' come ti ho chiesto, per favore».

Angelica salutò con estremo garbo, ma Deomor notò che trasudava delusione quando si avviò a grandi passi verso la piscina.

«Perdoni questo scambio di idee, signor Deomor. Mia figlia vorrebbe partecipare più attivamente ai dibattiti politici e alla vita mondana, ma ritengo che sia meglio che si goda la giovinezza il più a lungo possibile. A quell'età dovrebbe avere interessi più goliardici e meno impegnativi», si scusò Francine.

«Se posso chiederlo, non è vostra figlia naturale, vero?»

«Cosa vi fa dire questo?»

«Nel mio mestiere o si impara in fretta a notare i dettagli o si muore presto. La ragazza cerca di imitarvi e assomigliarvi, segno che vi stima molto, ma non parla e non si muove come voi, segno che non è cresciuta in vostra compagnia».

«I miei complimenti. Naturalmente mi auguro che i sentimenti che mia figlia prova per me vadano molto oltre la semplice stima, ma avete ragione. Angelica è stata adottata recentemente».

Seguì un imbarazzato silenzio, dopodiché la signora De Bois riprese il filo del discorso.

«Siete stato sincero quando mi avete confessato di aver assassinato Arnaud Llull nonostante vi avessi detto che era un mio buon amico, quindi sarò altrettanto sincera con voi. Alcuni dei miei amici fanno parte del gruppo che si oppone al Granduca».

«Siete una della resistenza?» chiese Deomor con tono accusatorio.

«Non esattamente. La mia posizione non mi permette di manifestare apertamente le mie idee politiche. Diciamo che sono una simpatizzante».

«Simpatizzate per un gruppo di terroristi. Gentaglia che non perde occasione per attentare alla vita di esponenti innocenti e pacifici della Congrega nell'assurdo tentativo di rivoluzionare un sistema di governo efficiente che consente di preservare la vita stessa di tutti i membri».

«Ammetto di non condividere i sistemi che alcuni soggetti della resistenza adottano con malcelata soddisfazione, ma mi trovo assolutamente d'accordo con loro sul fatto che il controllo dell'intera Congrega e di Capitalis sia un potere troppo grande per avere un unico depositario. La storia ci insegna come il potere, nelle mani di un solo uomo, sia una bomba a orologeria pronta a esplodere. Quanti uomini sono andati in battaglia seguendo gli ordini di un re che voleva espandere i propri domini? Quante donne e bambini sono morti, uccisi dagli eserciti che si contendevano le terre per i loro sovrani?» chiese retoricamente la donna con voce leggermente più alta del normale.

«La reggenza del Granducato è diversa», rispose Deomor. «Non ci sono altri regni contro cui combattere. Esiste solo la Congrega. Gli unici che insistono a fare la guerra sono i terroristi della resistenza».

«Avete nuovamente citato il terrorismo, signor Deomor», osservò Francine adottando un tono più pacato. «Posso chiedervi perché avete ucciso Arnaud Llull?»

«Era un licantropo. Aveva assassinato donne innocenti e rischiava di far scoprire al mondo l'esistenza della magia e, per estensione, della Congrega stessa», spiegò l'uomo.

«E naturalmente per questo meritava di morire», convenne lei. «I terroristi, signor Deomor, applicano la strategia del terrore. Uccidono qualcuno per incutere paura agli altri. Come definireste l'omicidio di un buon curato, malato di licantropia, condannato a morte per evitare che divulghi il segreto della Congrega, se non un atto di terrorismo? Non pensate forse che gli altri membri della Congrega abbiano tratto insegnamento dal vostro gesto? Non pensate forse che se qualche membro della Congrega fosse stato sul punto di rivelare qualcosa di segreto, abbia prudentemente cambiato idea, dopo la vostra azione? Non pensate che i membri oggi temano le vostre mani sporche di sangue? Anche voi siete un terrorista, signor Deomor e, al pari degli individui più bellicosi della resistenza, voi non vi ponete dubbi e non vi fate scrupoli quando si tratta di uccidere».

«State oltrepassando il segno, signora».

Entrambi rimasero in silenzio per qualche minuto smaltendo l'animosità del dibattito.

«Non era questo tipo di conversazione che avevo in mente,

ma suppongo che lo scontro di due modi così diversi di pensare fosse inevitabile. Ci sono cose di cui dobbiamo discutere, signor Deomor, ma ritengo più costruttivo rinviarle di qualche giorno. Non ho intenzione di convincervi di quanto sia errata la vostra idea o di quanto sia giusta la mia. Credo di avere l'umiltà per capire che questo sarebbe impossibile, ma resta il fatto che devo portarvi a conoscenza di alcuni accadimenti importanti. E siccome voi potreste non credermi poiché simpatizzo per la resistenza, spero di trovarvi con una più ampia apertura mentale la prossima volta che parleremo. Buona giornata», concluse la donna allontanandosi.

Deomor rimase sul terrazzo per qualche minuto godendosi il sole sul viso e l'aria satura dei profumi del prato, riflettendo su quanto gli aveva detto la signora. Dopo poco tornò Angelica, allegra e sorridente, e lo salutò con calore, ma lui non rispose. La ragazza ci rimase male e gli chiese se avesse bisogno di qualcosa. Deomor le rispose sgarbatamente che voleva tornare in camera e Angelica lo aiutò a fare le scale, dopodiché lo lasciò nella sua stanza e andò ad affaccendarsi in cucina cercando di non piangere.

Il giorno dopo Angelica bussò timidamente alla porta di Deomor, entrò e appoggiò sul comodino un vassoio con una tazza vuota, una teiera fumante e un paio di brioches. Aprì le finestre per arieggiare la stanza, e con tono abbastanza formale chiese se potesse essere d'aiuto.

Deomor rispose che si sentiva molto meglio e che da quel giorno avrebbe fatto di tutto per tornare in forma.

Spiegò che avrebbe avuto bisogno della sua compagnia per passeggiare in giardino e magari fare un paio di vasche in piscina. Lei rimase sulle sue, ancora risentita, ma prima di andarsene acconsentì ad accompagnarlo nel pomeriggio.

«Angelica», la richiamò Deomor. «Volevo scusarmi per il mio comportamento maleducato di ieri».

Lei rimase ferma per pochi istanti dandogli le spalle e poi rispose senza voltarsi.

«Mi chiami Angie».

I due trascorsero diversi pomeriggi insieme. Dapprima passeggiarono nel bosco di betulle e fecero qualche breve nuotata in piscina, poi definirono un vero e proprio programma di riabilitazione a mano a mano che Deomor recuperava le forze e la tonicità muscolare. Il numero di vasche in piscina aumentò esponenzialmente, fecero jogging intorno alla tenuta e si concessero qualche partita a tennis per rinforzare le braccia e in particolare la spalla ormai completamente guarita di Deomor. A circa dieci giorni dal suo risveglio, il mastro di spada aveva recuperato quasi del tutto la forma perduta dando prova di una straordinaria capacità di recupero.

Per Angie, invece, quei dieci giorni trascorsi insieme definirono e consolidarono il sentimento che provava per quello sconosciuto di cui si era occupata da quando era stato portato quasi morto nella casa della sua madre adottiva, ed era pronta a giurare che non avrebbe mai passato altri giorni tanto felici se non accanto al suo amore. Purtroppo si rendeva conto che lui la trattava come una sorellina minore e la grande differenza di età non giocava a suo favore, ma si ripeteva spesso che l'amore superava quel genere di difficoltà e quando un giorno lui si fosse accorto di amarla, lei lo avrebbe sposato.

Non poteva sapere di quanto si stesse sbagliando.

L'undicesimo giorno, mentre i due tornavano dalla consueta nuotata in piscina, scorsero un gruppo di tre persone, comodamente sedute ai tavolini sul terrazzo davanti al porticato, che conversavano con la padrona di casa. Erano uomini d'azione; fisico asciutto e allenato, espressione decisa. Deomor capì immediatamente che si trattava di guerrieri. Lui e la ragazza si avvicinarono, e quando la signora De Bois li vide, si affrettò a congedare i suoi ospiti. Questi ultimi stavano ancora salutando la padrona di casa quando Deomor e Angie raggiunsero il gruppo. Uno dei tre lanciò un'occhiata di sbieco a Deomor.

«È lui?» chiese indicandolo con un cenno della testa.

«Sì», rispose evasivamente Francine.

«Chi vuole saperlo?» intervenne Deomor.

«Signori, vi invito alla calma. Mi vedo costretta a ricordarvi che siete in casa mia», affermò Francine con tono deciso. Deomor e il guerriero si scrutarono negli occhi ma nessuno proferì parola, e il gruppo se ne andò.

«Signor Deomor, ritenete di essere pronto per quella conversazione che abbiamo rimandato qualche giorno fa?» domandò Francine.

«Sì, signora. Datemi il tempo di fare una doccia e vi raggiungo».

Mezz'ora dopo i due sorseggiavano del tè su una larga veranda al primo piano della casa.

«Ho pensato che dovessimo parlare, signor Deomor, perché ho delle notizie da darvi e perché, se sarete d'accordo, ne vorrei ricevere da voi», iniziò la signora.

«Procedete pure», fu la sua risposta.

«La resistenza pensa che all'interno della cerchia di comando di Capitalis, ci sia qualcuno che rema contro. Un individuo che ha accesso in qualche modo a informazioni segrete che puntualmente passa all'esterno».

«Se non ho capito male, mi state dicendo che siete riusciti a infiltrare una spia», chiese ottusamente Deomor.

«Non intendevo questo», spiegò la signora. «Supponiamo, a ragion veduta, che vengano passate informazioni all'esterno, ma non vengono trasmesse alla resistenza. Se c'è una spia, non è nostra».

«Non capisco. Non ci sono altre fazioni in gioco».

«Come dicevo, non sappiamo perché e a favore di chi ci sia questa fuga di notizie. Nemmeno a noi risultano altre "fazioni in gioco" per usare la vostra espressione, ma questo non significa che non ci siano. Per quanto ne sappiamo potrebbe anche essere un gruppo al di fuori della Congrega».

«Intendete persone *normali*?»

«Tutto si riduce a capire cosa intendete per *normali*. Dietro potrebbe esserci un governo, o una setta esoterica, o una loggia massonica per quanto ci è dato sapere».

«Capisco», ribatté Deomor non troppo convinto. «Perché lo dite proprio a me?»

«Prima di rispondere a questa domanda vorrei che ripercorreste con la memoria gli eventi recenti fino alla morte di Arnaud. Ci sono stati contatti con persone nuove o procedure impreviste diverse dal solito standard? Qualunque cosa».

«Di solito, quando la missione consiste nell'uccidere qualcuno, il Granduca in persona mi convoca a Capitalis e mi dà le istruzioni del caso. È usanza. È sempre stato così anche con i miei predecessori. Credo serva a fare in modo che il reggente si assuma la responsabilità del gesto che chiede a me di compiere».

«E in questo caso invece?» lo incalzò la signora.

«Ho ricevuto una pergamena incantata apribile solo da me. Recava in calce il simbolo ducale e spiegava che il motivo di un metodo così poco convenzionale per affidarmi l'incarico erano esigenze di riservatezza per cause di forza maggiore. Indicava il bersaglio e le motivazioni della sua condanna. Siccome riportava il simbolo ducale non ho minimamente messo in dubbio la sua autenticità e ho eseguito».

«Dove avete nascosto la pergamena?»

«Si è dissolta quando l'ho letta».

«Così la spia si è assicurata che voi non poteste fornire prova a supporto della vostra versione. Comunque credo di potervi confermare che quella pergamena era un falso», osservò la donna.

«Mi state dicendo che l'ordine di uccidere Arnaud Llull, un membro rispettabile della Congrega, non proveniva dal Granduca?» chiese lui con estrema calma.

«Precisamente».

«Naturalmente resta il fatto che ho solo la vostra parola di tutto ciò».

«Mi rendo perfettamente conto che non avete motivo di fidarvi di me, ma il fatto resta. Circa un mese fa siete stato dichiarato un fuorilegge e siccome il vostro corpo non è mai stato trovato, il Granduca ha messo una taglia sulla vostra testa. Fortunatamente per voi vi vuole vivo, ma dubito fortemente che quando sarete portato al suo cospetto riceverete onori e gloria», e così dicendo la signora appoggiò sul tavolo una pergamena su cui comparivano una fotografia a colori di Deomor, le condizioni della sua cattura e la ricompensa. Il mastro di spada non si scompose; aveva vissuto troppe esperienze temerarie per lasciarsi sconvolgere;

però era turbato. Se il suo Granduca lo voleva prigioniero, si sarebbe presentato lui stesso al suo cospetto con le manette già ai polsi. Avrebbe dato la vita per il Granduca; il suo ruolo e il suo giuramento lo esigevano.

«Stando così le cose», proseguì Deomor dopo aver esaminato l'avviso di taglia che aveva in mano, «non mi resta che andare a Capitalis a costituirmi. Signora vi ringrazio per quanto avete fatto per me. Se un giorno ne avrò la possibilità, mi sdebiterò».

«Un attimo. Per favore, signor Deomor, concludiamo la nostra conversazione», lo pregò la signora De Bois. «Vorrei farvi notare che se vi costituiste ora, come il vostro onore vi consiglia di fare, non potreste fare altro che marcire nelle segrete di Capitalis, mentre la spia continuerebbe ad agire contro il vostro Granduca».

«Che vi piaccia o no è anche il *vostro* Granduca, signora».

La donna accettò il rimprovero con un cenno della testa. «Naturalmente esiste la possibilità che questa terza fazione vi abbia ingannato al solo scopo di mettervi fuori gioco. Se questo era l'obiettivo allora è stato raggiunto e a voi non resta che costituirvi. Io però non credo che le cose stiano semplicemente così. Certo, il fatto che voi siate morto o messo in catene non può che giovare a tutte le fazioni che si schierano contro il governo della Congrega, ma io sono convinta che l'obiettivo fosse un altro. Sono in possesso di informazioni di cui voi siete all'oscuro che sembrano convalidare un'altra ipotesi. A breve vi metterò a conoscenza di queste informazioni ma a un'unica condizione». Deomor si fece più attento. «Dovete giurare che non divulgherete quanto state per apprendere. Vi concedo di usare le informazioni per trovare delle prove o scoprire i piani della terza fazione – se possiamo chiamarla così – ma non posso permettere che voi vi costituiate e davanti all'intero governo riveliate, anche solo in parte, quanto sto per dirvi. Mi appello al vostro onore».

«Signora, vi do la mia parola», giurò Deomor fissando intensamente la donna negli occhi per capire se lo rispettava abbastanza da credere alla sua promessa.

Lei scrutò attentamente l'uomo che aveva davanti. «D'accordo», annuì alla fine. «Mi basta. Subito dopo l'assassinio di Arnaud Llull sono stati compiuti altri otto omicidi le cui vittime erano sempre membri illustri della Congrega».

«Ovviamente non sono stato io».

«Ovviamente», confermò la donna. «Ditemi Deomor, nella pergamena incantata vi si chiedeva di fare anche qualcos'altro a parte uccidere il curato?»

«Effettivamente ordinava di recuperare un antico artefatto custodito nella chiesa di Saint Nizier, un libro d'argento. C'erano tutte le indicazioni per trovare l'entrata del laboratorio segreto di Arnaud in cui il libro era custodito».

«Come sospettavo. Immagino che non siate riuscito a recuperare il testo. Non c'erano libri d'argento quando vi abbiamo trovato».

«In realtà l'ho individuato, ma era custodito in una teca di vetro. Quando l'ho infranta c'è stata l'esplosione che mi ha quasi ucciso. Suppongo che il libro si sia completamente disintegrato».

La signora rifletté per qualche secondo.

«Quindi il libro di Arnaud è andato distrutto», ragionò poi a voce alta «Sappiamo che esistono altri due libri identici in Europa e sappiamo che i tre artefatti erano tutti collegati tra loro perché l'argento con cui sono stati costruiti proviene tutto dallo stesso essere».

«Come, prego?»

«Scusate. Pensavo a voce alta. Non sappiamo dove si trovino gli altri due, ma è chiaro che questa terza fazione voglia entrare in possesso di almeno uno o addirittura di tutti e tre i libri. Non possiamo neanche escludere che in realtà vogliano distruggerli. Ma perché?» si chiese la donna proseguendo il ragionamento. «Sappiamo anche che i volumi posseggono i poteri della veggenza e della conoscenza e possono essere usati per scoprire i grandi segreti; è per questo che sono stati nascosti e custoditi e la loro esistenza è stata celata anche ai membri della Congrega stessa».

«Scusate, signora, ma se il segreto dell'esistenza dei tre libri d'argento è stato così gelosamente custodito, come potete esserne a conoscenza voi?» chiese Deomor, nuovamente sospettoso.

«Il custode di uno dei libri era anche un membro pacifico della resistenza. Un idealista che amava il concetto di democrazia e che, nonostante tutto, si opponeva con forza agli attacchi che spesso la resistenza ha organizzato in passato. Un uomo che amava la pace e la libertà e credeva che le due cose potessero esistere di comune accordo. Un brav'uomo che voi non avete esitato a uccidere».

Deomor rimase in silenzio per qualche minuto. «Mi dispiace signora», replicò alla fine. «Anche se la morte di padre Arnaud è stata orchestrata ingannandomi, non posso che farmi carico personalmente della vostra tragica perdita. Non so se potrò, ma spero con tutto il cuore di fare ammenda, un giorno».

La donna smaltì la commozione che l'aveva assalita e si scusò. «Dovete perdonarmi. Non avevo intenzione di aggredirvi in questo modo».

«Non importa. Dove eravamo rimasti?»

«Sì. Dicevo che non sappiamo cosa la terza fazione si proponga di fare con i libri. Non sappiamo dove si trovino i due rimasti, ma siamo certi che li stiano cercando. Se lo fanno per distruggerli e noi ne troveremo uno, forse potremo scoprire le loro motivazioni. Se li vogliono usare non ci sono ancora riusciti, e questo ci darà tempo per trovarne uno. In un caso o nell'altro, questa situazione sembra indissolubilmente legata a quei libri, quindi propongo di recuperarli».

«Mi avete già detto che non sapete dove siano i due libri rimasti; significa che siete in grado di scoprirlo?» si informò Deomor.

«No. È un segreto troppo ben nascosto. Solo pochissimi esseri viventi al mondo lo conoscono».

«Se non esiste qualcuno che possa rivelare la posizione di almeno uno dei tre, forse esiste un qualche manufatto magico che possa rintracciarli».

La donna lo guardò stupita e lui se ne accorse.

«Mia signora, sono un guerriero, forse comprendo meglio il filo della mia spada che non i sottili giochi politici delle sale del governo, ma non sono uno stupido. Ho già visto artefatti o incantesimi che rintracciano gli oggetti più disparati», chiarì con un sorriso, uno dei pochi che concedeva.

«Non volevo sottovalutarvi, signor Deomor. Avete assolutamente ragione, ma un normale incantesimo di ricerca non basta. Quei libri sono stati creati con una magia forte, che sfrutta il materiale da cui sono costituiti; tuttavia esiste un oggetto in grado di rilevarne la presenza. Anche questo, però, è un vicolo cieco».

«Come fate a esserne sicura?»

«Sono personalmente stata sulle sue tracce e sono arrivata

a un passo dal trovarlo, ma è stato rubato. Dovete sapere che ha anche altre proprietà oltre a quella che ci si propone di usare per rintracciare i libri e una di queste è l'invisibilità. Invisibilità al massimo livello. Chi lo possiede non risulta solo invisibile all'occhio umano, ma anche a qualsiasi tipo di ricerca magica. No, signor Deomor, anche questa strada non porta da nessuna parte».

«Allora cosa proponete di fare per mettere il bastone fra le ruote a questa terzo misterioso gruppo?» domandò Deomor con tono nervoso.

«Voi avete dimestichezza con la mitologia greca?»

«Sono cresciuto a corte, ma non ho mai prestato molta attenzione alle lezioni di storia. No, la mitologia non è la mia specialità».

«In questo caso vorrei raccontarvi un episodio. Ai tempi dei grandi eroi greci, dall'amore fra la dea Nefele e il re Atamante nacquero due figli: Frisso ed Elle. I mortali però sanno essere volitivi e poco lungimiranti. Un giorno Atamante ripudiò Nefele e sposò una donna mortale, Ino. La regina Ino non sopportava i due figli del marito generati dal precedente matrimonio, ma non aveva l'autorità per cacciarli, così architettò l'inganno. Fece in modo di disperdere i semi per il raccolto e quando arrivò la primavera, sotto la minaccia della carestia, il re Atamante, all'oscuro degli intrighi della moglie, inviò dei messaggeri a interrogare l'oracolo di Delfi per sapere cosa fare. Ino corruppe i messaggeri affinché riferissero che per sopravvivere fosse necessario il sacrificio di Frisso. Il popolo si rivoltò pretendendo che l'oracolo fosse ascoltato e che Frisso fosse condannato a morte. Il re non aveva scelta. Frisso però chiese l'aiuto della madre Nefele, dea delle nubi, la quale inviò al figlio un ariete il cui vello era interamente d'oro. Frisso e la sorella Elle montarono in groppa all'ariete e fuggirono lontano, attraversando in volo terre e mari.

«Quando oltrepassarono la penisola di Tracia, però, Elle si addormentò e lasciò la presa, cadendo nelle acque sottostanti, acque che da quel momento vennero chiamate Ellesponto, "il mare di Elle"».

«Non vedo cosa questo abbia a che fare con il nostro problema», la interruppe Deomor, che non era portato a fare salotto con le dame.

«Pazienza. Volevo chiarirle il quadro generale prima di arrivare al nocciolo della questione», riprese la donna. «Frisso, non potendo far niente per la sorella, con il cuore colmo di dolore, proseguì il suo viaggio fino a una terra ignota e misteriosa governata da re Eete, la Colchide. Qui Frisso fu curato, ristorato e ospitato e un giorno prese in moglie la figlia di Eete. Per ringraziare il re dell'ospitalità ricevuta, Frisso sacrificò l'ariete a Zeus e con il vello d'oro confezionò un mantello dai grandi poteri che donò al suocero, il quale lo nascose in un bosco vicino, mettendovi a guardia un drago. Questo è quanto dice la mitologia in proposito. La Congrega, nei secoli, ha studiato le storie e le vecchie leggende e ha recuperato molti prodigiosi artefatti. Il mantello di Frisso, o vello d'oro, non è fra questi. Sappiamo però che nessun drago si sarebbe sottomesso volontariamente a un uomo allo scopo di custodire qualcosa, e la Congrega ne ha tratto la conclusione che in realtà l'ariete da cui Frisso recuperò il vello non fosse stato divinamente inviato dalla dea Nefele, ma fosse stato allevato proprio dal drago cui Eete lo restituì. È ragionevole pensare che il drago avesse magicamente creato una creatura dal vello d'oro dai grandi poteri fra i quali c'era la capacità di tornare dal proprio padrone. È probabile che precedentemente a quella vicenda, l'ariete fosse stato rubato al drago e portato lontano. Frisso lo ritrovò da qualche parte e al momento opportuno lo usò per fuggire. Non a caso l'animale condusse il suo cavaliere nella Colchide dove fu restituito al suo legittimo proprietario», concluse la signora De Bois.

«Ancora non capisco», ripeté Deomor.

«Il mantello di Frisso è l'artefatto con cui si possono rintracciare i nostri libri: uno dei poteri del mantello è quello di tornare dal proprio padrone, il drago, e i libri sono stati creati usando le scaglie di quel drago».

«Volete dire che...»

«Sì, signor Deomor. Si trattava di un drago d'argento».

«Comunque, dicevate che anche l'uso del mantello è un vicolo cieco. Dicevate che è stato rubato e al momento non è rintracciabile, quindi questa favola mitologica dove ci porta?» chiese Deomor sempre più irrequieto.

«Non vi ho raccontato questa storia per chiarirvi l'origine del mantello, ma per spiegarvi quella dei libri. Come vi ho illustrato i due restanti non sono reperibili, ma potrebbe esserci un'alternativa. Se riuscissimo a procurarci un'altra scaglia d'argento di quel drago potremmo creare un nuovo libro. A quel punto si vedrà».

Deomor si rilassò visibilmente e sorrise per la seconda volta in pochi minuti. Un sorriso amaro. «Ora capisco, mia signora», confessò. «Avete pensato che io possa tentare il recupero della scaglia e portarvela, così se dovessi riuscire nell'impresa avrete in vostro possesso un artefatto molto potente da usare a vostro piacimento e se invece dovessi fallire... in fondo io sono una pedina del Granduca e la perdita non sarebbe vostra. Comunque vada a finire voi e la resistenza ne avrete un guadagno. Sareste un'abile scacchista, mia signora».

«Le cose non stanno così, signor Deomor. Tanto per cominciare la resistenza è al corrente del fatto che vi ho salvato la vita, ma non approva. Ho agito di mia volontà contro il loro parere. Ho inoltre ritenuto opportuno non informarli delle mie conclusioni riguardo la scaglia e del tentativo di recupero. Vi faccio infine presente che se la resistenza avesse voluto uno dei libri a tutti i costi, avrebbe semplicemente potuto rubarlo ad Arnaud; non ero l'unica confidente del buon curato. Ritengo tuttavia che non abbiate scelta, Deomor. Se recupereremo la scaglia proveremo a trasformarla nel libro d'argento e cercheremo di capire perché la terza fazione sta tentando di recuperarli o di distruggerli. È prematuro fare altre ipotesi, ma se riuscissimo a capire cosa vogliono forse avremo qualche elemento per capire chi sono e a quel punto proveremo a riabilitare il vostro nome».

«Perdonatemi Francine, ma se è vero che non avete secondi fini, perché vi interessa tanto riabilitare il mio nome? Perché volete aiutarmi?»

«Non tengo particolarmente alla vostra vita, ma non so che intenzione abbiano questi individui del nuovo gruppo in gioco e non credo possano portare particolari benefici alla nostra causa. Noi desideriamo un governo di rappresentanza democraticamente eletto, e riteniamo che la Congrega sia indispensabile per il coordinamento dei membri in tutto il mondo. Non è la macchina che vogliamo cambiare ma il macchinista».

«È solamente la sua opinione personale?» interruppe Deomor.

«Gli altri pensano che sarebbe meglio lasciar fare al nuovo gruppo creando così qualche problema al Granduca, dopodiché la resistenza avrebbe gioco facile nello scompiglio generale, ma io non credo che il nemico del mio nemico sia necessariamente un mio amico. Per operare in questo senso, però, ho necessità di avvalermi dell'aiuto di qualcuno che agisca al di fuori di tutte le parti in causa e voi siete la persona ideale. Abbiamo entrambi da guadagnare da questa alleanza».

Deomor si prese qualche secondo prima di rispondere. «Accetto, Francine, ma desidero precisare che riabilitare il mio nome è di secondaria importanza. Lo faccio per scoprire chi sono questi individui che mi hanno incastrato e cosa si propongono di fare a danno della Congrega o del Granduca e poi, come avete detto voi, si vedrà».

«D'accordo. Stasera a cena discuteremo i dettagli della vostra destinazione».

Deomor trascorse il resto del pomeriggio a meditare sulla questione, sorseggiando del tè in camera sua. Quando Angelica bussò alla sua porta per avvisarlo che la cena era pronta stava ancora riflettendo su tutte le variabili di quella storia ed era giunto alla conclusione che non c'erano certezze. Anche recuperando la scaglia, troppe cose potevano non funzionare. Però era d'accordo con Francine: non aveva scelta. E poi quella nuova avventura lo entusiasmava.

La signora riuscì ad attendere solo fino alla fine degli antipasti prima di proseguire nella sua ricostruzione della storia mitologica del vello d'oro e del drago d'argento. Anche se sapeva trattenere l'euforia, si capiva che la possibilità di recuperare quella scaglia la rendeva entusiasta. Non stava più nella pelle.

«Signor Deomor, se vi sentite pronto per le mie valutazioni circa il posto dove era custodito il mantello di Frisso e dove tutt'oggi dovrebbe ancora trovarsi il drago, io comincerei».

«Perdonatemi, signora. Intendete dire che il drago potrebbe ancora essere vivo. Saranno passati oltre due millenni».

«Effettivamente credo ci siano buone possibilità di trovarlo ancora vivo, e siccome non ho sentito voci o notizie relative a misteriosi avvistamenti di draghi nei cieli greci, direi che se è vivo, sta dormendo. Un sonno che dura da oltre due millenni. Vedete signor Deomor, la vita di un uomo per un drago è lunga come il tempo che impiega un fiammifero a consumarsi nella vostra mano. Quelle bestie, di solito, nei loro anni di gioventù, usavano rimpinzarsi di mandrie di bovini o intere greggi mentre nel tempo libero assaltavano carovane, villaggi e addirittura piccoli manieri allo scopo di accumulare un tesoro che nascondevano in qualche oscuro antro. Invecchiando lasciavano sempre meno sovente la loro tana per paura che qualcuno approfittasse della loro assenza per rubare tutto o parte del loro bottino, così abitualmente si addormentavano sui forzieri sognando gemme, gioielli, artefatti magici e belle fanciulle che cantavano per loro».

«So che i draghi bianchi, i draghi del freddo il cui soffio è un getto di aria gelata che solidifica il sangue nelle vene di un uomo, si sono rintanati nelle profondità dei ghiacciai con ampie scorte di cibo e il loro amato tesoro...» intervenne Deomor.

«...e al loro risveglio», proseguì la signora, «dopo una lunga digestione che può durare anche qualche decennio, si sono accorti di essere cresciuti troppo per poter uscire dall'apertura che avevano usato per entrare. Avrebbero potuto rompere il ghiacciaio e liberarsi, ma così facendo avrebbero riportato alla luce i loro beni alla mercé degli avventurieri. Così, rassegnati al loro amaro destino, si sono riaddormentati sul loro tesoro custodendolo per secoli; senza cibo né acqua e con la sola compagnia di quell'amato bottino che continuano a contare anche in sogno. I draghi hanno una certa tendenza all'autocommiserazione, sono avari e hanno una vita lunga. Molto lunga».

«Sembrate un'esperta di draghi».

«Oh no. Sono un'appassionata. Ci sono esperti che hanno dedicato la vita allo studio dei draghi e dei miti che li riguardano e farebbero carte false per andare dove voi siete diretto, anche a costo di fare un buco nell'acqua».

«Già. A proposito, dove sono diretto?»

«Oh, scusatemi, mi sono fatta trascinare dalla spiegazione. Se siete d'accordo, vorrei procedere come oggi pomeriggio e illustrarvi dapprincipio il quadro generale».

«Ben volentieri, mia signora», e così dicendo strizzò molto lentamente l'occhio ad Angelica, che sedeva a tavola con loro, ma senza avere l'accenno di un sorriso.

«Ancora una volta la mitologia è il punto di partenza. Sappiamo che Frisso arrivò nel regno di Eete che nell'antica geografia era chiamato Colchide. La Colchide era la zona costiera di quella che oggi è chiamata Georgia, che si affacciava sul mar Nero. Siamo nel Caucaso. Abbiamo detto che Frisso sposò la figlia di Eete e che da lei ebbe una numerosa prole. La mitologia sostiene che Frisso passò l'intera vita presso la corte di Eete, il quale però un giorno seppe da un oracolo che sarebbe stato assassinato da uno straniero di sangue divino. Frisso, come dicevamo era figlio della dea Nefele, e per questo fu giustiziato da Eete, allo scopo di allontanare quella profezia. Secondo la mitologia i suoi figli tornarono presso il regno del re Atamante, padre del loro padre. Anni dopo, quegli stessi figli, furono salvati e reclutati a bordo della nave Argo da Giasone, partito dalla Grecia alla ricerca del vello d'oro. Si dà il caso che Giasone salvò i figli di Eete nei pressi dell'isola di Dia consacrata ad Ares, Dio della guerra. A seguito delle ricerche portate avanti dagli studiosi della Congrega che hanno confrontato le diverse versioni della storia e i relativi reperti archeologici, sembrerebbe ragionevole supporre che Eete abbia aspettato la decina d'anni necessari affinché la figlia, moglie di Frisso, mettesse al mondo un sufficiente numero di eredi per poi sbarazzarsi del genero senza tante cerimonie».

«Allo scopo di...», interruppe Deomor.

«È probabile che Eete avesse deciso di sfruttare la discendenza reale di Frisso, e quindi dei suoi figli, per mettere uno di essi sul trono del regno di Atamante padre di Frisso, la Beozia. I nipoti, però, appreso dell'omicidio del padre, si ribellarono a Eete, il quale non volendo uccidere la sua stessa discendenza, decise di confinarli sull'isola greca dove anni dopo sarebbero stati recuperati da Giasone. I racconti che narrano di come Eete abbia nascosto il vello d'oro in un bosco vicino sono stati diffusi dallo stesso Eete, il quale temeva che qualcuno a lui vicino potesse rubare il mantello. Questo, in realtà, fu portato molto lontano dalla Colchide, in un'altra terra, su un'isola».

«Intendete l'isola di Dia dove aveva confinato i suoi nipoti?» chiese Deomor.

«Precisamente».

«Ed è quindi sull'isola di Dia che risiedeva il drago?» domandò a sua volta Angelica, rapita dal racconto della madre.

«Certo. Come spiegavo oggi al signor Deomor, una delle capacità del vello d'oro, o mantello di Frisso se preferite, è quella di tornare dal suo padrone originario, il drago d'argento. A tutt'oggi questa resta una magia non attuabile da un mortale. Vedete, il mantello non si limita a volare magicamente dal drago. Piuttosto direi che riesce a influenzare le persone che lo circondano, il fato stesso, all'unico scopo di trovare il padrone perduto, anche se ci volessero decenni. In fondo il drago ha il tempo dalla sua».

«Allora devo dirigermi sull'isola di Dia?» dedusse Deomor.

«Sì», confermò la donna, «quella è la vostra destinazione».

«Ma da quel che so l'isola di Dia oggi è chiamata Naxos ed è abitata e rinomata meta turistica; come è possibile che in tanti anni nessuno abbia mai trovato un indizio sulla presenza del drago o almeno della sua tana?»

«Ah, signor Deomor. Siete caduto in un altro trabocchetto ideato dallo stesso Eete».

«Cosa intendete dire?»

«Per rendere più difficile il ritrovamento del mantello a quegli intrepidi che avessero scoperto che era stato nascosto sull'isola di Dia, Eete individuò un'altra isola e fece in modo che gli stessi greci con il tempo imparassero a chiamarla Dia. Per così dire, creò una seconda isola che chiamò con lo stesso nome di quella su cui era nascosto il mantello. Come potete immaginare, questo sotterfugio, per quanto banale, poteva essere la chiave di volta; l'avventuriero che avesse raggiunto una qualunque delle due isole, avrebbe cercato la tana del drago e sarebbe stato tentato di imputare i propri fallimenti al fatto che forse quella non era l'isola giusta. L'isola di Dia su cui dovrete dirigervi, ancora oggi è allo stato selvaggio. Non è abitata ed è pressoché sconosciuta. Si trova nel comune di Gouves nella prefettura di Candia a Creta».

«Molto bene», disse Deomor osservando entrambe le donne che sedevano a tavola. «Dopodomani partirò alla volta di Creta e raggiunta Dia si vedrà».

«Ancora un attimo signor Deomor», intervenne Francine, «c'è ancora qualcosa di cui devo mettervi a parte».

«Non pensate di avermi già detto molto per stasera, signora?»

«Sono certa di non avervi annoiato, signor Deomor e quanto devo dirvi potrebbe salvarvi la vita».

«Ebbene?»

«Poco fa ho citato Giasone e la nave Argo, ricordate?»

«Certamente».

«Ebbene, Giasone trovò e portò via con sé il mantello di Frisso, ma per farlo si trovò al cospetto del drago e la leggenda dice che riuscì ad addormentarlo con una pozione confezionata con delle erbe magiche. Considerando la ricostruzione che abbiamo fatto di questa storia mitologica, dobbiamo supporre che incontrò il drago all'interno della sua tana sull'isola di Dia e non nel bosco inventato da Eete. Per poter arrivare fino al drago, Giasone dovette superare due prove imposte dal re. Prima domò due tori dagli zoccoli di bronzo, corna d'acciaio e narici fiammeggianti, di proprietà di Efesto, dio del vulcano e fabbro degli dei; li aggiogò a un aratro e tracciò nel terreno quattro solchi. Poi fu costretto a seminare i denti di drago, da ognuno dei quali nacque un guerriero che gli si rivoltò contro. Solo quando Giasone uccise tutti i guerrieri fu ammesso alla presenza del drago».

«Capisco», disse Deomor.

«Volevo solo farvi presente che non sappiamo in cosa

consistano realmente le prove, ma...»

«...ma esse potrebbero essere ancora lì ad aspettarmi», finì per lei Deomor.

«Già. Ricordate che Efesto era anche dio dell'ingegno», concluse Francine.

«Ecco. Ci mancava l'ingegno di un dio».

Deomor lasciò la villa all'alba di due giorni dopo, rinfrancato nel corpo e nello spirito.

Gli addii non erano il suo forte. Il giorno dopo la sua partenza Francine De Bois, entrando nella camera da letto della figlia, scoprì che Angelica quella notte non aveva dormito nel suo letto e immaginò che avesse deciso di seguire Deomor. In fondo Angie sapeva esattamente dov'era diretto. Imprecando per la propria mancanza di intuito nell'interpretare i progetti della figlia contattò discretamente gli accoliti della resistenza per avere aiuto, ma stando bene attenta a non nominare la ricerca in cui si era imbarcato il mastro di spada. Con estremo stupore e crescente disagio scoprì che anche i tre guerrieri che avevano accidentalmente incrociato Deomor presso la villa, da un paio di giorni, erano partiti per un'ignota missione in terre lontane.

VIII

«Sei stato fortunato a incontrarmi», osservò l'uomo con le mani in tasca, «qui nessuno ha conosciuto Maugris tranne il sottoscritto. Avresti potuto cercarlo per giorni senza alcun risultato».

Indossava un paio di pantaloni sgualciti e una maglietta a righe bianche e verdi che mal si assortiva con il suo sguardo truce e il tono infastidito.

«A ogni modo sembra che la tua ricerca termini qui», ma Cassian lo ascoltava appena, mentre malediceva la sua sfortuna. Prima i bulletti, poi la banda di manigoldi al porto, l'equipaggio della nave che scopre il suo nascondiglio e ora questo. Cosa avrebbe fatto? Dove sarebbe andato? Non aveva scelta, avrebbe proseguito per l'Italia in cerca di questa Capitalis citata da padre Garrison nella sua lettera. Sapeva di non essere pronto e che quasi sicuramente sarebbe morto prima di trovarla, ma non c'erano alternative.

Con lo sguardo di chi aveva appena preso una decisione importante, squadrò l'avventore dell'osteria cercando di assumere un cipiglio più bieco del suo e lo salutò, ringraziandolo frettolosamente per l'informazione. Quindi s'incamminò verso l'uscita del paese.

«Un momento. Ti serve una mano?» chiese ancora l'uomo da dietro la sua cespugliosa barba grigia.

«No, grazie buon uomo. Sono arrivato fin qui, posso andare oltre».

«Ti accompagno per un pezzo, tanto facciamo la stessa strada», propose il tizio con tono basso alzando le spalle. Cassian non era particolarmente ansioso di dover sostenere una conversazione con chicchessia, ma non se la sentiva di sganciarsi maleducatamente.

«Mi è spiaciuto molto per la morte di Maugris. Non era un tipo di compagnia, anzi, forse io ero l'unico amico che gli restava. Tu sei un parente?» chiese l'uomo parlando quasi sottovoce.

«No. Non lo conoscevo neanche».

«E allora perché quella faccia triste?»

«Speravo potesse aiutarmi in una certa faccenda».

«E per quale porca ragione avrebbe dovuto aiutarti se neanche ti conosceva?» incalzò, smentendo l'aggressività della domanda con il solito tono basso e uniforme.

Cassian osservò il suo accompagnatore chiedendosi se con la dose di sfortuna che si portava dietro non avesse proprio incontrato il matto del villaggio che magari era anche pericoloso. Decise di assecondarlo per non avere ulteriori problemi.

«Credo che lui sapesse del mio arrivo. Avevamo un amico comune che penso gli avesse parlato di me».

«Chi è questo amico, magari lo conosco», insistette l'uomo.

«Non importa. Anche lui è morto. Si chiamava Garrison. Padre Garrison».

«Per la barba rossa di Caronte!» esclamò il tizio a gran voce, tanto che Cassian fece un balzò avanti di qualche passo.

«Garrison il chierico è morto? Non ci si crede».

L'uomo si discostò un po', perso nei suoi pensieri, poi si accovacciò spolverando distrattamente la strada con il dito. Sembrava che dalla sua figura provenissero piccoli gemiti, ma Cassian non ne era sicuro. Sì, probabilmente aveva proprio incontrato il matto del villaggio. Inaspettatamente però il signor Etienne Barbier, così si era presentato, si rialzò in piedi, e dopo aver estratto un fazzoletto con cui si asciugò entrambi gli occhi arrossati, si rivolse nuovamente al ragazzo, chiedendo in quali circostanze fosse avvenuta la dipartita di Garrison. Cassian, preso alla sprovvista, spiegò gli eventi degli ultimi giorni; dal rapporto che aveva con il prete al suo arrivo a Rocamadour. Naturalmente, seguendo le istruzioni scritte dal parroco nella lettera, non citò la sua intenzione di incontrare personalmente il Granduca, né i motivi per cui doveva farlo. Spiegò anche che padre Garrison l'aveva specificamente esortato a cercare Maugris e ad affidarsi ai suoi insegnamenti. Barbier lasciò la sua espressione malinconica, ma non adottò nuovamente quella truce, anzi sorrise in maniera calda e vivace. Gli occhi trasmettevano allegria, circondati da quelle rughe tipiche di chi ride sovente. Cassian ne era sconcertato.

«Il minimo che io possa fare per te, giovane, è darti tutto l'aiuto possibile».

«No, grazie, devo riprendere la marcia e non posso fermarmi oltre», rispose Cassian evasivo.

«Per i sette giri dei sette sacerdoti con le sette trombe. Sveglia, giovane! Io sono Maugris», esclamò mentre si esibiva in un profondo inchino.

Fu come una ventata gelata in una giornata torrida.

Cassian era letteralmente senza parole.

«Perdonami la sceneggiata, ma la prudenza non è mai troppa».

Cassian, che non era affatto convinto di quel che l'altro millantava, decise di metterlo alla prova sfruttando quelle poche informazioni che aveva su Maugris: «Lei, esattamente, che tipo di lavoro svolgeva per la Congrega?»

«Ah, vedo che Garrison ha già cominciato il tuo addestramento. Giovane, hai davanti a te il miglior preparatore di floridi talenti che la Congrega abbia mai conosciuto», rispose l'uomo facendo un altro inchino, se possibile ancor più profondo del primo.

«Adesso basta, però, dobbiamo toglierci dalla strada. Credo di aver risposto a tutte le tue domande. Se hai intenzione di accettare l'aiuto di Maugris, devi seguirmi», e si incamminò comunque verso l'uscita del paese.

«D'accordo», approvò Cassian decidendo di fidarsi dello strano tipo, «ma se il suo nome è Etienne Barbier, perché la chiamano Maugris?»

«Hai mai letto l'Orlando Furioso?» chiese a sua volta l'addestratore.

«No», rispose il ragazzo.

«Vedi, in quell'opera, il mago che consegna la spada Durindarda a Orlando, cavaliere di Carlo Magno re dei franchi, si chiama proprio Maugris. Ora, siccome io insegno l'uso dell'energia applicato al duello con le armi bianche e vivo in Francia, qualcuno in passato mi ha affibbiato quel soprannome. Immagino poi», aggiunse dopo un attimo di pausa, «che abbia contribuito anche il fatto che la *vera* Durindarda è custodita proprio qui a Rocamadour».

«Intende dire che una spada leggendaria citata in un poema di fantasia si trova realmente in qualche segreto antro non ancora scoperto dall'uomo moderno? Oppure che una spada, che si dice sia la vera Durindarda, è esposta in un museo del paese?» domandò curioso Cassian.

«Nessuna delle due», boccheggiò Barbier facendo finta di scandalizzarsi per l'ingenua ignoranza del ragazzo. «Intendo dire che la *vera* Durindarda, e intendo l'*autentica* spada usata da Orlando per spaccare in due un monte dei Pirenei che ancora oggi presenta una grossa apertura geometricamente quasi perfetta chiamata proprio la *breccia di Orlando*, è conficcata nella roccia lassù, sopra al portone della cappella di Nostra Signora», disse indicando una chiesa.

Cassian aguzzò la vista, ma era troppo lontano e si fece quindi l'appunto mentale di tornare a visitare il luogo più avanti e con più calma.

«Sai», riprese l'addestratore ricominciando la marcia, «quella spada è molto più della Durindarda di Orlando citata nel poema. Quella spada fu data a Orlando, ma non fu creata nella sua stessa epoca. È un'arma molto più antica. Si dice che sia stata addirittura la spada di Ettore nella guerra di Troia».

Cassian non era proprio convinto che tutte le dicerie avessero un fondo di verità e quest'ultima aveva proprio le sembianze della leggenda metropolitana, ma non fece commenti e cercò di concentrarsi su quello che avrebbe dovuto imparare nei giorni seguenti.

Intanto Barbier continuava allegramente a raccontare facezie sulla vita di Orlando, sulla quale pareva fosse molto preparato. Vista l'età forse l'aveva persino conosciuto. Il ragazzo sorrise a quel pensiero, e un po' della malinconia della giornata se ne andò.

Dopo un'ora buona di cammino raggiunsero una grande

casa in mezzo ai boschi fatta interamente con tronchi d'albero. A differenza delle solite baite di montagna che sembrano più dei capanni di caccia, questa era costruita su due piani ed era di forma quadrata con i lati lunghi una ventina di metri. Una fila di fregi era stata scolpita e dipinta poco sotto la linea della grondaia. Ciò che maggiormente colpì Cassian, oltre alle dimensioni e all'insolita forma, fu il modo in cui la baita si fondeva con il paesaggio circostante. Grandi abeti piegavano i loro rami ben al di sopra del tetto ed era chiaro che i rami più bassi erano stati tagliati per concedere respiro e spazio all'edificio. Erano state fissate delle reti ai loro tronchi, probabilmente con l'intento di impedire che pezzi di rami rotti o pigne raggiungessero il suolo ferendo i passanti. Nell'insieme dava l'impressione di essere un albergo per amanti delle passeggiate nei boschi.

«Sembra un rifugio di montagna», fece notare Cassian. «Ci alloggiano molti turisti?»

«Come? Turisti dici? No, non ci sono turisti qui».

L'inquietudine tornò a impadronirsi del giovane. Si trovava in un luogo affascinante ma sperduto, completamente in balia di quell'uomo. Sentì dei colpi sordi provenire da dietro la casa.

«Ah, non preoccuparti, giovane. È solo Iago, il mio apprendista. Anche tu da domani sarai un mio apprendista e io, dai miei allievi, pretendo obbedienza e volontà. Farò un accordo con te come l'ho fatto con Iago. Io posso insegnarti, ma non sono io a doverti spronare a imparare. Io mi impegnerò a insegnarti quello che so in merito al duello fra mastri di spada e tu ti impegnerai nell'allenamento fino a quando dirò che sei pronto e farai quello che ti chiedo senza discutere. Affare fatto?»

Cassian, che si era finalmente convinto di essere arrivato nel posto giusto, strinse la mano al suo nuovo addestratore.

«Affare fatto signor Barbier».

«Da domani tu sarai un allievo e gli allievi mi chiamano maestro o signore. Sono stato chiaro?» spiegò Maugris con simulata severità.

«Chiaro, maestro».

«Vieni. Ti presento il tuo nuovo compagno di giochi», e così dicendo guidò Cassian sul retro della casa dove un ragazzo biondo stava spaccando legna a petto nudo. Maugris fece le presentazioni e Iago strinse la mano di Cassian con eccessivo vigore e una certa freddezza. Non sembrava particolarmente lieto della decisione del maestro di accettare un altro allievo. I due avevano all'incirca la stessa età, ma Cassian sovrastava Iago di quasi tutta la testa. In compenso quest'ultimo aveva muscoli ben torniti e si muoveva con fluidità come un gatto di strada, a differenza di Cassian, che nel combattimento aveva la tendenza a curvare leggermente le spalle e ad assumere un atteggiamento maldestro.

A Barbier non era sfuggito l'antagonismo fra i due, ma decise che un po' di sana competizione poteva giovare al loro addestramento e se ne andò canticchiando la storia di due galletti che si contendevano il pollaio. Quella sera Cassian imparò a conoscere la baita che sarebbe divenuta la sua casa e la sua scuola. Restò stupefatto nel vedere che l'edificio quadrato non era un unico blocco ma racchiudeva al centro un cortile a cielo aperto, quadrato a sua volta, interamente ricoperto di sabbia ben rastrellata.

Internamente ogni lato della casa al piano terra presentava una vetrata grande come la parete in modo che si potesse osservare il cortile da qualunque stanza. Le camere da letto invece si trovavano al piano superiore. Cassian osservò per un po' il cortile, apprezzandone il potenziale estetico, ma trovandolo estremamente spoglio e ne chiese il motivo.

«Quello? Ma quello non è un cortile, è il vostro campo di addestramento. Circondato com'è dalle mura della casa non può essere visto da passanti, cercatori di funghi o cacciatori di frodo. È meglio che la gente normale non veda gli allenamenti degli apprendisti», rise Maugris strizzandogli l'occhio.

«Un giorno forse, quando sarò troppo vecchio per addestrare spavaldi ragazzini, ne farò un giardino privato».

La mattina seguente Cassian fu svegliato poco prima dell'alba dal maestro, si lavò e indossò gli indumenti che Maugris aveva già preparato per lui, dopodiché insieme a Iago, che era già pratico della procedura, corse per una quindicina di chilometri su e giù per i monti circostanti, sempre mantenendosi in zone appartate, lungo un percorso prestabilito. Il giovane pensava di essere in forma, ma cambiò idea quando si accorse che dopo i primi sette chilometri sbuffava come una locomotiva a vapore. Da quel punto in poi fu costretto ad alternare lunghi tratti di marcia con altri più brevi di corsa e, a malincuore, vide la schiena di Iago allontanarsi nella boscaglia. Il suo compagno di allenamenti ogni tanto si fermava correndo sul posto per aspettarlo in modo che non si perdesse, ma precisò fin dalla prima sosta che lo faceva solo perché era la prima volta e dal giorno seguente avrebbe dovuto seguire il sentiero da solo.

Quel primo giorno arrivarono quasi insieme e dopo aver immerso la testa nell'abbeveratoio posto sotto una fontanella di fianco alla casa, si riunirono al maestro per la lezione.

«Fortunatamente Cassian ha appreso le nozioni

fondamentali sulla concentrazione dal suo precedente insegnante e, mi dispiace dirtelo Iago, è già riuscito a scatenare l'energia contro un bersaglio. Più precisamente un bicchiere». I due ragazzi ascoltavano in silenzio. «Da oggi vi addestrerete insieme nell'uso delle armi bianche».

«Ma maestro, io sono sicuramente più bravo con la spada e se mi alleno con lui non posso migliorare», osservò Iago.

«Da un certo punto di vista hai ragione, ma non dimenticarti che lo scopo dell'allenamento non consiste solo nell'apprendere l'arte dello schermidore, ma soprattutto nell'imparare a produrre colpi impregnati di energia cosmica e tu non ci sei ancora riuscito. Usa pure le tue abilità al massimo. Serviranno a Cassian per velocizzare il processo di apprendimento e a te per mettere alla prova la tua concentrazione».

«D'accordo», rispose Iago guardando in tralice il suo compagno.

«Mi scusi maestro, ma cos'è un colpo impregnato di energia?» chiese Cassian.

«Ah, certamente. Dunque, vediamo. Mi hai detto di essere riuscito a rompere un bicchiere senza toccarlo, giusto?» domandò a sua volta Maugris.

«Esatto».

«Come ti sei sentito subito dopo?»

«Ero distrutto. Sentivo male dappertutto. Ricordo che ho dovuto sedermi perché le gambe non mi reggevano».

«Esatto», confermò a sua volta il maestro. «Vedi, il processo che permette ai mastri di spada di sfruttare in modo sensibile la propria energia per ottenere dei colpi di potenza e velocità eccezionali consuma molta energia. Diciamo che trasforma quella potenziale del corpo umano in energia cinetica. È grosso modo come il mulino o le torri eoliche che sfruttano il vento per produrre elettricità. Queste macchine sono in grado di trasformare l'energia del vento, che di per sé non è utilizzabile, in energia elettrica, attraverso il movimento delle pale».

Cassian, che cominciava a capire, ascoltava con attenzione.

«Nel nostro esempio, quindi», proseguì il maestro, «l'energia del vento è l'energia latente che c'è dentro di te e il tuo corpo è il mulino in grado di trasformarla in energia cinetica che risulta impiegabile e indirizzabile verso un bersaglio a scelta. Tutto chiaro fin qui?»

I due discepoli assentirono: avevano un insegnante esemplare.

«Il problema è che senza l'impiego di un catalizzatore», riprese Maugris, «il processo di trasformazione di quest'energia è troppo rapido e dispersivo. Se il tuo corpo fosse una macchina avrebbe un rendimento molto scarso. Se fosse per esempio un'automobile, consumerebbe tutto il serbatoio per compiere pochi chilometri».

«E con quale tecnica si risolve il problema?» domandò Cassian.

«I membri della Congrega che hanno la capacità di compiere questa trasformazione devono avvalersi di uno strumento che abbia il potere di dosare e sfruttare al massimo l'energia del corpo. Qui entrano in ballo le armi bianche. Le spade che userete nei combattimenti non sono soltanto armi in grado di uccidere; sono anche il mezzo attraverso il quale potrete centellinare l'energia a vostra disposizione o concentrarla in un colpo di violenza inaudita. Ma in ogni caso, l'energia che produrrà il vostro colpo, sarà quasi pari a quella consumata nel vostro corpo. L'arma bianca consente di alzare al massimo il proprio rendimento. Mi sono spiegato?»

I due studenti annuirono, rapiti dalla spiegazione del maestro.

«A questo punto va da sé che in un duello fra mastri di spada, non sempre è lo schermidore più abile a vincere. I fattori che intervengono sono molti. Sapersi riservare l'energia necessaria al momento giusto è fondamentale. Riuscire a far consumare l'energia del proprio avversario può essere una tecnica vincente ma rischiosa. Insomma, ci sono trucchi che vanno oltre la semplice abilità con la spada».

I ragazzi fecero per rompere i ranghi, ma Maugris li bloccò con un gesto della mano.

«Un'ultima cosa. Questa lezione imprevista di teoria merita di essere conclusa motivando il perché tutti i mastri di spada usino armi antiche. Molti secoli fa la Congrega ha scoperto che non è solo l'acciaio dell'arma a fungere da catalizzatore, ma è anche necessario che essa sia stata bagnata con il sangue e consacrata con la morte. Quanto più l'arma ha ucciso, tanto più sarà un buon catalizzatore. Significa che sarà meglio avere al proprio fianco una lama molto usata anche se in scarso stato di conservazione, piuttosto che una lama nuova in condizioni eccezionali».

Ora prendete le spade da allenamento e cominciate a esercitarvi sulle posizioni di base», concluse il maestro.

Cassian seguì Iago in una stanza al piano terra, nella cui vetrata davanti al campo d'addestramento era stata inserita una porta a vetri scorrevole. Nella sala erano esposte una cinquantina di armi bianche tutte di forma o lunghezza diversa. Cassian non nutrì il minimo dubbio che fossero tutte originali e quindi antiche. Individuò due azze incrociate e un'ascia bipenne, diversi spadoni a due mani, alcuni dei quali presentavano una strana lama ondulata che non aveva mai visto; c'erano anche spade più corte del normale e altre che avevano il filo su un lato solo; riconobbe i fioretti, visti in televisione durante le gare di scherma, e un gladio simile a quello di un vecchio film sull'antica Roma.

Su un tavolo al centro della stanza erano ordinatamente posate tre spade di legno e tre di acciaio senza filo e con la punta smussata. Iago ne scelse due di legno e ne porse una a Cassian, poi entrarono nel campo d'addestramento.

La sabbia su cui camminavano era asciutta e profonda, e rendeva faticosi i movimenti. Iago istruì rapidamente Cassian sulla terminologia con cui identificare le zone diverse dell'arma che aveva in mano e si mise in posizione a fianco del compagno mostrandogli le varie posizioni di difesa e di attacco. Cassian lo ascoltò attentamente e iniziò a copiare i suoi movimenti.

Un'ora dopo Barbier arrivò tra loro, elargendo consigli e critiche, dopodiché invitò gli apprendisti a confrontarsi in duello per valutarne le capacità.

«Mi raccomando, portate i colpi lentamente. In questa fase ci interessa l'applicazione pura della teoria di poco fa».

I due si fronteggiarono e Iago attaccò per primo, applicando la tecnica di attacco dall'alto.

Cassian era ancora nuovo a quel tipo di combattimento e non afferrò subito quello che gli si chiedeva di fare; così alzò la spada alla buona quel tanto che bastava per non prendere sulla testa la lama dell'altro.

«No, no. Impegno. Hai simulato posizioni per tutta l'ultima ora, non hai imparato niente? Devi muovere le gambe: se lui avanza, tu indietreggi con una gamba e sollevi la spada in questo modo. Iago ti ha spiegato i termini con cui indichiamo le varie parti dell'arma, no? Si attacca con il debole, che è la parte finale della lama perché ha maggiore velocità, e si para con il forte, che è la parte vicino all'elsa perché è la parte più robusta. Se pari con il debole rischi di trovarti una lama spezzata fra le mani», sbottò Barbier rivelando il suo lato severo.

I due ripresero il loro allenamento alternandosi in attacco e in difesa per tutto il pomeriggio saltando completamente il pranzo.

Prima del calar del sole Maugris permise loro di riprendere fiato per un quarto d'ora poi li spedì a spaccare legna. Al termine si lavarono e raggiunsero il padrone di casa in sala da pranzo, dove ad attenderli c'erano pane croccante appena sfornato, torta salata al formaggio e tre vassoi con diverse verdure. I ragazzi erano sfiniti e divorarono quello che avevano davanti e poi andarono a letto. A dir la verità Cassian si addormentò con la forchetta in mano e Maugris lo portò in camera di peso.

Il giorno dopo fu anche peggio del primo perché il ragazzo aveva i muscoli doloranti, ma strinse i denti e si dedicò anima e corpo all'allenamento.

I giorni si susseguivano e fu con piacevole sorpresa che Cassian scoprì che di domenica non ci si allenava. In quell'unica giornata libera della settimana potevano visitare i dintorni, fare nuove amicizie o andare a mangiare fuori. Se avessero deciso di pranzare a casa invece sarebbero stati trattati come ospiti e il severo cipiglio che Maugris adottava durante l'addestramento, si sarebbe trasformato nell'allegro e gioviale sorriso di Barbier. Cassian solitamente preferiva mangiare con Barbier e poi trascorrere il pomeriggio in mezzo ai turisti a Rocamadour per sentire di nuovo il vociare della gente. La solitudine dell'eremo di Maugris poteva essere snervante, a volte. Durante quelle gite ebbe modo di conoscere intimamente l'intera cittadina. Più volte si soffermò a rimirare Durindarda, quella strana spada arrugginita piantata nella roccia e trattenuta da una grossa catena per motivi di sicurezza, ma era più che sicuro che ormai non potesse più essere utilizzata se non come curiosità da mostrare nelle visite guidate.

Passarono le settimane, e le giornate divennero più corte e fredde, ma questo pareva non impensierire Barbier che si era limitato a fornire vestiti più pesanti ai suoi allievi e ad accendere dei riflettori che illuminavano a giorno il campo d'addestramento. Maugris spendeva molto tempo a parlare di spade antiche mentre gli allievi si allenavano o spaccavano legna; come riconoscerle, quando apprezzarle, quali pregi e difetti avevano le varie tipologie. Ogni tanto consentiva ai due giovani di duellare al di fuori della casa, nel bosco, e a loro sembrava di poter volare, senza la sabbia sotto i piedi che rallentava i movimenti. I duelli erano diventati molto più veloci. Le lame di legno saettavano e spesso andavano a segno lasciando dolorosi lividi bluastri, per lo più sul corpo di Cassian. Un pomeriggio d'inverno, a dicembre inoltrato, il maestro chiese a Iago di riporre le spade di legno e di usare invece quelle d'acciaio. Erano comunque spade senza filo e senza punta, ma erano molto più pesanti delle altre. I due allievi si fronteggiarono come al solito e cominciarono a duellare sulla sabbia movendosi in cerchio e studiando l'avversario. Cassian era drammaticamente consapevole di essere meno abile del suo compagno, che era evidentemente portato per il duello e riusciva ogni volta a usare qualche trucco per disarmarlo o per coglierlo a guardia scoperta. Il rapporto fra i due non era migliorato: sembrava che Iago vedesse in Cassian un ostacolo che gli impediva di procedere più celermente nel proprio addestramento e non mancava di sottolineare questo suo disappunto ogni qualvolta ne aveva occasione. Maugris continuava a spronare gli apprendisti a non sviluppare solo la destrezza, ma a cercare di usare anche la concentrazione per poter sfruttare l'energia che era dentro di loro. Questa parte, fortunatamente, anche a Iago riusciva difficile.

Iago attaccò per primo fintando a destra e tentando un affondo che colse Cassian quasi di sorpresa. Si stavano solo scaldando. Cassian provò a sua volta un attacco dall'alto cercando nel frattempo di agganciare con il piede quello dell'avversario per fargli mancare l'equilibrio, ma Iago parò il colpo con il forte della spada, sollevò il piede per evitare lo sgambetto e poi sferrò un calcio all'altezza dell'addome che colpì Cassian allo stomaco mandandolo a terra senza fiato.

«Ottimo lavoro, Iago», osservò Maugris.

Cassian si riprese in fretta e si alzò massaggiandosi la zona dolorante.

«Sei stanco, pivello?» chiese Iago con la solita arroganza.

«Stavolta vai giù tu, Iago», rispose Cassian riprendendo il duello.

Si studiarono nuovamente ma per poco, poi ricominciarono ad attaccarsi a vicenda. Le lame baluginavano e i corpi dei due sembrava danzassero tanto erano agili e sciolti. Cassian saltava per evitare i colpi bassi mentre Iago fintava a destra e a manca per non farsi cogliere dal maggiore allungo dell'altro, finché con un abile colpo di polso riuscì a colpire l'interno dell'avambraccio di Cassian facendogli perdere la presa sull'arma, che cadde a terra. Non contento infierì sul compagno con un sonoro colpo in viso che gli ruppe il naso. Il maestro non disse niente perché aveva colto sul viso di Cassian la rabbia repressa. Ci contava. La rabbia non era il modo migliore per impiegare l'energia, ma era un modo come un altro per imparare a farlo.

Cassian, dopo il primo breve attimo di shock, si tirò su come una furia e si lanciò su Iago a mani nude, ma l'altro non era impreparato e frenò il suo impeto con qualche stoccata qua e là tanto per istigarlo. Quando Cassian si proiettò nuovamente contro di lui a testa bassa, lo schivò lasciando un piede sul suo percorso e Cassian tornò faccia a terra a mangiare sabbia.

«Calma, spilungone. Non puoi affrontarmi a mani nude. Raccogli la tua arma se vuoi avere una possibilità, ma preparati a sopportare altro dolore, stavolta ci andrò giù pesante. Forse è meglio se resti nella polvere dove ti ho spedito come un cane bastonato».

Cassian si rialzò furente, ma raccolse la sua arma. Stranamente la spada sembrava molto più leggera ora. Iago scattò in avanti prima ancora che l'altro si fosse alzato del tutto, ma stavolta fu Cassian a parare prontamente il colpo e a rispondere con una stoccata velocissima che Iago riuscì a evitare per puro istinto. Maugris era trepidante, ma non mostrava la sua euforia. Iago capì che qualcosa era cambiato, ma nella foga del combattimento non riuscì a realizzare cosa fosse, e tentò un fendente rovescio. Cassian si mosse fulmineo entrando nella guardia avversaria e intercettando la lama prima ancora che il fendente venisse caricato; prolungò quindi il movimento del braccio e colpì Iago al petto con il pugno con cui stringeva la spada, sfogando in quell'unico colpo tutta la forza di cui era capace.

L'impatto fu tremendo.

Il corpo di Iago fu scaraventato contro la parete di vetro che aveva alle spalle, infrangendola, e rimase immobile sul pavimento di parquet del salotto. Maugris si precipitò a verificare le condizioni del suo allievo e decise che, vista la gravità della ferita, era meglio non spostarlo. Corse via e tornò dopo poco con un impacco medicamentoso e una boccetta che conteneva un liquido azzurrognolo.

Cassian osservava la scena mentre la rabbia diventava prima stupore e poi paura di aver fatto dei seri danni al compagno. Naturalmente aveva intenzione di punirlo e fargli male, ma non aveva mai avuto l'intenzione di ucciderlo. Dopo diversi minuti di attesa, Maugris si alzò in piedi tenendo il corpo inerte di Iago fra le braccia. Cassian era paralizzato dall'orrore tanto che non aveva ancora lasciato la spada.

«Non preoccuparti, giovane, se la caverà con qualche giorno di riposo. Ha parecchie costole fratturate, ma i miei impacchi fanno miracoli», svelò il maestro sorridendogli. «Complimenti. Un ottimo colpo», ammise con tono ammirato.

Iago rimase privo di conoscenza per tutto il giorno seguente. Ogni tanto Cassian faceva una visita nella sua camera per vedere se c'erano miglioramenti. Si sentiva in colpa per aver ecceduto spinto dall'ira e per aver quasi ucciso il compagno. La sera del secondo giorno, quando entrò trovò Iago sveglio e vigile che fissava fuori dalla finestra. Il sole stava tramontando e la foresta si incupiva sempre più.

«Permesso?» chiese Cassian giocherellando nervosamente con Cecrope, l'anello di giada donatogli dalla signora Campbell, che portava sempre al dito.

«Entra», rispose Iago in tono sommesso.

«Come ti senti?»

«Come se un pivello spilungone mi avesse pestato con una mazza da baseball lunga cinque metri e fatta di ferro».

«Senti, volevo solo dirti che sono dispiaciuto per quello che è successo».

«Tanto non ti credo. Non vedevi l'ora di darmele di santa ragione», rispose Iago.

«Non posso negarlo, ma quando ti ho visto là disteso a terra non ho provato soddisfazione, piuttosto direi... rimorso».

«Vattene, pivello, non m'incanti».

«D'accordo. Ma non è che tu ci sei andato leggero, sai? Com'è che quando eri tu a ferirmi non ho mai visto pietà o comprensione e quando invece l'ho fatto io improvvisamente sei diventato un martire», si risentì Cassian, d'un tratto indispettito dall'atteggiamento scorbutico e maleducato dell'altro.

«Tu hai cercato di uccidermi», lo accusò Iago alzando la voce.

«Non ho ancora il controllo dell'energia. È stato un incidente, e comunque fra un paio di giorni sarai in piedi più vispo e arrogante di prima, quindi qual è la differenza fra le botte che mi hai dato tu e quelle che ti ho dato io?» ribatté Cassian con lo stesso tono.

«Tu me le hai date una volta sola ma hai fatto per cento».

Dopo quest'ultima frase ci fu un prolungato silenzio mentre i due si guardavano negli occhi. Entrambi cercavano di non distogliere lo sguardo e nello stesso tempo, piano piano, una strana smorfia cominciava a comparire sulle loro labbra. Il sorriso fu trattenuto quanto possibile e poi entrambi scoppiarono a ridere nello stesso momento e continuarono per diversi minuti, finché Iago non dovette fermarsi a causa del dolore al costato. Trascorsero insieme tutta la sera raccontandosi aneddoti della loro vita. Iago aveva ancora entrambi i genitori e due sorelle più piccole in un paesino in Andalusia. Nessuno dei suoi era mai stato un membro della Congrega. Nessuno dei suoi aveva mai neanche sentito parlare della Congrega. Un giorno un reclutatore l'aveva notato durante una partita di calcio e gli aveva proposto una serie di test con la scusa di ammetterlo in una grande squadra. Le prove avevano dato esito positivo e il reclutatore aveva mostrato a lui cosa sarebbe potuto diventare, imponendogli riservatezza, e aveva convinto i suoi a lasciarlo partire propinando loro l'iscrizione in un istituto rinomato in Francia senza alcuna spesa per via di una certa borsa di studio. Ogni tanto, la domenica, chiamava a casa per dir loro che stava bene e che prendeva buoni voti. Prima di arrivare alla scuola di Maugris, Iago si era addestrato nel duello in una città di nome Salamanca che, per quanto non fosse famosa come Toledo, poteva comunque offrire ottimi insegnanti nelle arti della scherma.

Trascorsero decine di minuti a scambiarsi confidenze e racconti di vita, e crearono finalmente la connessione che non erano riusciti a stabilire nei giorni precedenti, scoprendosi più simili di quanto avrebbero potuto immaginare.

I due erano stati rivali, e quella rivalità, come spesso accade, era stata solo uno dei modi per imparare a conoscersi. Ora stavano veramente diventando compagni e presto sarebbero divenuti amici.

Maugris al piano di sotto sorrise compiaciuto.

Passarono diverse settimane da quell'episodio e l'inverno si fece rigido. Iago si assunse il compito di insegnare a Cassian le raffinatezze imparate a Salamanca, mentre

Cassian sviluppò il controllo dell'energia e trasferì all'amico la sua esperienza, finché riuscirono a duellare finalmente in un modo che Barbier giudicò accettabile. Solo a quel punto iniziò il vero e proprio addestramento. Maugris impugnò a sua volta la spada da allenamento e insegnò a suon di fendenti e abili finte. Non solo. L'insegnamento di Maugris era soprattutto dedicato all'ottimizzazione dell'energia usata nei colpi e puntava a sottoporre i propri allievi a situazioni particolari in cui dovevano decidere quanta usarne. Spesso insisteva sul fatto che una parata per bloccare il colpo avversario richiedeva la stessa energia impiegata dal nemico per attaccare e questo non era un buon compromesso. Colui che attaccava, infatti, poteva contare sul fatto che se il colpo fosse andato a buon fine avrebbe ferito l'altro mastro di spada, mentre chi difendeva poteva al massimo aspirare a non farsi colpire. La cosa migliore non era bloccare il colpo ma deviarlo. Ciò, richiedendo meno energia, permetteva a chi difendeva di conservarne una quantità maggiore di chi attaccava.

Una fredda mattina di gennaio, dopo la solita corsa per i boschi in preparazione alle ore di duello che l'aspettavano, Cassian decise di fare qualche esercizio di concentrazione. Mentre Iago si riscaldava con la spada, Cassian si sedette a gambe incrociate raggiungendo il solito stato di quiete mentale. In un attimo avvertì l'energia del suo corpo pronta a balzare fuori al suo richiamo. Ormai aveva imparato a raggiungere quella condizione in pochissimi attimi durante il combattimento, ma farlo senza la necessità di agire velocemente gli dava una sensazione di serenità. Studiò i limiti dell'energia che si agitava dentro di lui e ne ridusse l'intensità fino a percepirla appena; era ai limiti dello stato di veglia quando avvertì un intenso formicolio lungo tutto il corpo. Era una sensazione nuova e lui si destò di soprassalto, scattando in piedi.

«Che ti succede?» domandò Iago.

«Niente, niente», rispose Cassian massaggiandosi le mani e le spalle. Decise di riprovare per vedere dove l'avrebbe portato quella nuova scoperta.

Si concentrò nuovamente fino a sentire l'energia e poi si ritrasse da lei fino ad avvertire nuovamente il pizzicore su tutta la pelle. Era una sensazione abbastanza sgradevole. Come quando dopo essersi fermati molto in una posizione scomoda al momento di alzarsi non si avverte più la sensibilità. Era come se migliaia di piccole zanzare lo pungessero simultaneamente. Decise di insistere, ma a parte la sensazione non riusciva a ottenere nessun altro effetto; eppure avvertiva con chiarezza la sua energia diminuire sensibilmente. Quel consumo doveva essere motivato in qualche modo. Pensò ingenuamente che probabilmente la stava facendo scorrere sulla pelle e questo generava il pizzicore; quindi provò ad allontanarla da sé pensando di poterla sprigionare come una bolla dirompente nell'area circostante. In realtà non ci fu nessuna esplosione. Anziché liberare una forza d'urto nella zona, come Cassian si sarebbe aspettato, l'energia continuava a scorrere intorno a lui a qualche millimetro dal suo corpo. Era come essere racchiusi in una bottiglia trasparente che aveva la forma della sua persona, ma leggermente più grande; quel tanto che bastava per poterlo contenere.

In quel momento arrivò Maugris.

«Giovane», si rivolse a Iago, «dov'è il tuo socio?»

«Non so», rispose Iago visibilmente stupito, «era qui un

secondo fa».

Cassian pensò che lo stessero prendendo in giro. «Sono momentaneamente assente, ma torno subito».

Gli altri due però balzarono in posizione di difesa al suono della sua voce.

«Ehi, calma. Sono io».

«Per le lingue biforcute dei serpenti di Medusa», esclamò Maugris.

«Come accidenti hai fatto?» seguì Iago.

«A fare cosa? Io non ho fatto niente. Mi stavo solo concentrando», spiegò Cassian.

D'un tratto Barbier scoppiò in una tonante risata.

«Bene, bene. Quindi tu sei uno di quelli», osservò continuando a ridere.

«Di *quelli*?» chiesero contemporaneamente i due allievi.

«Vedete, miei fidati apprendisti», iniziò Maugris dopo aver atteso qualche secondo per riprendersi, «ogni tanto capita che un mastro di spada, che dovrebbe avere unicamente l'abilità di impiegare l'energia allo stato grezzo attraverso l'uso di un'arma bianca, in realtà possegga anche altre doti per diritto di nascita. Non si sa da cosa possa dipendere. Nel caso del nostro Cassian, si tratta del mimetismo. Se riesci a raggiungere lo stato di concentrazione in cui ti trovavi poco fa diventi completamente invisibile. Noi non potevamo vederti e sono sicuro che un mago non avrebbe potuto percepirti neanche facendo un incantesimo di individuazione. Naturalmente c'è anche il rovescio della medaglia. Se vuoi continuare a restare invisibile devi mantenere la concentrazione e così facendo non puoi attaccare o difenderti. In altre parole, se provi ad attaccare mentre sei invisibile torni visibile. Certo l'invisibilità diviene utile per tante cose, ma non potrai usarla in combattimento.

«Questo mi riporta alla mente l'episodio che ha fatto capire a Garrison che avevi il potenziale per essere un membro della Congrega. Non mi avevi forse detto che era rimasto molto colpito di non averti visto vicino a quella colonna della chiesa? E dimmi, giovane, mentre il buon prete ti cercava, non si è forse fermato farfugliando qualcosa e concentrandosi?» chiese astutamente Barbier.

«Sì, è esatto. Ho pensato che stesse provando a non sbottare a causa della mia improvvisa sparizione», confermò Cassian.

«No. Credo piuttosto che per comodità abbia lanciato un incantesimo di individuazione e non rilevando alcuna presenza in chiesa abbia pensato che tu fossi andato a casa; quando il giorno dopo gli hai confessato di essere rimasto ai piedi di quella colonna deve aver capito che involontariamente avevi fatto ricorso alla tua innata abilità di mimetismo e quindi che eri un membro della Congrega», concluse soddisfatto il maestro.

Cassian comprese che Maugris aveva ragione e pensò che forse quella volta ci era riuscito per puro istinto a causa della paura che aveva provato nel sentire risalire il parroco dalle sue stanze segrete sotto la chiesa. Inoltre è possibile che il mimetismo lo avesse salvato anche quando si era nascosto nella cassa con cui si era imbarcato a Portsmouth; in mezzo a tutti quegli operai e poliziotti, possibile che nessuno avesse notato niente?

«Nelle cronache della Congrega molti mastri spada famosi o importanti avevano anche abilità innate», proseguì Maugris. «Così su due piedi ricordo John James Barrett, il grassatore britannico che possedeva il dono di teletrasportare piccoli oggetti, di solito monete che provenivano dalle tasche altrui;

e c'era Christophorus Shulze, detto il lanzichenecco, in grado di paralizzare temporaneamente l'avversario con il tocco delle mani; e la bellissima Amira Ben Sinas, che ammaliava gli uomini cantando durante il duello con la sua voce angelica».

Rivolse uno sguardo compiaciuto ai due allievi che pendevano dalle sue labbra.

«Naturalmente», continuò il maestro, «non possiamo non citare il precedente Granduca, Nicodemus Scott Harrison, che aveva anche lui l'abilità del mimetismo, oppure il suo primo ministro e padre dell'attuale signore della Congrega, Iulio Delgado, che riusciva a creare fino a due immagini illusorie di sé confondendo i nemici.

«Ora, miei mai sufficientemente lodati apprendisti, che ne pensate di cominciare le nostre schermaglie mattutine?» domandò goliardicamente Barbier.

La proposta fu accolta da un prolungato coro di protesta.

Quella sera, nella tranquillità della sua camera da letto, Cassian rilesse dopo tanto tempo la lettera che padre Garrison gli aveva scritto e per la prima volta aprì il cofanetto per tenere fra le mani il piccolo libro d'argento che vi era stato custodito. Non aveva più ripensato al compito che gli era stato affidato. Chissà se aveva aspettato troppo. Chissà se era giunto il momento di partire alla volta di Capitalis, la sede centrale della Congrega.

Sfiorò l'anello con l'agata rossa che portava al dito ricordando la strana signora Campbell. Si concesse anche il fugace pensiero di Angelica. Chissà cosa stava facendo. Pensava ancora a lui? Richiuse il libro nel cofanetto e lo nascose nello zaino insieme alla lettera, poi si addormentò.

Il giorno dopo, per la prima volta in quei mesi di apprendistato, Barbier cambiò il programma delle lezioni giornaliere e dopo la corsa portò entrambi i suoi allievi a esplorare la montagna. Camminarono per ore cercando piste di animali e impronte. Maugris era instancabile nello spiegare loro come si insegue una preda, cosa bisogna cercare, quando è il momento di correre e quando invece bisogna appostarsi. A metà pomeriggio, quando rientrarono, li fece comunque duellare fra loro e poi comunicò che da quel momento fino a primavera avrebbero dovuto imparare a diventare dei buoni cacciatori.

«Badate», raccomandò, «lo scopo non è quello di uccidere animali, anche se capiterà di doverli catturare; lo scopo è quello di imparare a trovare la preda, oppure, nel caso foste voi la preda, imparare a pensare come il cacciatore».

Quella sera, durante la cena, Cassian domandò a Maugris di raccontargli quello che sapeva di Capitalis, o come molti la chiamavano, il Granducato. Per un membro della Congrega sapere cos'era e dove si trovava Capitalis era del tutto normale e quindi Barbier, uomo notoriamente prosaico, la prese alla lontana.

«Dimmi Iago, da dove vieni?» chiese il maestro.

«Dalla Spagna».

«E qual è la Capitale della Spagna?»

«Madrid», rispose prontamente Iago.

«E tu Cassian?»

«Io sono inglese».

«E qual è la capitale dell'Inghilterra?»

«Londra».

«Bravi ragazzi. Siete estremamente preparati. Penso che dovreste partecipare a qualche show televisivo. Ma torniamo a noi; come sapete, tanto la Spagna quanto l'Inghilterra o la Francia hanno dei confini politici ben definiti e ognuna di queste nazioni ha una capitale. La Congrega è come una grande nazione che non ha confini. Gli abitanti di questa nazione *vivono* sparsi in ogni parte del globo. *Nascono* sparsi in ogni parte del globo. La Congrega li cerca, li recluta e li addestra a seconda delle loro capacità, come è successo a te Iago e, anche se in modo un po' insolito, come è successo a te Cassian. Il punto è che i membri della Congrega vivono nelle nazioni del mondo proprio perché la Congrega non ha dei confini fisici. Con un'unica eccezione: Capitalis».

«Capitalis, quindi, è l'unica vera e propria città al mondo interamente dominata dalla Congrega?» domandò Cassian.

«No, non è proprio esatto», chiarì Barbier. «È la città costruita dalla Congrega per i propri appartenenti. Certo, ci sono altri luoghi nel mondo dove i membri possono riunirsi. Pensate alle fiere d'inverno per esempio, che sono classici mercati la cui presenza viene mantenuta segreta poiché vi si commerciano merci di natura squisitamente magica. Nessuno di questi luoghi, però, ha le dimensioni e soprattutto il potere che invece è possibile trovare a Capitalis. A ragion veduta, quindi, ci si riferisce a Capitalis come alla capitale della Congrega; anzi, è stata chiamata così proprio per questo motivo».

«Io ho sentito riferirsi a Capitalis anche come al Granducato», affermò Cassian

«Io invece non ho capito dove si trova Capitalis e se è una città magica», confessò Iago.

«D'accordo. Una domanda alla volta. Capitalis si trova in Italia. La città capitale della Congrega è stata costruita nell'unica zona al mondo in cui la differenza di potenziale fra le due forze uguali e opposte, comunque decidiate di chiamarle, era così alta da consentire di costruire stanze, locali, laboratori che potessero sfruttarla a fini di studio. Poi le necessità sono aumentate e le stanze sono diventate palazzi uniti da strade e piazze. Così come molte città in Europa sono nate da un campo militare romano che si è ingigantito per un motivo o per l'altro, così le aree di Capitalis si sono centuplicate fino a dar vita alla città. E quindi, per rispondere alla tua domanda, certo, è una città magica. L'unica al mondo. Capitalis è stata costruita sotto la città di Torino».

I due allievi si guardarono con la bocca aperta.

«Dovete sapere che ci sono molti luoghi al mondo dove si concentrano le forze energetiche di natura positiva o negativa», incalzò il maestro, «ma esistono tre sole zone dove è possibile riscontrarne una concentrazione positiva effettivamente sfruttabile e a ognuna di esse coincide geograficamente una città. Questi tre centri sono Lione, Praga e Torino e insieme formano il triangolo della magia bianca. Esistono anche tre città con le medesime caratteristiche, ma in cui l'intensità è negativa; queste formano il triangolo della magia nera: sto parlando di Londra, San Francisco e Torino».

I due allievi si scambiarono un'occhiata di meraviglia.

Iago sollevò un sopracciglio. «Torino compare in entrambi i triangoli».

Barbier annui. «Significa che a Torino coesistono contemporaneamente entrambi i poli opposti, esattamente come nel corpo umano, solo con una concentrazione enormemente maggiore. Ora, se voi con il vostro piccolo corpo umano potete scatenare colpi di potenza devastante cosa pensate si possa fare avendo un'intera città a disposizione?»

«¡*Vaya!*» esultò Iago.

«Esatto», rispose Maugris strizzando un occhio. «Per tornare invece alla tua domanda, Cassian, quando pochi secoli fa i membri della Congrega sono riusciti a darsi un'organizzazione e delle regole da rispettare, hanno anche deciso che alla Congrega serviva un capo, un reggente il cui compito ultimo era quello di vegliare su quella organizzazione e su quelle regole. Stabilito che la sede centrale della Congrega nel mondo non poteva che trovarsi a Torino, si è deciso che il titolo più appropriato con cui riferirsi al reggente fosse quello di Granduca».

«È un titolo nobiliare molto antico», fece notare Cassian.

«Infatti. Il titolo sovrano di Granduca è nato in Italia ed è stato conferito una sola volta nella penisola. Poi è scomparso a seguito dell'unificazione delle regioni italiche sotto un unico re. Siccome era di origine italiana ed è stato usato così poco, la Congrega ha deciso di omaggiare la nazione che la ospitava assegnando al proprio reggente quel titolo. Vien da sé che il territorio dominato dal Granduca sia il Granducato, ovvero Capitalis».

Quella notte Cassian dormì un sonno agitato. Sognò la signora Campbell e l'anello che gli aveva regalato, che ancora portava al dito. Sognò che un certo Christophorus Shulze *lanzicheneccava* nei pressi della casa di Maugris, mentre John James il grassatore contava le sterline che gli aveva sottratto dalle tasche. Poi comparve l'ulivo sotto cui si era addormentato la prima notte dopo la fuga dall'Istituto. L'albero era molto vecchio e molto saggio. Sotto l'ulivo era seduta un'anziana suora che portava l'abito delle sorelle missionarie della carità. Aveva già sognato quella monaca in un'altra occasione, la notte che quegli assassini avevano fatto irruzione nell'orfanotrofio. Vicino a lei c'era padre

Garrison. Cassian non poteva crederci. Sentiva le lacrime scorrergli lungo le guance. «Padre», esclamò commosso; ma nel sogno, per quanto si sforzasse di raggiungere il buon parroco, non riusciva ad avvicinarsi. Padre Garrison si alzò in piedi e indicò un punto lontano alla sua destra. Cassian si fermò e guardò in quella direzione.

Laggiù in lontananza c'era uno specchio, un grande specchio sostenuto da un basamento di legno completamente intarsiato di glifi e rune. Lo specchio si avvicinò a lui velocemente e quando Cassian se lo trovò davanti e ne osservò la superficie, notò che non rifletteva la sua immagine. C'erano delle figure, però, e si muovevano. Vide una grande sala illuminata a giorno da un intero soffitto. Non c'erano lampade in quella stanza, era il soffitto stesso che emanava una forte luminosità. Nella stanza, mobili d'epoca alle pareti e un lungo tavolo ovale al centro con poltroncine imbottite e drappeggiate con del velluto rosso. Un uomo sedeva a capotavola. Sembrava alto e muscoloso, anche se gli anni avevano un po' appesantito la sua figura. Un altro più piccolo con naso adunco e barbetta a punta versava al primo qualcosa da bere e approfittava di non essere osservato per far scivolare una buona dose di polvere verdastra nel suo bicchiere. L'immagine cominciava a sfocarsi e lo specchio ad allontanarsi. L'uomo seduto stava bevendo dal bicchiere e subito dopo si portava le mani al petto, ma ormai lo specchio era troppo lontano e Cassian non poté vedere altro. Con lo sguardo tornò a cercare l'ulivo con la suora e padre Garrison, ma anche quello si era allontanato di parecchio. Cassian corse a perdifiato per raggiungerlo, ma nonostante gli sforzi non avanzava. Da lontano padre Garrison si puntò un dito alla testa e il gesto sembrava voler dire "ricorda quello che hai visto", poi sollevò la mano per un ultimo saluto. Quando Cassian si svegliò era madido di sudore e aveva il viso bagnato di lacrime.

Era quasi l'alba, ma se anche fosse stata notte fonda, sapeva che non sarebbe riuscito a riprendere sonno. Il ricordo del parroco era ancora troppo nitido. Prese nuovamente il cofanetto e si trastullò con il piccolo libro d'argento finché Iago non si affacciò alla sua porta per vedere se era sveglio, poi ripose tutto nello zaino e scese per la colazione.

In una stanza a migliaia di chilometri di distanza un uomo con una camicia a righe e pantaloncini corti ciabattava fra pile di vecchi libri posti disordinatamente un po' dappertutto. Era sulla cinquantina e portava sul naso un paio di occhiali con la montatura ormai graffiata e consumata dagli sfregamenti.

L'uomo si fermò di nuovo davanti alla sfera di cristallo che era posta su un tavolino al centro della stanza, trattenuta da un piccolo treppiede di plastica nera. Era visibilmente emozionato. Poco dopo nella stanza entrò un secondo individuo. Aveva capelli biondi perfettamente pettinati nonostante si fosse appena svegliato e portava spavaldamente un fioretto seicentesco alla cintola.

«Cosa è successo, Lèopold?»

«Devi proprio portarti dietro quell'arnese anche qui dentro? Non vedi che stiamo già stretti?» ammonì l'uomo in pantaloncini all'ultimo arrivato indicando la spada con un cenno.

«Dove vado io, va lei. Te l'ho già detto parecchie volte mi sembra», rispose. «Allora? Perché mi hai fatto scendere quaggiù? Ne hai trovato uno?» chiese ancora lo spadaccino.

«Quasi. Stamattina ho avuto un altro segnale e siccome

avevamo già ristretto il campo alla zona compresa fra i Pirenei, le Alpi e il confine tedesco, ho potuto essere più preciso. Se il segnale fosse durato un po' di più forse l'avrei trovato; comunque posso affermare con certezza che uno dei due si trova nel sud della Francia».

«Ottimo. Sarà sicuramente il ragazzo», osservò lo spadaccino.

«Ma certo che è il ragazzo. Non siamo mai riusciti a individuare l'altro libro con i normali incantesimi. È per questo che abbiamo pagato quel buffone che si è fatto fregare, come si chiamava?» chiese l'uomo con i pantaloncini.

«Luciano Ferrancolle».

«Già proprio quello», confermò.

«Il sud della Francia è comunque un bel po' di territorio da perlustrare, come pensi di procedere?»

«Non c'è alternativa. Dobbiamo attendere un altro segnale dall'incantesimo di individuazione che ho lanciato sulla sfera. La buona notizia è che ogni indicazione ci porta notevolmente più vicini alla meta».

IX

La stanza era grande e le quattro vetrate la rendevano calda e luminosa. Attraverso le finestre appariva un paesaggio da dipinto in cui la campagna lussureggiante si estendeva a perdita d'occhio fra le colline innevate. Era un salotto rinascimentale recentemente ristrutturato da architetti che avevano cercato di mantenere l'effetto del rigido lusso originario con l'applicazione studiata di una carta da parati affrescata e sontuosi tappeti in tinta. Ad eccezione dei divanetti liberty in pelle rossa posti davanti a un imponente camino spento, tutti gli altri mobili erano autentici pezzi d'antiquariato.

Sui divani tre uomini stavano discutendo il da farsi; il primo vestiva in maniera molto trasandata esibendo una camicia a righe, un paio di calzoncini corti e ciabatte; il secondo sedeva rigidamente composto in abito elegante e cravatta e attorcigliava l'indice della mano destra a una ciocca bianca di capelli, sovrappensiero; il terzo vestiva casual, con una maglietta verde e un paio di pantaloni lunghi elasticizzati, e accarezzava distrattamente il pomo del fioretto che portava alla cintura.

«A che punto è l'individuazione del ragazzo, Lèopold?»

chiese quello in abito elegante.

«Ci sono quasi. Come ho già spiegato, utilizzando il pezzo del mantello di Frisso in nostro possesso, sono in grado di percepire la presenza e la posizione di ogni singola scaglia del drago con cui sono stati fatti i libri. Purtroppo il lembo di mantello è piccolo, quindi breve risulta la percezione. Se mi aveste procurato l'intero mantello avrei già finito».

«Insomma», rispose con tono stizzito l'uomo mentre giocherellava con la sua ciocca candida come la neve, «ne abbiamo già parlato troppe volte e comincio a seccarmi. Quando il mantello era in nostro possesso tu eri ancora impegnato a recuperare informazioni presso il Granducato, per questo abbiamo assunto quell'italiano, Ferrancolle. Quando tu sei tornato disponibile, ormai Ferrancolle era morto in un vicolo e qualcuno aveva rubato il mantello. Fortunatamente Lucien», proseguì indicando il terzo individuo dai capelli biondi, «ha avuto la presenza di spirito di tagliarne un angolo, altrimenti oggi avresti dovuto inventarti un nuovo sistema per trovare i libri».

«Non esistono altri sistemi», ribatté Lèopold.

«Allora forse avrei potuto fare a meno di te, non ti pare?» gridò l'uomo con la ciocca bianca, alzandosi di scatto, d'un tratto alterato.

«Calmati Zander, e tu falla finita Lèopold», si intromise sorridendo l'uomo con la maglietta verde, mentre sfiorava nuovamente il pomolo del fioretto seicentesco che gli pendeva dal fianco.

Un profondo ululato demoniaco provenne dall'esterno. Zander si alzò e si affacciò a una delle vetrate. Piccole ombre umanoidi disegnavano sagome nere con grandi orecchie a punta sul prato nei pressi delle finestrelle del seminterrato.

«I segugi hanno di nuovo fame. Mi chiedo se i Goblin siano davvero in grado di badare ai canili», disse distrattamente Zander cercando di dominare la sua irascibilità.

«D'accordo», proseguì Lèopold non badando all'osservazione del compare. «Diciamo che chi ha consegnato il libro al ragazzo, ha avuto l'accortezza di custodirlo all'interno di un qualche contenitore su cui è stato lanciato un incantesimo di mascheramento: finché è all'interno del contenitore non è rilevabile. Non con il piccolo pezzo del mantello in nostro possesso», stabilì lanciando ancora una fugace occhiata all'uomo che ora gli dava le spalle stando davanti alla finestra. Lucien roteò gli occhi, ma non disse nulla.

«Fortunatamente il ragazzo deve essere all'oscuro della cosa e negli ultimi tempi ha tirato fuori parecchie volte il libro dalla sua custodia. Ogni volta che lo fa, noi, o meglio io, sono un passo più vicino a scoprire dove si nasconde», ultimò Lèopold soddisfatto.

«Sono cose già dette e ridette», rispose Zander con tono nervosamente trattenuto. «Io voglio sapere a che punto sei con la ricerca. Voglio sapere dove si trova il ragazzo».

«Se avessi avuto...» cominciò Lèopold.

«Se stai per dire che con l'intero mantello l'avresti già trovato, ti teletrasporto in mezzo al Pacifico e ti lascio lì», lo interruppe Zander gridando nuovamente, e Lèopold si fece silenzioso.

«Avanti, ragazzi, cerchiamo di darci una calmata e fare un po' di pianificazione per il futuro», riprese Lucien. «Allora: tu Lèopold continuerai a sondare la zona nel sud della Francia dove presumi si trovi il ragazzo, sempre ammesso non si sia spostato dall'ultima volta in cui ne hai percepito la presenza. Lo so...» aggiunse Lucien mettendo le mani avanti in un gesto teso a calmare i suoi interlocutori, «...ma è comunque un'opzione che non possiamo trascurare: quando avrai stabilito con certezza e con precisione dove si nasconde, io andrò a prendere il libro».

«E il ragazzo? Come si chiama... Cassian?» chiese Zander che nel frattempo si era calmato e aveva ripreso a giocherellare con la sua ciocca bianca.

«Il ragazzo non conta nulla. È zero. Se solo prova a respirare mentre prendo il libro, gli taglio la gola», rispose Lucien allargando il suo sorriso.

«Tu invece, Zander? Hai qualche novità in merito al ladro che ci ha rubato il mantello?»

«Sì. La polizia di Praga ha identificato le impronte sul corpo e nell'appartamento di Ferrancolle. Appartengono a un certo Denizer Cerny, un ladro e truffatore con una certa fama nell'ambiente. Per il momento mi tengo in seconda linea e vado dietro alla polizia per vedere cosa scopre. Se riuscissi a trovare e prelevare il mantello senza intervenire direttamente sarebbe meglio, ma se non fosse possibile, adotterò metodi che la polizia non può utilizzare fino a che non scoprirò il nascondiglio. Poi non posso nasconderti che punire Cerny mi darebbe una certa soddisfazione: si sappia che è estremamente pericoloso cercare di fregarmi».

«D'accordo», riprese Lucien. «Ritengo un'ottima strategia seguire entrambe le piste. Sicuramente riusciremo a mettere le mani su almeno uno dei due libri rimasti, o forse su tutti e due».

«E se invece non riuscissimo con nessuno dei due?» chiese pessimisticamente Lèopold.

«Ci vuole positività nella vita, Lèopold», ammonì sorridendo Lucien. «Positività».

Era una fredda mattina d'inverno quando la polizia di Praga circondò la piccola e squallida pensioncina della signora Aneta. Un commissario e quattro agenti si presentarono al banco dell'accettazione chiedendo quale fosse la camera del signor Cerny.

«La numero tre», rispose timidamente la signora Aneta. «Ma sono due giorni che non lo vedo».

«Abbiamo un mandato di perquisizione. Ci accompagni e apra, o sfonderemo la porta».

«Per carità», implorò la signora affrettandosi davanti alla comitiva con un mazzo di chiavi in mano.

Aneta aprì la stanza e due agenti cominciarono a rivoltarla da cima a fondo mentre il commissario e gli altri due colleghi perlustrarono tutte le altre dodici camere per verificare che non vi si fosse nascosto il ricercato. A scanso di equivoci il commissario verificò che nelle registrazioni delle presenze il signor Cerny comparisse nella numero tre, ma Aneta non aveva motivo di mentire. Così, dopo due ore, la polizia se ne andò, con in testa un arrabbiato e deluso commissario.

Un'ora dopo la inutile perquisizione la signora Aneta compose il numero telefonico che Denizer le aveva lasciato, per avvertirlo che lo stavano cercando.

«Scusi parlo con l'idraulico?» chiese la donna al telefono.

«Si signora. Chiama per avvisare che c'è stato un guasto?» chiese a sua volta Denizer dall'altra parte della linea.

«Esatto. Un'ora fa è scoppiata la tubatura».

«Provvedo immediatamente, signora. La ringrazio infinitamente per aver chiamato e mi saluti sua figlia Marketa. Recentemente mi sono fatto leggere le carte e devo dire che mi è stata molto utile».

«Riferirò senz'altro. Sono anni che mia figlia spera di poter conoscere un uomo come lei».

«Lo so, signora. Me lo dice tutte le volte che mi vede, ma ormai Praga è piena di idraulici e gli affari non vanno più bene; quindi presto trasferirò la mia azienda altrove».

«Sono dispiaciuta. Ci eravamo trovati molto bene con lei», rispose Aneta sinceramente rattristata dalla notizia.

«Tornerò comunque a trovarla. Grazie ancora di tutto», concluse Denizer chiudendo la comunicazione.

Il ladro era eccitato dalla notizia. Dopo quella sera in cui si era fatto leggere le carte da Marketa aveva preso accordi con la signora affinché gli riservasse una camera nella sua pensione. Siccome ai sensi delle leggi internazionali per la sicurezza, in qualunque albergo, hotel o pensioncina ci si fermasse a dormire si dovevano mostrare i documenti di identità, lui si era fatto registrare con il suo vero nome, ma non vi aveva mai alloggiato. Lo stratagemma era teso a segnalare il momento in cui la polizia o i suoi misteriosi inseguitori avessero associato il suo nome all'omicidio del mago in quel vicolo, e il momento era arrivato.

Bisognava far scattare la seconda parte del piano. La polizia avrebbe presto scoperto che Khalil, il negoziante marocchino nonché noto ricettatore, era anche un suo buon amico, quindi doveva raggiungerlo velocemente nel suo negozio. Prima però doveva sistemare un paio di cose, ma aveva ancora tempo.

Passò da un appartamento nella città nuova dove un falsario aveva installato il suo laboratorio. Pagò i nuovi documenti di identità che aveva precedentemente ordinato, poi si affrettò fino al teatro civico. La visita in teatro gli fece perdere parecchio tempo, ma alla fine riuscì a partire in direzione del negozio di Khalil con un furgoncino pieno di attrezzatura comprata di straforo dal custode. Quando raggiunse l'esercizio commerciale, il suo amico stava pulendo la vetrina. Khalil indossava abitualmente una tunica lunga fino a terra con pochi decori color oro che circondavano il petto, un cappello a tesa larga, occhiali scuri anche dentro il negozio e una barbetta ingrigita che acconciava a punta.

«*Elà*, amico Denni, cosa ti porta nel mio umile negozio?» lo salutò stringendogli la mano.

«Khalil, come stai?»

«Come sempre. Gli affari vanno male, forse presto dovrò chiudere. Pago troppe tasse».

«Certo. Come sempre negli ultimi dieci anni; e intanto mi pare tu abbia sistemato la tua numerosa famiglia in una splendida multiproprietà con piscina».

«Come dici tu. Ho una famiglia numerosa che mi costa una fortuna».

«Forse, allora, ti ci vorrebbe una vacanza lontano dallo stress del lavoro e dalle esigenze della famiglia numerosa. Uno di quei posti dove ti servono cocktail con l'ombrellino», propose astutamente Denizer.

«Oh, amico Denni, perché mi torturi così? Sai che non posso permettermi una vacanza e non posso bere alcolici per via della mia religione».

«Allora forse dovresti approfittare di questo biglietto aereo che ti porterà in Giamaica in uno splendido hotel in cui servono ottimi cocktail analcolici», propose Denizer notando con soddisfazione che l'altro era rimasto a bocca aperta. «Allora?» insistette Denizer.

Khalil superò lo sbalordimento iniziale e si fece cauto. «Non capisco, Denni. Cosa mi stai proponendo?»

«Vedi, amico Khalil, ho bisogno del tuo negozio per qualche giorno e ho pensato che nel frattempo tu potresti divertirti a mie spese. Un modo per sdebitarmi».

«Tu vorresti il mio negozio? Per farci cosa?»

«Credo sia meglio che tu rimanga all'oscuro. È sufficiente che tu parta per la vacanza usando questi nuovi documenti stampati freschi freschi per te», affermò Denizer.

L'espressione di Khalil da cauta si fece astuta. «Ah capisco, amico Denni. Tu vuoi che io parta con dei documenti falsi perché non risulti da nessuna parte che io sia partito, corretto?»

«Corretto».

«Mi caccerai nei guai?» chiese Khalil.

«Al tuo ritorno c'è la possibilità che qualcuno ti chieda dove sei stato, ma è sufficiente che tu dica la verità. Dai pure a me la colpa di tutto».

«E la mia merce?»

«Se avrò occasione di vendere qualcosa lo farò e se ci saranno danni al locale ti lascerò quanto basta per ripagare le riparazioni oltre a una buona mancia per il disturbo».

«D'accordo, amico Denni. Sai che mi fido di te. Mi raccomando».

Due ore dopo Khalil era sull'aereo per la Giamaica e Denizer, che aveva appeso all'esterno il cartello di chiusura, stava sistemando le attrezzature comprate in teatro all'interno del negozio. Entrando, il cliente trovava il bancone sulla destra, mentre merci di vario genere ingombravano sia la parete di sinistra sia quella di fronte. Dietro il bancone un'apertura coperta da una tenda conduceva nel retro. Un secondo passaggio di dimensioni doppie era stato studiato per il trasporto delle merci più voluminose e praticato sul fondo della parete di destra. Gran parte del lavoro di Denizer fu dedicato all'installazione di uno specchio simile a quelli usati dalla polizia nelle stanze degli interrogatori, riflettenti su un lato e trasparenti dall'altra parte. Grande quasi quanto la parete, fu sistemato in fondo al banco in modo che coprisse l'intero lato di fronte all'entrata. Così facendo l'apertura di dimensioni doppie risultava occultata e raggiungibile esclusivamente dal retro.

Il resto della giornata la dedicò al trucco e all'abbigliamento. Esisteva la possibilità che la polizia si presentasse alla sua porta durante il corso di quella giornata, ma Denizer ne dubitava e in effetti non aveva torto.

Il giorno dopo, però, una coppia di agenti e un commissario fecero la loro comparsa.

«Buongiorno signor Khalil», esordì il commissario rivolto all'uomo che pensava essere il proprietario del negozio. Effettivamente Denizer aveva indossato una delle tuniche dell'amico, un cappello a tesa larga e un paio di occhiali scuri; inoltre si era tinto i capelli e incollato sul mento una barba finta opportunamente tagliata e acconciata della giusta forma. Siccome la corporatura era grosso modo la stessa, persino un cliente abituale di Khalil avrebbe avuto difficoltà a capire che non si trattava di lui.

«*Elà*. Buona giornata, amici. Come posso aiutarvi?» salutò Denizer imitando alla perfezione l'accento dell'amico.

«Stiamo cercando un uomo».

«Io sono un uomo, ma spero che voi non cerchiate me».

«Molto spiritoso. Stiamo cercando una persona che lei conosce bene, il signor Denizer Cerny. Sa dove possiamo trovarlo?»

«Denizer... Denizer, non conosco nessun Denizer».

«Senta, non mi faccia perdere tempo. Lo stiamo cercando perché è accusato di omicidio e se lei sa dove si trova e non ce lo dice la accuserò di complicità in omicidio e le farò revocare la licenza».

«Ho detto che non conosco un Denizer», insistette.

«Mmm... ha subito controlli fiscali quest'anno?»

«Denni, ma certo! Mi ero confuso perché lo chiamo sempre Denni. Io lo conosco molto bene. Come posso aiutarvi?»

«Vogliamo sapere dove si trova», ripeté il commissario

«Io non so. Però so che ha fatto fare documenti di identità nuovi poi è venuto a salutarmi perché partiva per molto lontano. Paesi caldi, cocktail con ombrellino».

«Accidenti», esclamò il commissario. «Quando è stato qui?»

«Ieri», rispose Denizer.

«Dove era diretto?» chiese ancora il funzionario della polizia.

«Io non so».

«Allora amico, vuoi proprio che ti presenti un ispettore dell'ufficio delle imposte vero?»

«Io ora ricordo. Giamaica».

I tre poliziotti si precipitarono fuori. Il più alto in grado telefonava in ufficio per organizzare la ricerca dei voli partiti per la Giamaica negli ultimi due giorni. Le ultime parole che Denizer gli sentì dire furono «Porca miseria, in Giamaica non c'è l'estradizione».

Uscendo il commissario urtò un cliente che stava entrando con calma per dare un'occhiata, ma non si scusò. Il cliente lo squadrò con fare stizzito ed entrò nel negozio. Quando fu all'interno e vide il negoziante dietro al banco che lo osservava, sorrise, si scostò una lunga ciocca bianca di capelli dalla fronte e si appoggiò alla porta d'ingresso chiudendola con la schiena e serrandola a chiave.

«E così tu saresti Khalil?»

A Denizer il cuore batteva molto forte. Quello era sicuramente uno dei proprietari del mantello. Chissà se avrebbe creduto al suo travestimento. Chissà se poteva leggergli nella mente.

«Oh, sì, posso», confermò l'uomo. Denizer sbiancò visibilmente.

«Io non so di cosa stai parlando», sussurrò con un filo di voce, cercando ancora di simulare l'accento di Khalil ma con risultati ben più miseri rispetto alla precedente commedia. L'uomo gli si avvicinò e gli strappò la barbetta finta dal mento.

«Basta recitare!» intimò. «Non sono un tipo paziente. Dammi immediatamente il mantello che hai rubato a Ferrancolle».

«Suppongo che Ferrancolle fosse quel mago che si è impalato da solo in quel vicolo. È stato un incidente», spiegò Denizer cercando di prendere tempo e pensando al mantello che aveva nascosto sopra la porta alle sue spalle.

«Non me ne frega niente di Ferrancolle! Dammi il mantello che hai nascosto lassù! », sbottò il mago Zander indicando la posizione dell'artefatto magico con il dito mentre fissava Denizer negli occhi.

«Calma. Adesso ti prendo il mantello e tu te ne vai da dove sei entrato, d'accordo? Io non volevo far male a nessuno», si giustificò Denizer oltrepassando la porta del retro ma lasciando visibile una parte di gamba coperta dalla tunica in modo che l'altro non pensasse che fosse fuggito. Rimestò nello scaffale imprecando perché il mantello si era incastrato e alzandosi in punta di piedi dovette far entrare anche la gamba che era rimasta visibile.

«Ehi, niente scherzi», intimò l'uomo con la ciocca bianca.

Denizer mise una mano sullo stipite della porta e poi la ritirò immediatamente, ma rimise fuori la gamba in modo che l'uomo sapesse che non stava cercando di scappare. Sopra la porta si vedeva la tenda agitarsi, probabilmente spostata dalle mani di Denizer che cercavano di estrarre il mantello.

«Ci vuole ancora molto?» chiese l'uomo dall'altra parte del banco. «Non vorrai costringermi a prenderlo da solo, vero?» minacciò agitando le mani nell'aria con l'intento di colpire Denizer alle spalle con qualche incantesimo mortale. Un fragoroso colpo di pistola detonò all'interno del negozio. L'uomo con la ciocca bianca venne scaraventato oltre il bancone dalla forza del proiettile che l'aveva colpito, ma ebbe ancora la forza di rialzarsi, pur non riuscendo a capire chi gli avesse sparato. Si guardò intorno e vide che lo specchio che ricopriva la parete di fondo del negozio era stato distrutto e dietro c'era Denizer con una pistola fumante in pugno.

Zander scosse la testa confuso e strappò a tentoni la tenda da cui ancora fuoriusciva la gamba di Denizer, nonostante lui si trovasse dall'altra parte della stanza. Dietro la tenda c'era solo un pezzo di stoffa identico alla tunica, precedentemente preparato proprio per quell'occasione. Sopra la porta, un piccolo e silenzioso ventilatore muoveva la tenda dando l'impressione che ci fosse qualcuno. *Ingegnoso*, pensò Zander, *quest'uomo non è un mago ma un ottimo illusionista.*

Le forze ormai gli venivano meno e la pallottola era penetrata vicina al cuore; se voleva sopravvivere doveva agire in fretta, ma proprio in quel momento un secondo colpo esplose nella stanza e tutto divenne nero.

Denizer, in parte orgoglioso che il suo piccolo gioco di prestigio avesse funzionato e in parte agitato per aver ucciso un uomo a sangue freddo, si avvicinò al corpo dell'assassino e gli buttò la pistola sul ventre.

«Ho capito che era il momento di far scattare la trappola quando ti sei messo a gridare. Un uomo infuriato non può mantenere la concentrazione e se ho ben capito fare magie è un po' come giocare a poker: se perdi le staffe perdi la partita», confidò al corpo per terra. Si tolse velocemente il cappello e la tunica sotto a cui aveva indossato abiti più convenzionali, sbloccò la chiusura della porta d'ingresso in modo che la polizia non dovesse sfondarla, prese il mantello e uscì di corsa dal retro, diretto verso un appartamento sicuro.

Pochi minuti dopo il commissario entrò nel negozio. Aveva sentito la comunicazione via radio emessa dalla centrale a seguito della denuncia di alcuni passanti. Esplorò il locale, esaminò lo specchio rotto e recuperò una pistola da terra. La pistola aveva sparato da poco e c'erano tracce di sangue sopra e dietro il bancone. Si era verificato sicuramente uno scontro e qualcuno era rimasto ferito, ma siccome non esistevano cadaveri decise di lasciare i rilievi alla coppia di agenti che lo accompagnava.

Avrebbe appurato in seguito se quella storia avesse qualcosa a che fare con il suo ricercato.

Denizer si era accomodato sul divano dell'appartamento che aveva predisposto come rifugio sicuro e stava bevendo una birra per calmare i nervi. Si rilassò e dormicchiò per un paio d'ore.

Quando si svegliò era quasi il tramonto. Accese la televisione e poi scorse il mantello adagiato sulla sedia dove l'aveva lasciato. Pensò che con la polizia alle costole fosse necessario sparire per un po', e siccome un posto valeva l'altro, perché non mettersi sulle tracce dei luoghi da cui provenivano i battiti che avvertiva quando indossava il mantello e scoprire cosa vi era nascosto?

Si mise addosso il mantello e si sedette sul divano.

Immediatamente percepì i tre battiti. Li esaminò a uno a uno cercando di escludere temporaneamente gli altri. Scartò il battito flebile molto vicino. Probabilmente era quello sulle cui tracce si era messo il mago con cui si era scontrato.

«Ferrancolle», ricordò ad alta voce.

Dovendo scegliere fra i due restanti, optò per quello più grande. Deformazione professionale. Solitamente tanto più grande era la cassaforte tanto più cospicuo era il bottino. Prese i documenti falsi che si era fatto preparare insieme a quelli per Khalil, raccolse le sue poche cose in uno zaino che aveva predisposto per la partenza e lasciò l'appartamento diretto all'aeroporto. Avrebbe proceduto per tentativi. Il segnale, per così dire, proveniva da sud ovest rispetto a Praga, quindi la sua prima tappa sarebbe stata l'Italia; lì avrebbe consultato ancora il mantello per sapere dove andare.

In una stanza della torre nord del castello tre uomini ne osservavano un quarto privo di conoscenza sdraiato sul letto.

«Cosa è successo, Lèopold?» chiese l'individuo con addosso un mantello nero sotto cui nascondeva un lungo spadone.

«Non saprei, Andrew. Stava dietro alla polizia di Praga per scovare il ladro del mantello. È stato ferito da ben due proiettili, uno dei quali non ha foro d'uscita, quindi deve essere stato colto di sorpresa. So solo che l'ho ritrovato svenuto davanti al camino nel salone ovest. Penso abbia avuto appena la forza di teletrasportarsi qui. Lo sforzo lo ha quasi ucciso».

«Non puoi guarirlo con una delle tue pozioni?» chiese il terzo.

«No, Lucien. Non ho potuto estrarre il proiettile, è troppo

vicino al cuore e finché rimane lì non posso guarire i tessuti intorno. Bisogna rimuoverlo, ma il rischio è alto».

«Non possiamo portarlo in ospedale e non possiamo dedicargli il tempo di cui avrebbe bisogno. Ti ricordo che ora più che mai tu ci servi in laboratorio per rintracciare il libro del ragazzo. Mi chiedo se non sia il caso di ucciderlo», suggerì Lucien sorridendo.

«Ti ricordo che lui, fra noi quattro, è l'unico mago. E non solo. Ci serve la sua esperienza. Lui è il Cannibale», gli rispose Lèopold dando enfasi alla frase.

«D'accordo. Allora dovrai estrarre il proiettile. Se gli salvi la vita te ne sarà grato; se invece dovesse perire sotto i ferri avremo fatto il possibile; ma non perdere tempo: dobbiamo tornare al lavoro».

X

La bambina era sulle montagne russe del parco giochi, accompagnata dalla madre. Il carrello saliva lento sferragliando sulle rotaie. La bambina non aveva mai avuto paura della velocità in precedenza, anzi, quel tipo di giostra aveva sempre esercitato un fascino adrenalinico su di lei, come in molti altri, ma c'era qualcosa nel suo recente passato che aveva cambiato il suo modo di percepire il pericolo. Da quell'episodio, la velocità non aveva più attrattiva e la spaventava moltissimo. Non riusciva a ricordare quale fosse l'evento che l'aveva cambiata in quella maniera. Si sforzava. Ci pensava con tutte le sue forze mentre quel carrello saliva fino alla cima, ma proprio non ci riusciva. Era certa di aver protestato contro le insistenze della madre che la invitava a farsi un giro sulle montagne russe, ma lei si era messa a ridere e le aveva detto di non aver paura. Era solo una giostra. Le paure andavano affrontate. Così la madre aveva comprato due biglietti ed era salita con lei sul carrello. Ormai erano quasi arrivate in cima. Era il momento in cui la paura raggiungeva l'apice.

La velocità durante la corsa per alcuni era eccitante, per altri paralizzante; ma per tutti, il momento di maggiore emozione, era la cima della montagna; quel momento in cui già si vede la discesa, il momento in cui si realizza che manca un istante all'inizio della corsa, eppure il carrello è ancora quasi fermo. Il senso di anticipazione di quello che stava per accadere creava una sensazione più forte della discesa stessa. Ecco che il carrello oltrepassava la cima e d'un tratto si precipitava giù a tutta velocità, ma la bambina non era più a bordo a quel punto. Le montagne russe erano sparite. Tutto il parco giochi era sparito. La bambina ora era una ragazzina adolescente che camminava in un campo di grano. Le spighe dorate ondeggiavano sotto le folate di brezza mattutina e il sole le accarezzava il viso mentre lei si godeva la passeggiata sfiorando le punte delle spighe con i palmi delle mani. In fondo al campo c'era una strada e la ragazzina sapeva che la madre stava per ritornare a casa in macchina proprio da quella direzione. Sbirciò per vedere se da lontano la intravedeva arrivare, ma ancora non si scorgeva alcuna auto. C'era un uomo, però. Aveva un abito elegante, per questo le pareva così fuori posto. Sembrava che anche lui, come lei, stesse aspettando qualcosa. Ecco la macchina di sua madre. Era lontanissima, ma la ragazzina sapeva che era lei. L'auto si avvicinava a velocità sostenuta e aveva quasi raggiunto la posizione in cui si trovava l'uomo. La ragazzina cominciò a correre verso l'auto della madre, poi improvvisamente un fulmine a ciel sereno colpì l'auto facendo esplodere le gomme. L'auto urtò con violenza uno dei tralicci dell'alta tensione che correvano ai margini della strada distruggendo completamente la parte anteriore. All'interno la donna alla guida era ferita, ma si muoveva e riuscì a scendere dal veicolo appoggiandosi al tettuccio. Proprio in quel momento l'uomo con l'abito elegante si pose di fronte a lei e disse qualcosa che la fece sobbalzare, poi un secondo fulmine la investì in pieno uccidendola all'istante. La ragazzina corse piangendo verso la strada per raggiungere la madre, ma d'un tratto non c'era più alcuna strada. La ragazzina era una venticinquenne e stava correndo verso un boschetto di betulle. Al centro del boschetto c'era una radura con un grosso albero che si ergeva sopra gli altri. Un ulivo. Sotto le fronde dell'ulivo, sedute sulle grosse radici nodose, due donne. Una era molto anziana, dal viso rugoso e sorridente. L'altra era sua madre. Lei si sedette insieme a loro e strinse forte le mani alla madre. Entrambe piangevano apertamente. Trascorso qualche attimo di commozione, fu la donna anziana a parlare.

«Justine. Justine, sai che questo è un sogno, vero?»

Justine. Già, lei si chiamava Justine.

«No», rispose, «non può essere solo un sogno. Questa è mia madre».

La madre di Justine sorrideva felice, ma non parlava.

«Lo so piccola. Ma devi renderti conto che questo è solo un sogno. Se riuscirai a capirlo potrai svegliarti».

«Io... io non voglio», si ribellò Justine.

«Ma devi. Devi svegliarti», insistette l'anziana.

Justine si concentrò e immediatamente avvertì un dolore sordo e diffuso su tutto il corpo.

«No. Non posso. Fa male», si lamentò la giovane.

«È importante, Justine. Tenta ancora», ribadì l'anziana sorridendo.

Justine guardò la madre e le strinse forte le mani un'ultima volta, poi si rivolse verso il sole che filtrava fra i rami contorti dell'ulivo e si concentrò di nuovo. La luce divenne più forte, lentamente si colorò di bianco e riempì l'intera visuale fino a che non riuscì più a vedere niente. L'armonioso suono delle fronde mosse dal vento venne sostituito da un rumore cadenzato che ricordava una goccia d'acqua che cade con regolarità in una bacinella; poi, piano piano, mise a fuoco i contorni e si accorse con un certo disagio di trovarsi in una stanza d'ospedale. Il rumore cadenzato era l'apparecchiatura che controlla la regolarità dei battiti del cuore cui il suo polso era stato collegato. La stanza era deserta, ma a breve entrò un'infermiera che la guardò con occhi spalancati e il respiro affannoso.

«Oh. Oh. Mi scusi ma non pensavo... mi scusi», si giustificò l'infermiera affrettandosi nel corridoio.

Justine avvertiva un senso di pesantezza in tutto il corpo e un dolore pulsante alla tempia destra. La mano sinistra era bloccata da un legaccio all'altezza del polso e un tubicino le fuoriusciva dall'avambraccio fino ad una flebo appesa di lato. Con estrema lentezza e sforzo, portò la mano sinistra al volto e scoprì che era parzialmente coperto dalle bende.

Una donna in camice bianco varcò la soglia della stanza sorridendole.

«E così finalmente si è svegliata», si rallegrò la dottoressa.

«Do... dove...»

«Si trova nella clinica S. Teodoro, a Roma».

«Come... cosa è successo?» chiese a fatica Justine.

«È stata trovata da una squadra di vigili del fuoco in una villetta in periferia che aveva preso fuoco. L'hanno estratta quasi illesa se consideriamo l'inferno che le si era scatenato intorno. Era priva di sensi in un angolo della casa. Il resto dell'edificio le è crollato praticamente intorno senza che tizzoni ardenti o macerie le cadessero sopra. Possiamo dire che qualcuno ha vegliato su di lei. È stato quasi un miracolo».

«E il mio collega?» chiese Justine.

«Mi dispiace. La squadra ha recuperato altri due corpi carbonizzati dalle macerie».

«Oh. Accidenti», esclamò Justine trattenendo a stento le lacrime.

«Deve riposare ora», le consigliò la dottoressa.

«Non crede che io abbia già dormito abbastanza?»

«Lei non ha dormito, si è appena svegliata da un coma e il suo corpo ha bisogno di riposo per riprendersi dallo sforzo fatto per riemergere allo stato di veglia».

«Coma? Ma quanto sono rimasta in coma?» si informò Justine, incapace di realizzare quanto la dottoressa le stava dicendo.

«Due mesi».

«Due...»

«Dorma ora. Avrà tempo per i chiarimenti».

Justine era sconvolta dalla notizia, ma non ebbe difficoltà a prendere sonno. Era esausta. Ci vollero due settimane perché riuscisse ad alzarsi e a fare un giro completo della stanza. Al termine di quelle passeggiate era sempre a pezzi, ma ogni giorno che passava riusciva ad andare un po' più lontano. Presto prese a girovagare senza meta per i corridoi. Voleva recuperare il più velocemente possibile per tornare sul caso. Non poteva non pensare che l'individuo che l'aveva spedita in quell'ospedale aveva ucciso Van de Baner ed era lo stesso che tanti anni prima le aveva portato via sua madre. L'avrebbe scovato anche in capo al mondo e l'avrebbe ucciso come un cane.

Un giorno, controllando gli abiti che indossava al momento dello scontro con l'assassino dalla ciocca bianca, per caso mise le mani nelle tasche e con sua sorpresa trovò un foglio di carta tutto spiegazzato. Lo lesse. Era un elenco di nomi, ognuno dei quali era stato cancellato con una riga a eccezione dell'ultimo: *Bernardo il rilegatore, via delle Botteghe Oscure, Roma.*

Ci volle ancora un mese di ginnastica di riabilitazione in un centro specializzato del gruppo S. Teodoro, tutto spesato dall'Interpol, affinché Justine potesse essere dimessa. Si era impegnata a fondo durante quel periodo facendo esercizi e sollevamento pesi anche quando non le era richiesto. Aveva dimostrato una volontà di ferro. Quando uscì c'erano due funzionari dell'Interpol ad aspettarla.

«Buongiorno ispettore Thompson, siamo stati mandati dalla sede centrale per riaccompagnarla a Lione. I superiori del commissario Van de Baner si aspettano un rapporto completo e dettagliato».

«Bene», si limitò a rispondere loro il dirigente di polizia. Salì sull'auto scortata dai due funzionari e si lasciò passivamente accompagnare all'aeroporto dove con la scusa di dover andare alla toilette delle signore li seminò; salì su un taxi e si fece portare in centro, nei pressi del Campidoglio, in via delle Botteghe Oscure. Non poteva perdere tempo dietro alle formalità e alle spiegazioni richieste da superiori che non conoscevano il caso.

Zander aprì gli occhi. Un'estesa fasciatura gli ricopriva il petto e gli teneva bloccato il braccio sinistro. Si trovava nella stanza della torre nord del castello. Tappeti intessuti a mano ornavano le pareti e un grande letto a baldacchino troneggiava al centro della stanza.

«Me la sono vista brutta?» chiese Zander scorgendo Lèopold seduto su una poltrona che aveva spostato davanti alla finestra per ammirare il paesaggio.

«Direi proprio di sì. Cosa è successo?» rispose Lèopold.

«Mi ha fregato. Quel ladro di Praga intendo. Sei stato tu a farmi questo?» si informò indicando le bende con un cenno.

«Già. Si trattava di operare velocemente e con un alto rischio di fallimento, ma non farlo avrebbe comportato la morte certa. Ho deciso di rischiare. Lo hai trovato?»

«Cosa?»

«Il ladro, il signor Cerny».

«Sì. Ma mi aspettava. Non credo sapesse chi fossi finché non ho scoperto le carte, ma si aspettava la visita di qualcuno e si era preparato». Zander si prese il tempo necessario per raccontare il suo scontro. «Un tipo astuto e pericoloso questo Denizer. Potrebbe darci del filo da torcere», fece notare Lèopold al termine del racconto. «Cosa pensi di fare adesso?» chiese quindi a Zander.

L'assassino dalla ciocca bianca si mise più comodo e fece una smorfia al presentarsi di un acuto dolore nella zona fra il cuore e la spalla sinistra. «Lo ucciderò, naturalmente», spiegò calmo.

«Non sarà facile. Se era pronto e ti ha ridotto così quando non sapeva chi fossi e quando saresti arrivato, chissà cosa ti aspetta ora che sa come sei fatto», constatò Lèopold.

«Sbagli, alchimista. Quel grassatore illusionista crede che io sia morto. Se si aspetta la visita di qualcuno certo non si aspetta me».

«Quindi come pensi di muoverti stavolta?» chiese Lèopold.

«Dammi qualcuna delle tue pozioni per riprendermi e tornerò a Praga. Mi rimetterò sulle sue tracce e questa volta riprenderò il mantello e eliminerò il signor Cerny. E lo farò con estremo piacere».

Justine decise di ricominciare la sua indagine dal punto in cui si era interrotta. Si sarebbe mossa nel rispetto della legge finché fosse stato possibile, ma non si sarebbe fermata davanti a niente; avrebbe trovato l'assassino dalla ciocca bianca a qualunque costo.

Cominciò con il cercare l'abitazione di Bernardo il rilegatore. Dovette chiedere informazioni ai passanti, molti dei quali erano turisti e non potevano conoscere gli abitanti della zona. Poi finalmente un colpo di fortuna. Si imbatté in un individuo del posto che sapeva morte e miracoli del vicinato. L'uomo, oltre la sessantina, era il tipico giocatore di carte da bar che ricordava esattamente l'anno di costruzione di tutti gli edifici di epoca moderna e rimpiangeva i bei tempi andati, quando la vita era meno frenetica e le persone avevano ancora dei valori. Il tizio seppe indicarle l'esatto indirizzo della casa di Bernardo e le sue abitudini, persino il bar che frequentava. Dai racconti del ruspante sessantenne emersero i tratti fondamentali della vita di Bernardo; l'immagine di un uomo onesto e lavoratore, appassionato di antichi e strani reperti che teneva in cantina. A quanto poté capire Justine, Bernardo era forse un tipo un po' troppo ciarliero e sicuramente poco cauto nella sua ingenuità. Forse era a causa di questa sua mancanza di riservatezza che un anno prima era stato brutalmente ucciso insieme alla moglie mentre dormiva tranquillamente nel suo letto.

Ringraziò calorosamente il suo nuovo informatore e dovette ripiegare sull'urgenza dell'indagine per evitare i generosi inviti a casa sua per il pranzo, dove la moglie aveva preparato spaghetti all'amatriciana.

Si diresse fino alla casa di Bernardo e scoprì che, nonostante fosse passato parecchio tempo, c'erano ancora i sigilli alla porta. Probabilmente la casa era abbandonata da tempo e nessuno ne aveva reclamato la proprietà.

In ogni caso non poteva violare così apertamente il luogo di un delitto senza un'apposita autorizzazione, non alla luce del sole comunque; così decise di trovarsi un letto per la notte. Non poteva registrarsi a un qualunque hotel come avrebbe fatto in altre circostanze, perché i suoi colleghi dell'Interpol l'avrebbero individuata in un attimo. Così si diresse al bar che le aveva indicato il sessantenne alla ricerca di altre informazioni.

Per il momento tutte quelle in suo possesso erano di tipo classico, che si possono recuperare in un'indagine di quel genere: indirizzo, famigliari, abitudini. Ma a quel punto non poteva più trascurare anche gli elementi che riguardavano la Congrega di cui le aveva parlato Van de Baner. Quelli erano sicuramente molto più difficili da scoprire, ma non potevano essere tralasciati. L'individuo sul cui corpo aveva trovato la lista con il nome di Bernardo era sicuramente legato alla Congrega. Erano stati Hercule e l'altro tizio del negozio di cravatte a indicarlo, e lui, seppur da morto, aveva riferito il nome di Bernardo attraverso quella lista, e quindi anche il rilegatore era in qualche modo legato alla Congrega.

Mentre cercava il bar, Justine non poté fare a meno di riflettere su quanto radicalmente fossero cambiati gli obiettivi di quell'indagine da quando ci si era buttata a capofitto. Tutto era cominciato con una statua rubata, un furto impossibile; ma in quel momento non stava più cercando di mettere in galera un ladro: voleva dare il benservito a un assassino.

Raggiunse il locale. Visto da fuori era un bar molto diverso dai soliti. Si trovava in un vicolo senza uscita e non c'erano cartelli che ne segnalassero la presenza. Non c'erano manifesti pubblicitari di bibite o liquori e non c'erano insegne luminose. Sopra la porta, le cui ante erano socchiuse quasi a impedire l'ingresso ai clienti, c'era scolpito "LOCANDA DEL GRANDUCA".

Justine scostò le ante ed entrò. Sembrava di essere in una taverna medioevale. Nonostante non ci fossero ragnatele e il bancone fosse lucido, l'impatto all'ingresso dava l'idea di malsano e umido. Un grosso camino scoppiettava sulla parete di fondo, mentre la zona adiacente all'ingresso era scaldata da una grossa stufa che probabilmente veniva alimentata a carbone vista la quantità di fuliggine che imbrattava il pavimento. C'era parecchia gente, ma si intravedevano qua e là anche dei tavoli liberi. Non c'erano sedie, a ogni tavolo stazionava una coppia di panche e l'aria era satura di fumo in parte proveniente dal camino e in parte dalle lunghe pipe di schiuma fumate da alcuni clienti. Alle spalle del barista, sopra alle mensole con i liquori della casa, campeggiava un arazzo sbiadito su cui c'era scritto: «La locanda del Granduca è come la torta della nonna, se la provi non puoi più farne a meno».

«Cosa posso fare per lei, bella signora?» chiese il robusto oste sorridendo calorosamente a Justine.

«Buongiorno», salutò lei avvicinandosi al bancone, «sono dell'Interpol e avrei qualche domanda da farle».

«Sa, bella signora, qui dentro l'autorità dell'Interpol va a farsi benedire».

«Come sarebbe?»

«I miei clienti sono persone particolari che non riconoscono il comune ordinamento legislativo».

Dopo un attimo di sbigottimento Justine cominciò a capire che l'oste si stava velatamente riferendo al fatto che le persone presenti non riconoscevano le leggi nazionali e internazionali perché con tutta probabilità rispettavano leggi di un'altra comunità, e pensavano che quanto poteva valere per l'uomo comune non valeva per loro.

«E se le dicessi la parola "Congrega" cosa mi risponderebbe?»

«Naturalmente che non so di cosa stia parlando. Anche se, visto che è riuscita a entrare, devo presumere che lei invece sappia di cosa sta parlando, vero?»

«Già», assicurò lei.

«Molto bene. Allora ricominciamo daccapo. Cosa posso fare per lei bella signora?»

«Intanto potrebbe darmi una birra», ordinò lei accomodandosi su uno sgabello davanti al bancone.

«Ottimo inizio», rispose l'oste sorridendole nuovamente. Sembrava che lui si stesse divertendo un mondo.

«Conosceva il vecchio rilegatore di via delle Botteghe Oscure, Bernardo?»

«Ma certo».

«Mi risulta che frequentasse spesso questo posto».

«È così».

«Poco prima della sua morte ha notato qualcosa di insolito? Ha qualche informazione che potrebbe aiutarmi a capire perché qualcuno abbia voluto uccidere un onesto rilegatore?»

L'oste rimase in silenzio per qualche tempo mentre riempiva il boccale di una birra quasi nera e schiumosa, poi mise il bicchiere davanti alla sua nuova cliente.

«Effettivamente ricordo che poche sere prima della sua dipartita offrì da bere a tutti. Desiderava festeggiare il ritrovamento di un antico artefatto di natura... Beh, lei può immaginare di che natura fosse. Ricordo che tutti i presenti festeggiarono con lui, ma quasi nessuno aveva in realtà capito cosa fosse ciò di cui Bernardo andava tanto fiero».

«E nessuno ha fatto domande in merito?»

«Ma certo».

«Cioè mi sta dicendo che qualcuno ha fatto domande specifiche per saperne di più sull'artefatto? È così? Ricorda chi fosse?»

«Quasi tutti i presenti vollero saperne di più, compreso il sottoscritto. Non capita certo tutti i giorni che un ritrovamento del genere venga festeggiato nella mia locanda».

Justine sorseggiò la sua birra cercando di non far caso allo strano colore, ma ci prese gusto quando cominciò a ruscellarle in gola. Aveva un profondo gusto vellutato che accarezzava il palato malgrado la sua robustezza. L'oste colse al volo il piacere che provava Justine nell'assaporare quel nettare.

«Prima volta che beve birra nanica, vero?»

«È così», confermò lei, improvvisamente di buon umore, scimmiottando i modi di fare dell'oste.

Lui rise di cuore. «Stia attenta, bella signora, questa birra non è adatta a tutte le gole. I nani che la producono usano dire che "scorre in gola, ma rende il didietro pesante" e non si riferiscono alla quantità calorica, ma al fatto che se ne beve troppa avrà serie difficoltà ad alzarsi da quello sgabello. Naturalmente loro ne ingollano otri interi».

«D'accordo. Ci starò attenta. Ha detto nani?»

«Ma certo. Ai giorni nostri la razza dei nani si è specializzata nella produzione di birra al triplo malto. Sono ancora ottimi fabbri ed eccellenti estimatori di pietre preziose, ma nel primo caso la loro arte è divenuta inutile e può essere impiegata solo per la riparazione di armi bianche; nel secondo, la concorrenza delle grandi multinazionali rende il settore difficilmente remunerativo, così la razza nanica si è ritirata nelle roccaforti edificate nelle profondità della terra e ha trasformato le sue fucine in grandi birrifici. Per il trasporto e la distribuzione della birra si affidano ad aziende conosciute, ovviamente».

Justine non aveva la più pallida idea di cosa stesse parlando.

«Tornando a Bernardo, ricorda per caso se qualcuno ha chiesto di lui dopo quella sera di festeggiamenti?»

«È così».

«Cosa può dirmi in merito?»

«C'è stato un uomo. Lui pareva più interessato ad avere notizie riguardo a Bernardo e alle sue abitudini piuttosto che al suo misterioso artefatto. È persino arrivato alle mani con uno dei miei clienti abituali e a quel punto ho dovuto buttarlo fuori. Non si è presentato, ma, sa com'è, le voci girano. So che il suo nome è Ferrancolle, Luciano Ferrancolle. Da quel giorno non l'ho mai più rivisto».

«La ringrazio, signor?

«Oh, qui mi chiamano tutti Remì. Non ho mai capito perché».

«Io devo andare», tagliò corto Justine vuotando il boccale. Si alzò dallo sgabello e si ritrovò seduta per terra.

«Ma non so proprio come...» farfugliò con voce improvvisamente impastata.

«L'avevo avvertita, bella signora», la rimproverò l'oste aiutandola a rimettersi in piedi. «Mi permetta di consigliarle una buona dormita in una delle camere al piano di sopra. Le troverà pulite e comode».

«Grazie», biascicò Justine mentre l'oste la faceva accompagnare da una donna di bella presenza che era uscita dal retro.

La signora aiutò la poliziotta a stendersi sul letto di una camera in cui aleggiava profumo di gelsomino, e se ne andò avendo cura di chiudere la porta a chiave dopo averne lasciata una copia sul comodino.

La mattina dopo Justine aveva un gran mal di testa, un opprimente senso di nausea e manifestava un carente senso dell'equilibrio. Riuscì a trascinarsi fino al piano terra e trovò al bancone la gentile signora che l'aveva portata a letto la sera prima, anche se ne aveva un ricordo estremamente vago.

Le due si salutarono e la signora porse a Justine un bicchiere pieno di un beverone gelatinoso di colore giallastro. «Questo l'ha preparato mio marito per lei. Lo beva tutto e tra un'ora sarà come nuova».

Justine era fortemente tentata di tornare a letto dopo aver inghiottito una scatola di aspirine, ma dubitava che ne avessero quindi si fece coraggio e ingurgitò il cocktail melmoso, poi appoggiò una guancia al bancone aspettando che facesse effetto.

Un quarto d'ora dopo era in grado di pensare e camminare correttamente. Ringraziò profusamente la signora verso la quale sentiva crescere un improvviso affetto nato dalla gratitudine e dal graduale scemare del mal di testa. Pagò e uscì dalla porta da cui era entrata la sera prima. Poco più tardi era tornata in forma smagliante; si sentiva come una lucertola che riscopre il piacere del sole dopo l'inverno. Il paragone la fece sorridere, ma effettivamente il calore del sole sulla faccia in quella splendida giornata di fine inverno le procurava un piacevole benessere.

Telefonò a Richard, il suo ex collega del comando della polizia di stato di Londra usando una cabina telefonica. Spiegò che era in una difficile situazione e le serviva una ricerca che rimanesse al di fuori dei canali ufficiali, poi raggiunse la casa di Bernardo il rilegatore e stavolta non si fece scrupoli a penetrarvi in pieno giorno. Si dedicò scrupolosamente alla perquisizione dell'abitazione alla ricerca di un qualunque dettaglio che potesse fornire l'indizio che le consentisse di progredire nell'indagine, ma non trovò nulla. L'anziana coppia era stata brutalmente trucidata mentre dormiva. L'assassino, nella sua rudezza, si era comportato con professionalità e in ogni caso era passato molto tempo; non c'era un granché da rilevare. Decise infine di perlustrare anche la cantina dove si sarebbe dovuto trovare l'armadio segreto di Bernardo, che celava l'entrata ai cunicoli dove il rilegatore nascondeva i suoi cimeli da collezione. Entrò in cantina attraverso la porta che si trovava nel seminterrato. L'aria odorava di chiuso e muffa. Il seminterrato era costituito da un'unica stanza di medie dimensioni alle cui pareti era sistemato un po' di tutto. Pezzi di vecchie biciclette, un banco da lavoro con una rastrelliera su cui erano appoggiati numerosi attrezzi, qualche copertone in un angolo e una vecchia sedia a rotelle su cui era stato adagiato un lenzuolo per proteggerla dalla polvere.

Esplorò velocemente l'intero ambiente, ma dedicò un'attenzione particolare all'unico armadio presente. Era un mobile a tre ante di inizio secolo decorato con intarsi ai bordi. All'interno della prima anta, il mobile era provvisto di tre cassetti che il buon rilegatore aveva riempito di viti, chiodi e altra minuteria, mentre nell'anta doppia aveva appeso alcuni vestiti impolverati. Data la trascuratezza con cui erano stati riposti, se Justine non avesse saputo che vi si celava una porta segreta ne avrebbe dedotto che l'armadio non veniva aperto da anni. Trascorse un'ora buona a cercare

pulsanti o leve nascoste anche di piccole dimensioni, ma non
ne ricavò niente.

Il mistero della porta segreta pareva fosse destinato a rimanere
tale, tanto che Justine cominciò a dubitare dell'informazione;
ma proprio in quel momento notò che, a differenza delle
condizioni estremamente polverose dell'armadio, i bordi
superiori dei cassetti erano moderatamente puliti. Provò ad
aprirli ed esaminarli con maggiore accuratezza, ma senza
successo. Poi ebbe un colpo di genio.

Si ricordò che alcuni contrabbandieri, avevano progettato
degli scomparti segreti sotto i sedili delle automobili che
usavano per i loro traffici, che si aprivano solo con l'attivazione
in sequenza di alcuni normali accessori della vettura: freccia
destra, luci abbaglianti e due colpi di clacson facevano
scattare la serratura; una sorta di chiusura a combinazione.
Forse la soluzione era proprio quella. Esaminò anche i bordi
delle ante riscontrandovi una moderata pulizia. Trascorse
un'altra laboriosa ora a fare esperimenti aprendo in sequenza
le ante e i cassetti alla ricerca della giusta combinazione,
e finalmente i suoi tentativi furono coronati dal successo
quando aprì contemporaneamente il primo e il terzo cassetto
e lo sportello destro dell'anta doppia. La parete di fondo
dell'armadio scattò in avanti di un paio di centimetri, ormai
libera dai perni che ne assicuravano la chiusura.

Justine notò che la parete dell'armadio era stata fissata al
muro e la porta segreta era costituita in parte dal laminato del
fondo dell'armadio e in parte dal muro stesso; che ruotando
sulla cerniera laterale lasciava libero un passaggio non molto
grosso da cui si accedeva a una seconda stanzetta. Recuperò
una torcia elettrica dal bancone di lavoro di Bernardo ed
entrò nell'apertura.

La stanzetta era completamente spoglia, a eccezione di una scala a pioli che scendeva ancora più in basso. Justine non amava particolarmente i luoghi bui e umidi né le creature zampettanti che solitamente li abitavano, ma si fece coraggio e scese al livello inferiore.

L'aria odorava di acqua palustre, ma c'era qualcos'altro; pareva un sentore di carne putrida. La poliziotta appoggiò il piede sul pavimento e si guardò attorno rapidamente, illuminando la zona con la torcia, quindi estrasse la pistola. Si trovava in un corridoio. Sembrava scavato nella roccia da mani umane molti secoli prima. Le pareti e il soffitto si presentavano ruvide anche se sufficientemente regolari, e un continuo stillicidio d'acqua bagnava gli angoli del passaggio.

Justine decise di cominciare l'ispezione procedendo verso destra. Un senso di apprensione le attanagliava lo stomaco. Continuava a ripetere fra sé che erano paure sciocche visto che lì sotto non c'era nessuno, eppure non riusciva a calmarsi. Realizzò che il suo timore più grande fosse la paura di farsi male: non riuscire a risalire da sola la scala a pioli avrebbe significato morte certa in quel posto sperduto nel sottosuolo.

Aveva però abbastanza onestà da ammettere che quella fosse solo una valida ragione per avere maggiore accortezza, anche se non giustificava quella disperata voglia di imboccare immediatamente le scale e tornare alla luce del sole. Procedeva lungo il corridoio a piccoli passi guardandosi continuamente attorno. Oltre al rumore delle gocce d'acqua che cadevano dal soffitto avvertiva chiaramente il violento battito del suo cuore.

Un sospiro di soddisfazione appena accennato. Justine ci mise qualche secondo per rendersi conto che non era stata lei a farlo e quella consapevolezza la raggelò. Nei cunicoli c'era qualcun altro.

«Chi c'è?» sussurrò Justine vedendo confermata la sua irragionevole paura.

«Chi c'è?» gridò voltandosi ripetutamente avanti e indietro nel tentativo di non farsi sorprendere alle spalle.

Non ricevette risposta e cercò di controllarsi. Il desiderio di correre verso la scala e la libertà era irresistibile, ma lei lo dominò con un enorme sforzo di volontà e si costrinse a proseguire.

Ora intravedeva la fine del corridoio. Sembrava terminasse in un'altra piccola stanza ingombra di scaffali. Da quel poco che riusciva a vedere c'era un gran disordine, ma pareva più dovuto all'abitudine di non rimettere a posto gli oggetti piuttosto che una affrettata ispezione da parte di un intruso. Un passo dopo l'altro Justine si avvicinava alla stanza. Poteva vedere chiaramente la parete di fondo, ma non riusciva a farsi un'idea di quanto fosse larga perché non scorgeva le pareti laterali.

«*Ssst. Gias chì veditek*».

Cosa diavolo era stato? Sembrava che qualcuno avesse bisbigliato in un'altra lingua. Rivoli di sudore freddo le bagnavano la schiena. Non era riuscita a capire se il rumore provenisse da davanti oppure dietro di lei. Con un balzo coprì gli ultimi passi e penetrò nella stanza al termine del corridoio. Per precauzione si tenne bassa e puntò la torcia in tutte le direzioni per una veloce ispezione, nel tentativo di individuare il nemico. Un nuovo sibilo proveniente dalle sue spalle la fece voltare, e questa volta con la luce della torcia illuminò l'essere più spaventoso su cui avesse mai posato gli occhi.

La creatura era di forma vagamente sferica e galleggiava a mezz'aria. Era dotata di un grosso occhio e di una bocca famelica con denti acuminati da cui colavano a terra gocce di bava fetida. Sei tentacoli costituivano i suoi arti e all'estremità di ognuno c'era un altro occhio.

«*Khor mia vite. Ah, ah, ah*», rise la creatura umettandosi l'occhio centrale con una enorme lingua bitorzoluta.

Justine era paralizzata dal terrore. L'essere cominciò ad avvicinarsi lentamente e in lei prevalsero l'addestramento e l'istinto. Alzò finalmente la pistola puntandola contro il mostro.

«Non so se puoi capirmi ma fermati subito dove ti trovi».

Inaspettatamente la creatura si fermò.

«*Quo redeter me? Ah, ah, ah*», esclamò ancora ghignando apertamente.

Justine riflettè rapidamente; un anno prima, davanti a una visione da incubo come quella non avrebbe esitato un attimo a sparare, e solo in un secondo momento si sarebbe chiesta che genere di animale fosse. Oggi, però, sapeva dell'esistenza della Congrega, aveva passeggiato in una fiera d'inverno, aveva visto un cane a tre teste e aveva tranquillamente conversato con un cane parlante.

Non poteva non prendere in considerazione la possibilità che la creatura non fosse malvagia, ma solo straordinariamente orripilante. Proprio in quel momento, approfittando dell'indecisione di Justine, il mostro puntò verso di lei uno dei suoi tentacoli e l'occhio che vi era incastonato divenne bianco come il ghiaccio. Di nuovo in Justine prevalse l'istinto e fu quello a salvarle la vita.

Notando il movimento improvviso si buttò a terra e vuotò il caricatore contro quella palla occhiuta. Il mostro gridò e

Justine, pur non comprendendo la lingua, fu certa che non si trattasse di calorosi complimenti per l'ottima mira. La creatura arretrò velocemente nel corridoio e svoltò l'angolo portandosi fuori tiro. Per ogni evenienza Justine sostituì il caricatore vuoto e per qualche secondo continuò a illuminare il punto in cui il mostro era sparito. Non era sicura di volerlo inseguire. Forse era meglio uscire e non tornare più. Lo sentiva respirare. Un rumore rauco e tremolante. Diede un'occhiata veloce alla stanza in cui si trovava e notò che alle sue spalle la parte alta dello scaffale era ricoperta di ghiaccio. Tutta ad eccezione di un pendente appoggiato disordinatamente su una mensola. Ecco cosa era successo quando il mostro le aveva puntato contro il suo occhio. Era come se un proiettile raggelante fosse stato sparato contro di lei e l'avesse mancata e colpendo il mobile avesse scaricato lì tutta la sua magia congelante. Nel constatare quanto fosse stata vicina alla morte, sentì la bile in bocca.

Senza smettere di illuminare il fondo del corridoio arretrò fino allo scaffale e prese il pendente che aveva resistito al proiettile congelante; poi, un passo alla volta, cominciò ad avanzare in direzione della scala, pronta a tornare in superficie. La raggiunse e si issò sul primo piolo, e proprio in quel momento la bestia tornò all'attacco. Il mostro era chiaramente ferito; Justine vide diversi fori da cui sgorgava un liquido azzurrastro. Nonostante ciò svoltò l'angolo con furia incredibile. La bocca era spalancata e un altro tentacolo si allungò puntando nella sua direzione. Questa volta l'occhio all'estremità venne coperto dalle fiamme e la donna distinse il proiettile rosso che ne scaturì colpendo la scala i cui gradini metallici divennero rossi costringendola a lasciare la presa.

Justine cadde a terra. La creatura le era quasi sopra con la sua bocca pronta a chiudersi come una tagliola. La poliziotta riuscì a recuperare la pistola che era finita sotto al suo corpo durante la caduta e la puntò contro l'occhio centrale della bestia. Troppo tardi. Il mostro la urtò con forza facendola ruzzolare indietro per diversi metri. L'arma non si vedeva da nessuna parte. L'essere protese verso di lei un altro tentacolo il cui occhio si velò di un'ombra nera, ma la donna non rimase ad aspettare di vedere cosa avrebbe scagliato stavolta; si lanciò nella stanzetta dello scaffale, trovando un temporaneo riparo. Ogni secondo era prezioso. Doveva trovare un'arma. La bestia stava percorrendo velocemente il corridoio e presto avrebbe fatto irruzione nella stanza. Justine la sentiva ansimare, ma non vedeva niente che potesse rivelarsi utile. Quando il mostro si precipitò all'interno la donna mise le mani su un vecchio bastone trovato in un angolo. Dubitava fortemente che un bastone potesse riuscire laddove avevano fallito persino le pallottole, ma, dandosi ormai per spacciata, voleva infliggere quante più ferite possibile a quella *cosa* prima di morire.

Usò il bastone come un randello cercando di colpire l'occhio, ma il mostro fu più svelto e intercettò il colpo a mezz'aria bloccando il legno fra i denti. Justine lo tirò verso di sé per cercare di liberarlo dalla presa del mostro e quello scivolò verso di lei senza alcun tipo di resistenza. Ci mise un attimo a capire che in realtà il bastone all'interno conteneva una lama: tirando, lei aveva liberato la spada dal fodero che ancora era strettamente prigioniero della bocca della creatura. Senza porre indugi Justine ringraziò la sua fortuna e trafisse l'occhio centrale della bestia immergendo la spada fino all'elsa.

Il mostro quasi non si rese conto che le sorti della battaglia si erano drasticamente invertite. L'occhio esplose, ricoprendo Justine e con lei l'intera stanza di un melmoso liquido trasparente, mentre il resto del corpo si accasciò a terra. Justine cadde carponi e vomitò a lungo.

Era stremata, ma non aveva intenzione di svenire in quei cunicoli; così raccolse tutte le forze di cui era capace e si alzò. Non ebbe difficoltà a recuperare la torcia elettrica e la pistola e decise di portare con sé sia il medaglione che aveva trovato sullo scaffale sia il bastone-spada con cui si era salvata la vita. Impiegò parecchio a salire la scala a pioli e quando ritornò nella cantina di Bernardo ebbe appena il tempo di spingere con i piedi la porta del passaggio dietro di sé per assicurarsi che eventuali ulteriori mostri non si trascinassero fuori. Poi chiuse gli occhi e si abbandonò all'oscurità.

Quando si svegliò non capì immediatamente dove si trovasse. Si sentiva uno straccio. Ogni muscolo del suo corpo era fiacco e dolorante, e provava ancora un profondo senso di nausea. Raccolse la torcia che era rimasta accesa sul pavimento e si mise in piedi aiutandosi con il bastone.

Raggiunse la porta del seminterrato, salì un paio di gradini fino all'ingresso della palazzina e imboccò la porta di uscita avendo cura di non rimuovere i sigilli della polizia italiana. Era una notte particolarmente fredda e lei si sentiva sporca. Aveva un urgente bisogno di una doccia calda e di una buona dormita.

La via delle Botteghe Oscure era ben illuminata e abbastanza frequentata; Justine cercò di muoversi fra la gente senza dare nell'occhio ma con scarso successo visto il suo aspetto e il forte odore che le era rimasto addosso. Camminare però le faceva bene. Sciogliere un po' i muscoli e aspirare qualche boccata d'aria fredda la rinfrancò, e con rinnovata decisione tornò alla Locanda del Granduca.

Quella volta il locale era quasi deserto.

«Si direbbe che lei abbia una storia interessante da raccontare», commentò l'oste squadrandola da capo a piedi.

«Forse più tardi, signor Remì, ora ho bisogno di darmi una ripulita».

«Ma certo», rispose l'uomo porgendole la chiave della camera che aveva occupato la sera prima.

Justine raggiunse felicemente la stanza, gettò i suoi vestiti in un angolo del bagno e si rilassò nell'acqua calda di una vasca di fine secolo che era stata attrezzata con l'idromassaggio. Al termine indossò una camicia rosa, un paio di jeans e un maglione di lana che trovò nell'armadio e scese nuovamente per mangiare qualcosa.

Sul bancone era stato preparato un piatto a base di uova, pancetta e una crema di patate, il pane era croccante e caldo, e davanti al piatto c'era un bicchiere pieno d'acqua fresca.

«Si accomodi, bella signora», la invitò l'oste.

«Grazie. Mi sono permessa di infilarmi questi vestiti che ho trovato di sopra».

«Erano lì per lei», rispose l'altro con una scrollata di spalle. «Allora ha intenzione di tenermi sulle spine o posso chiederle cosa le è successo?»

In circostanze normali probabilmente Justine avrebbe taciuto, ma si sentiva sconvolta dall'esperienza vissuta e non riuscì a fermare il fiume di parole che le sgorgò dalle labbra fra un boccone e l'altro. Raccontare l'accaduto fu come esorcizzare il male, e prima di addentare l'ultimo boccone di pancetta si mise a piangere a dirotto. L'oste la osservò con comprensione e lasciò che si sfogasse.

«Su, su. Ora che ha lo stomaco pieno beva un goccio di questo», le suggerì versandole un bicchierino di uno strano liquore. «È fatto con la radice di erbafoglia. Riscalda lo stomaco e cura le ferite del corpo e dell'anima. Si direbbe che abbia incontrato un *beholder*. È incredibile: un beholder in casa di Bernardo. Non ce l'ha messo lui di sicuro, sarà stato quell'individuo, Ferrancolle. Forse l'ha lasciato lì per eliminare chi avesse indagato un po' troppo insistentemente sulla morte del poverino. Un beholder nel centro di Roma. Non ci si crede», concluse sovrappensiero.

Justine bevve il bicchiere con un'unica sorsata, tossì un paio di volte e si sentì stranamente libera. Sorrise all'oste.

«Grazie di tutto, Remì. Lei è un uomo eccezionale».

«È così», approvò sorridendo a sua volta.

Justine insistette per pagare la cena e la stanza per la notte e confermò che la mattina dopo sarebbe partita, promettendo che prima o poi sarebbe sicuramente ritornata.

«La Locanda del Granduca è come la torta della nonna, se la provi non puoi più farne a meno. È un po' il motto della casa», rispose saggiamente l'oste.

La mattina dopo Justine richiamò Richard, il suo ex collega cui aveva richiesto una ricerca ufficiosa su Luciano Ferrancolle.

«Mi spiace Thompson, ma il tuo uomo è morto», riferì Richard dall'altro capo del telefono.

«Morto?»

«Già. È deceduto a seguito di una colluttazione con un balordo in un vicolo».

«Bah, forse se l'è meritato».

«Come?»

«Niente, scusa. In quale zona di Roma è morto?»

«Roma? Non ho mai detto che è morto a Roma. Il tuo uomo è morto a Praga».

Nel pomeriggio dello stesso giorno Justine si trovava a Praga. Prima di iniziare le indagini per vedere dove l'avrebbe portata quell'ultima pista, cercò un riparo per la notte. Fece un paio di domande in toni convincenti esibendo il distintivo nei sobborghi della città finché un tossico le indicò un albergo a ore illegale in cui, per ovvi motivi, non chiedevano i documenti al momento della registrazione. Anzi, in cui non registravano affatto i clienti.

Prese accordi con il riluttante proprietario affinché le riservasse una camera pulita per un paio di notti e sfruttò il resto della sera per mangiare un boccone e fare una lunga passeggiata per la città vecchia. Non era mai stata a Praga prima e la trovava incantevole. Fu presa un po' dalla malinconia nel vedere le famigliole di turisti in visita. Un tempo anche sua madre la portava in gita. Chissà se un giorno avrebbe avuto anche lei una famiglia sua. Un marito che andava a comprare il gelato in un chiosco vicino mentre lei lo aspettava con i figli sulla panchina di una piazza illuminata in una città che non conosceva. Sorrise amaramente al pensiero. Con tutta probabilità non sarebbe sopravvissuta a quell'indagine e quindi il sogno della famiglia felice andava a farsi benedire. Tornò in albergo e si stese sul letto. Rimpiangeva la Locanda del Granduca, ma alcuni disagi facevano parte del mestiere.

La mattina successiva si presentò al distretto di polizia del quartiere in cui il signor Luciano Ferrancolle era stato ucciso. Era un rischio che doveva correre per avere tutte le informazioni sul caso. Sperava solo che al commissario fosse sufficiente il suo tesserino e non decidesse di fare un controllo sulla sua autenticità. Il documento dell'Interpol naturalmente era valido, ma la ricerca avrebbe messo in allarme i suoi colleghi che probabilmente la stavano ancora cercando a Roma.

Il commissario fu gentile ma sbrigativo, perché aveva molto lavoro da fare. La ragguagliò sulle notizie di massima in merito all'omicidio di Ferrancolle a opera di un ladro e truffatore di nome Denizer Cerny. Secondo lui si trattava di omicidio colposo; Cerny era un balordo con una certa astuzia e una buona dose di sagacia, ma non era un assassino. Una specie di Arsenio Lupin di Praga. Sta di fatto che Cerny era recentemente scomparso. Lui stesso aveva avuto conferma da un noto ricettatore del fatto che Denizer fosse partito per la Giamaica. Justine trovò quantomeno curiosa la disavventura del commissario nel negozio del ricettatore, un certo Khalil. Pareva avesse trovato il locale semidistrutto dopo l'avvertimento di alcuni passanti che avevano sentito colpi di arma da fuoco al suo interno.

Nonostante la presenza di sangue, non c'erano né corpo né tracce di trascinamento di un cadavere, quindi il commissario aveva pensato a una rapina. Il problema era che anche Khalil era sparito. Giorni dopo, quando il commissario era tornato, aveva trovato il negozio rinnovato e il suo proprietario tranquillamente dietro il bancone. La spiegazione del ricettatore fu quella della rapina. Dichiarò che aveva inseguito il colpevole per strada e aveva avuto paura di rientrare subito nella bottega e il commissario aveva accantonato la cosa. Justine invece voleva vederci chiaro. Era evidente che, morto Ferrancolle, avrebbe dovuto stanare Cerny per capire se fra i due ci fosse un legame di qualche

tipo e se questo legame potesse condurla o meno al suo vero
obiettivo, il signor ciocca bianca. Sarebbe andata fino in
Giamaica se fosse stato necessario, ma prima bisognava fare
una visita a quel Khalil.

Raggiunse il negozio con un taxi e vi si fermò davanti. Il
panico si impossessò di lei quando si accorse che non poteva
muoversi. Ogni singolo muscolo del suo corpo era paralizzato.
Un'altra persona le si affiancò scrutando la vetrina. Agli occhi
dei passanti sembravano una qualunque coppia che si era
fermata a osservare la merce in esposizione.

«E così, figlia di Amanda, sei sopravvissuta».

Justine non poteva muovere la testa, ma non aveva bisogno
di vedere in faccia l'uomo; ne aveva riconosciuto la voce. Il
Cannibale l'aveva trovata.

«Pensavo di averti uccisa insieme a Van de Baner, a Roma»,
fece una pausa riflettendo sulla situazione. «Cosa fai qui?
Conosci Khalil? Conosci Cerny? Sai, anch'io sto cercando
Denizer. È un mio carissimo amico. Non molto tempo fa mi
ha consigliato la cura del piombo e mi ha aiutato a prenderne
un po'. È stato doloroso, ma efficace. Sì, perché era molto
che non provavo un desiderio così impetuoso di uccidere
qualcuno. Con la professione che faccio, uccidere non è più
divertente».

Fece una pausa, poi si voltò verso la poliziotta.

«Ho appena deciso che non mi limiterò a *espizzarti*. Oh,
forse il termine non ti è chiaro: significa leggerti nel pensiero.
Ti porterò con me. Saprò da te tutto quello che c'è da sapere.
Farò di te la mia informatrice, la mia concubina, la mia
schiava e forse, se sarai fortunata, farò di te la mia vittima,
ma stai tranquilla, ti ucciderò solo quando mi sarò stancato.
Stai piangendo?» chiese Zander il Cannibale asciugando una

lacrima che scendeva sul viso di Justine. «Brava, piccola. Piangi finché ne hai la forza».

Dopo un'occhiata ai dintorni prese la ragazza per il braccio e insieme scomparvero appena un attimo prima che Khalil uscisse fuori dal negozio con una scopa per dare una ramazzata al marciapiede.

XI

Nella cittadina di Rocamadour, Cassian e Iago si godevano la prima giornata soleggiata di fine inverno. Si erano stesi su una grossa roccia piatta posta in una radura in cima al monte, dove il bosco lasciava temporaneamente spazio all'erba e la vista del cielo terso toglieva il fiato. Sul calendario l'arrivo della primavera era alle porte, ma di fatto l'inverno sembrava finito con un certo anticipo.

L'aria era ancora frizzante e in molte zone in ombra la neve ghiacciata resisteva tenace, ma i primi uccellini avevano fatto ritorno dai paesi caldi e fischiettavano la loro allegria nel darsi vicendevolmente il bentornato. I due oziavano pigramente. La sera prima erano usciti di nascosto dalla casa di Maugris e avevano fatto un po' di bisboccia in una taverna alle pendici del monte. Iago si era presentato a un gruppo di ragazze e le aveva invitate a bere qualcosa al loro tavolo. Avevano trascorso un paio d'ore raccontandosi aneddoti divertenti e scherzando amabilmente, anche se in realtà era Iago a tenere banco raccontando storielle della sua vita che Cassian sapeva essere completamente inventate. Si era quindi allontanato con la ragazza biondina sussurrandole all'orecchio chissà quali meraviglie.

Il compare era rimasto al tavolo con le altre due, e aveva cercato di non far crollare miseramente la conversazione sull'anticipo della primavera senza però riuscire a evitare le imbarazzanti pause di silenzio. Era inutile, non ci sapeva fare con le ragazze. Ogni tanto riportava alla memoria quel platonico momento di tenerezza vissuto in lavanderia con Angelica, la ragazza nuova dell'Istituto con i capelli rossi. Gli aveva appoggiato la testa sulla spalla. Spesso si ripeteva che un giorno, dopo aver portato a termine quanto gli aveva chiesto di fare padre Garrison, l'avrebbe cercata. Certo non si aspettava che lei pensasse a lui con espressione trasognata, ma in fondo... perché no? Era bello fantasticare sul modo e il luogo in cui l'avrebbe rivista. Finalmente Iago era ritornato al tavolo con la biondina sottobraccio, aveva ultimato la sua bibita e, con Cassian alle calcagna, si era congedato sfiorando con le labbra la bocca della sua conquista amorosa. Mentre i due si allontanavano, le due amiche emettevano risolini acuti e si stringevano più vicine per ascoltare il racconto della terza. Il giorno dopo, godendosi il sole sul viso ripensava ancora all'incontro della sera prima.

«Io non ci so fare con le donne», esclamò improvvisamente Cassian.

«Perché dici questo? Non sei forse stato a bere e a chiacchierare tutta la sera con due donne ieri?» rispose Iago voltandosi su un fianco nel tentativo di assumere una posizione più comoda.

«Ma che chiacchiere. Io e le due tipe eravamo semplicemente seduti allo stesso tavolo e aspettavamo che tu e la bionda ritornaste. Quando mi trovo in queste situazioni non so mai cosa dire. Altro che allontanarmi con una sottobraccio; mi accontenterei di non fare la figura dell'imbranato».

Iago lo squadrò con un sorriso furbo.

«Anch'io *quando avevo la tua età* non ero molto sveglio. Stai tranquillo, poi passa».

«Ma se avrai sì e no due anni più di me. Non è questione di età, ma di saper cosa dire e non avere timore di buttarsi».

«Tu ti alleni per diventare mastro di spada; impari a usare la tua energia interiore. Sia chiaro, non sei bravo come me, ma te la cavi. Un giorno sarai pronto per affrontare mostri enormi e avversari temibili. Ti prepari per vivere imprese impossibili e poi hai paura di invitare una ragazza a fare una passeggiata romantica sotto la luna? E vorresti farmi credere che sei sveglio?»

«Non è la stessa cosa, e poi stai facendo il brillante», osservò Cassian un po' risentito.

«Dai, *brillante,* è ora di andare o il maestro si accorgerà che stamattina abbiamo marinato la solita corsetta».

I due scesero dalla roccia e si avviarono verso la casa di Maugris seguendo una scorciatoia attraverso il bosco.

«Ehi, Iago».

«Sì?»

«Sognavi quando hai detto che sei più bravo di me, vero?»

«Ah, è così? Allora vedremo chi è il migliore quando avremo le spade in mano. Stamattina. Chi arriva ultimo è un rigurgito di *gnoll*», rispose Iago mettendosi improvvisamente a correre.

«Ma che diavolo è uno *gnoll*?» chiese Cassian ridendo e affrettandosi dietro all'amico.

«Miei giovani apprendisti», esordì Maugris quel pomeriggio, allargando le braccia. «Sono diversi mesi che lavorate sodo e, seppur non abbiate superato le mie più rosee aspettative, ritengo abbiate raggiunto un livello di preparazione sufficiente per dichiarare chiusa la prima parte del vostro apprendistato. Beh? Mi aspettavo grida di giubilo ed esplosioni incontrollate di gioia», aggiunse scrutando le espressioni perplesse dei suoi allievi.

«Ma io credevo che con la fine dell'apprendistato saremmo diventati mastri di spada», cominciò Iago.

«Quando dovrebbe concludersi l'intero ciclo di addestramento?» proseguì Cassian.

Barbier abbassò le mani e le mise in tasca. «Per la santa rosa purpurea d'Edgar il breve; l'addestramento di un allievo dura cinque anni come minimo», chiarì con un'espressione a metà fra lo stupito e il divertito.

«Cinque anni?» chiesero contemporaneamente i due ragazzi.

Cinque anni erano sicuramente troppi, e se per Iago era solo una questione di trepidante impazienza, Cassian aveva ragioni molto più fondate per avere fretta. Come richiesto da padre Garrison, non aveva accennato a nessuno della sua missione, anche se il crescente rispetto per il maestro e la profonda amicizia per Iago gli facevano sembrare un tradimento l'aver mantenuto il segreto. Non poteva aspettare altri quattro anni per raggiungere Capitalis.

«Comunque, sorvolando sulle vostre espressioni deluse da bassotti che si credono mastini da combattimento, volevo comunicarvi che è mia personale usanza festeggiare la fine della prima fase dell'addestramento con un'iniziazione. Domani notte sarà l'equinozio di primavera; uno degli unici due momenti nell'anno in cui la durata della notte è esattamente uguale alla durata del giorno. Gli equinozi sono molto speciali per chi come noi conosce e padroneggia, anche solo in parte, l'energia del corpo», puntualizzò Maugris con un'occhiata chiarificatrice agli apprendisti. «Chi vuole provare a dirmi perché?»

«Perché le ore di luce sono composte da sessanta minuti... di luce... e quindi...», cominciò Iago riflettendo ad alta voce.

«Chi vuole provare a dirmi il perché, dopo aver riflettuto per evitare di dire scempiaggini?» lo interruppe Maugris.

I due ragazzi lo guardarono incerti.

«Ragazzi miei, sembrate due trichechi che guardano un pinguino e si chiedono che razza di tricheco sia», sorrise Barbier. «La luce e il buio sono altri due stati opposti che negli equinozi diventano anche uguali, e come ormai sappiamo bene, gli stati uguali e opposti dell'esistenza generano una differenza di potenziale che i membri della Congrega possono impiegare, ognuno secondo la propria classe. Il giorno e la notte sono come il bene e il male, il giusto e lo sbagliato, l'alto e il basso. Un polo positivo e un polo negativo come in una normalissima batteria, solo che anziché produrre energia elettrica, producono energia cosmica. In questo caso l'energia non è solo dentro di voi ma è libera nell'aria».

Maugris chiuse gli occhi quasi assaporando un piacere segreto. «È un nettare che inebria a ogni boccata. La brezza pizzica la lingua e lascia in bocca un sapore dolce come il miele. Ti senti più forte. Senti tornare il vigore degli anni della tua giovinezza». Il maestro riaprì gli occhi. «Domani notte ci sarà una festa in un posto speciale e noi parteciperemo. E ora, per dimostrarvi il mio più vivo apprezzamento del livello da voi raggiunto nelle discipline, allenamento!»

Quella sera, prima di addormentarsi, Cassian decise che era giunto il momento. Non poteva aspettare ancora. Come richiesto da padre Garrison, aveva raggiunto un livello sufficiente di preparazione nell'arte della scherma e nella padronanza dell'energia cosmica per ammissione dello stesso Maugris, ed era a conoscenza dei tratti generali dell'organizzazione della Congrega. Sapeva che la sua meta, Capitalis, si trovava a Torino. Avrebbe aspettato l'iniziazione e avrebbe partecipato alla festa, e quello sarebbe stato il suo ultimo giorno di addestramento. Poi chissà; forse dopo aver consegnato il cofanetto al Granduca e aver completato così la sua missione, Maugris gli avrebbe permesso di riprendere.

Rimirò per un po' l'anello d'agata della signora Campbell, Cecrope. Era così abituato ad averlo al dito che spesso ci giochicchiava senza accorgersene. Quell'oggetto rappresentava la sua promessa di riuscire nell'impresa; promessa fatta una sera di qualche tempo prima alla signora Campbell e che lui aveva intenzione di mantenere. Per l'ennesima volta tirò fuori dallo zaino il cofanetto e lo aprì, rigirandosi fra le mani il piccolo libro d'argento. Pensò a padre Garrison e ai giorni trascorsi con lui a fare meditazione, pensò ad Angie e alle poche volte che erano stati insieme, pensò a sorella Clementine, di cui più che altro conservava i ricordi delle punizioni, talvolta stravaganti, che gli affibbiava. Pensando a lei e alle sorelle dell'Istituto provò un groppo in gola. Sembrava passato così tanto tempo da quando aveva dormito nel suo letto. Forse a missione completata avrebbe potuto almeno telefonare per informare le sorelle che stava bene, senza il pericolo di mettere a rischio la loro vita.

Con una grande malinconia nel cuore si addormentò stringendo a sé il libro.

Il giorno dopo Maugris era di ottimo umore. Proclamò che le lezioni della prima fase di apprendistato erano finite e i ragazzi potevano prendersi la giornata libera, ma che se avessero deciso di allontanarsi da casa sarebbero dovuti rientrare entro il tramonto, o sarebbe andato senza di loro alla festa migliore cui un uomo potesse partecipare.

I due bighellonarono nei dintorni facendo ipotesi su quali amici vi avrebbero partecipato e a casa di chi si sarebbe festeggiato; Cassian si era fatto più cupo e non poteva fare a meno di pensare che il periodo di relativa serenità passato presso Maugris stava per finire. Soprattutto si chiedeva se non avesse aspettato troppo per riprendere il viaggio. Padre Garrison non era stato molto preciso nell'indicare quanto tempo avrebbe dovuto dedicare alle lezioni di Maugris, quindi non c'erano certezze sulla tempestività con cui avrebbe portato il libro al Granduca. E se la profezia a cui accennava il parroco nella sua lettera si fosse già avverata? E se ormai fosse diventata inutile? In quel caso padre Garrison sarebbe morto per niente.

Iago si accorse dell'irrequietezza dell'amico e interruppe quei foschi pensieri.

«Che ti succede? È da stamani che sembri nervoso».

«Sai Iago, non posso più restare con te ad allenarmi».

«Che vuoi dire?»

«Non posso rivelare i particolari del mio viaggio. Un amico mi ha supplicato, con le sue ultime parole, di portare a termine una certa impresa senza confidarmi con nessuno. Ritengo di aver dedicato tempo a sufficienza all'addestramento e penso sia ora di rimettersi in cammino».

«Ti farai ammazzare prima del tempo», sentenziò Iago con tono stizzoso, un po' offeso dal fatto che il suo migliore amico avesse dei segreti con lui.

«Può darsi, ma non posso rischiare di arrivare tardi a

destinazione per un eccesso di prudenza».

«Fai come vuoi».

«Ma non capisci? Non è un capriccio!» esclamò Cassian alzando la voce.

I due si sedettero a osservare le cime degli alberi e rimasero in silenzio per qualche minuto, ognuno rimuginando sulla situazione.

«D'accordo, allora vengo con te», decise Iago.

«Non credo sia...»

«Potrei obbligarti con le cattive ad accettarmi come compagno di viaggio».

«Se ci tieni alla salute sarà meglio che neanche ci provi», rispose Cassian improvvisamente divertito dalla spavalderia dell'amico.

«Forse hai ragione, ma comunque vengo con te. Tu farai quel che devi fare e io ti guarderò le spalle. Mi sembra ragionevole. Poi a cose fatte torneremo da Maugris per proseguire l'apprendistato».

Cassian meditò sulla proposta dell'amico. Ricordava ancora con estrema chiarezza la solitudine del viaggio che l'aveva portato fino a Rocamadour.

«Ci penserò su», concluse.

Quando tornarono a casa, Maugris non stava più nella pelle. Si era abbigliato con pantaloni di velluto, camicia di lana color smeraldo e un gilet di pelle sintetica, e aveva in testa un buffo cappello a punta con una penna bianca che spuntava da un lato. Nell'insieme era abbastanza ridicolo.

«Non avevi detto che era una festa in costume», commentò Iago trattenendo un sorriso.

«Zitto, bocca della verità. Non mancarmi di rispetto. Sbrigatevi tutti e due. Abbigliamento pesante ma non troppo e pronti in quindici minuti da ora o giuro che vi lascio a casa».

I due corsero a prepararsi, contagiati dall'euforia del maestro. Mezz'ora dopo, quello strano terzetto procedeva in fila indiana diretto alla tanto agognata festa e con grande sorpresa dei due allievi, Maugris li condusse all'interno della foresta e non al paese come loro avevano creduto. Percorsero sentieri battuti solo dagli animali, sempre più all'interno, dove il bosco diventava selvaggio e inesplorato. A tratti la luna era completamente coperta dalle alte frasche e i tre facevano fatica a vedere dove mettevano i piedi tanto era buio.

Dopo un paio d'ore di viaggio arrivarono in una radura quasi perfettamente circolare. L'erba, leggermente umida, mandava riflessi argentei sotto i raggi lunari e il muschio che cresceva sugli alberi emetteva un bagliore verdastro che rischiarava i recessi più profondi della foresta. Cassian notò che la spianata in cui erano arrivati, confinava con altri spazi, ognuno dei quali era racchiuso e diviso dagli altri da una fila di alberi. Sembrava che un bravo giardiniere avesse scelto di ottenere spiazzi erbosi collegati fra loro, ognuno dei quali, però, era un elemento ben definito e a sé stante. Un arcipelago di prati nell'oceano verde della foresta.

I due ragazzi erano a bocca aperta. L'intero complesso era adeguatamente illuminato dalla luna, dal muschio iridescente e, in alcuni casi, dal cappello di funghi color crema che brillavano di luce propria.

«Fantastico», esclamò Iago.

«Com'è possibile?» ribatté Cassian.

Maugris, che aveva visto già più volte quello spettacolo e ciò nonostante ne era comunque affascinato, era euforico.

«Ve l'avevo detto, no? La più bella festa cui uomo possa partecipare».

«Ma maestro, il luogo è da fiaba, ma non c'è nessuno. Dov'è la festa?»

«Oh. Uomo di poca fede, cioè, ragazzo di poca fede. Ecco, vedete laggiù. Mi pare di distinguere qualcosa che si muove», fece notare Maugris quasi sottovoce.

«Io non vedo...»

«Baaa!» gridò Barbier ridendo a crepapelle nel vedere i due ragazzi saltare sul posto per lo spavento.

«Che scherzo idiota», sbottò Iago.

«Ehi, però io vedo davvero qualcosa che si muove là in fondo», osservò Cassian.

«Se adesso gridi anche tu, ti prendo a pugni!»

«No, ragazzi. Ci siamo. Sono i nostri ospiti che vengono ad accoglierci».

Dal fondo di una radura un piccolo drappello si avvicinava con circospezione. Dai prati più lontani già proveniva una musica allegra, ma erano troppo distanti per distinguere i partecipanti. Quando il gruppetto in arrivo raggiunse il centro dello spazio, i due ragazzi non poterono nuovamente evitare di restare a bocca aperta. Un rapace con il corpo di un felino grande quanto i due unicorni che lo affiancavano seguiva guardingo una lince delle dimensioni di un alano. Ma era poi una lince? L'aspetto sembrava quello, ma aveva due enormi baffoni e il muso un po' troppo allungato. Gli occhi erano piccoli e famelici e dalle fauci semi aperte si intravedevano zanne affilate come pugnali. Il corpo muscoloso ma elegante esprimeva forza e agilità. A guardarla sembrava il predatore perfetto. I due ragazzi fecero un passo indietro scandagliando il terreno circostante con lo sguardo alla ricerca di qualcosa da poter usare come arma, ma Maugris, con un gran sorriso dipinto sul volto, fece due passi avanti e si profuse in un profondo inchino.

«Buonasera Skree».

«Buonasera Etienne», rispose educatamente la lince con voce bassa evidentemente maschile.

Iago si sedette gambe avanti dallo stupore.

«Ma... parla?» chiese Cassian inebetito.

«Non molto svegli questi due», notò ancora la lince rivolgendosi a Maugris con un ghigno perverso.

«Dovete perdonarli amici, ma sono i miei due nuovi allievi ed è la prima volta che incontrano esseri fatati. Avanti, non state lì come spaventapasseri!» aggiunse all'indirizzo dei due. «Presentatevi. Salutate. Fate qualcosa. Oh beh, fate come volete. Io vado a divertirmi», e si allontanò saltellando.

Il grifone emise un grido stridulo e se ne andò volando, e poco dopo anche i due unicorni si allontanarono al galoppo. La lince tornò a guardare i due ragazzi che nel frattempo non si erano mossi.

«Stai buono», si raccomandò Iago.

«Non vorrai anche che ti dia la zampina, vero? Forza seguitemi. Oppure state lì, io me ne vado», rispose la lince sorridendo con quel suo ghigno sanguinario e si allontanò. I due presero coraggio e le andarono dietro.

«Dove stiamo andando, lince?» chiese Iago.

«Nei prati più a nord, dove la festa è già cominciata. Se è la prima volta che partecipate a una festa d'equinozio, per voi sarà indimenticabile. E per inciso: io non sono una lince».

«Che tipo di bestia sei?» domandò Cassian.

«Non sono sicuro che *bestia* mi piaccia; comunque sono un gatto delle paludi. La vostra gente si riferisce alla mia razza con il termine di *lonza* o *leonza*. Pensate che un mio antenato è anche diventato piuttosto famoso, ne avrete sicuramente sentito parlare».

I due ragazzi si guardarono incuriositi mentre cercavano di tenere il passo dietro alla strana creatura che sembrava avere fretta di arrivare a destinazione.

«Quand'era? Sì, doveva essere circa settecento anni fa, quando uno scrittore famoso dell'epoca in una notte d'equinozio, si era trovato a passeggiare nel bosco ed era incappato per caso in una festa come questa. È tradizione che gli uomini possano accedere alla festa d'equinozio solo dopo aver incontrato un comitato di accoglienza così com'è successo a voi stasera, sapete, per evitare che casuali passeggiatori notturni vedano cose che non dovrebbero vedere».

«A scuola ci fanno studiare di...» intervenne Cassian.

«Comunque quella notte di settecento anni fa», proseguì la creatura interrompendo il ragazzo, «questo scrittore o poeta o che diavolo era, trova per caso la radura giusta nella notte giusta e naturalmente vede il comitato di accoglienza che si avvicina. Ne faceva parte questo mio lontano parente, un po' avanti negli anni, accompagnato da una leonessa di Nemea e da una normalissima lupa dei boschi. Il tizio non era stato presentato, a differenza di quanto ha fatto Etienne con voi, così il comitato non aveva motivo per dargli il benvenuto. Naturalmente non volevano fargli alcun male, ma lui scappò come se avesse visto le fiamme dell'inferno. Si seppe poi anni dopo che quell'episodio lo aveva ispirato nella stesura del suo libro, che è tuttora un best seller conosciuto in tutto il mondo; pensate che proprio all'inizio del suo romanzo ha descritto pari pari l'incontro con il comitato, così com'è avvenuto».

«Io non ho mai sentito parlare di un libro simile», commentò Iago con una certa dose di spavalderia.

«Se non lo conoscete, non so dirvi di più. Non ricordo neanche il titolo del romanzo. Posso solo dirvi che lo scrittore aveva lo stesso nome di uno dei due unicorni che mi hanno accompagnato stasera, per questo me lo ricordo».

Trascorse qualche istante di silenzio mentre i due ragazzi, che non si erano neanche accorti che stavano per accedere alla radura dove nuove e impossibili creature fatate stavano facendo baldoria, pendevano dalle labbra del gatto di palude.

«Allora?» chiese Iago.

«Allora che?»

«Qual è il nome dell'unicorno?» precisò Cassian.

«Oh. Dante. Si chiama Dante. È italiano. Ora dovete scusarmi, ma vedo che è appena arrivato un branco di lupe single. Buona festa».

Solo in quel momento i ragazzi si accorsero dell'allegro trambusto che li circondava. Un gruppo di ometti alti mezzo metro, con le gambe caprine, un'ispida barbetta e piccole corna sulla testa, era vigorosamente impegnato a suonare una melodia in tre toni dal timbro dolce ma con ritmo sostenuto, con flauti e pifferi, scalpitando freneticamente con i piedi.

«Ma cosa...» cominciò Cassian che venne urtato da un giovane centauro che scappava da una donnola cavalcata da un omino alto trenta centimetri con una lunga barba bianca. Iago rideva a crepapelle, contagiato dalla gioiosa euforia delle creature che lo circondavano.

Sei bellissime donne dalle orecchie a punta si materializzarono dall'acqua del ruscello che scorreva zampillante in mezzo alla radura e iniziarono a ballare in gruppo con movimenti simultanei e precisi. Sembrava fossero una compagnia di teatro che recitava la scena di un'opera o un gruppo di ballo alla sua prima. Fra i vari assembramenti di creature si potevano scorgere quasi tutti gli esseri delle fiabe, impegnati nelle più svariate attività. Nove cani parlanti giocavano a carte seduti su ceppi, intorno a un grandissimo fungo dal cappello rosso che fungeva da tavolo, una piccola fata svolazzante sfrecciava davanti a dodici lupi educatamente seduti in fila sulle zampe posteriori, cercando di dirigere i loro ululati a tempo con la melodia dei flautisti caprini come se fosse un maestro d'orchestra, a tratti compariva persino uno sghignazzante Maugris che faceva il girotondo con quelle che potevano essere driadi, vellutate presenze femminili vestite di foglie e steli d'erba.

Il buon Barbier sembrava già alticcio e Cassian si domandò se non si fosse portato qualche liquore da casa. La risposta arrivò repentina quando Iago fece notare a Cassian una silfide che veleggiava sui prati spargendo una polvere d'oro che attingeva da un canestro sotto il braccio.

L'erba che veniva a contatto con quella magica polvere si trasformava in alberi carichi di ogni genere di frutto. Sulla stessa pianta si potevano trovare fino a tre frutti diversi; mele, pere, fichi e pesche che avevano l'aria di essere dolcissime e succose crescevano sopra a rampicanti che si allargavano alla base del tronco, da cui nascevano meloni, cocomeri e fragole grosse come noci. Ogni tanto, anziché una pianta, sotto l'azione della polvere, nasceva un tulipano rosso grande quanto una bacinella per il bucato, completamente pieno di un liquido giallo e denso da cui molti attingevano con le mani a coppa e si saziavano con estrema soddisfazione.

«Ambrosia, il nettare degli dei», disse saggiamente Iago.

«E tu come lo sai?»

«Molte sono le cose che io conosco, giovane mortale».

Cassian guardò l'amico intensamente con un'espressione infastidita.

«Okay, okay. Quando è arrivata miss polvere dorata mi trovavo davanti a un drappello di gnomi barbuti che accudivano scrupolosamente le loro cavalcature, delle donnole. Qualcuno ha gridato "arriva la silfide, arriva la silfide!" e il gruppetto ha mollato le donnole lì dove si trovavano spingendo e urlando "ambrosiaaa!" come se fosse un grido di battaglia».

Cassian lo guardò incerto, poi sorrise, e in breve rideva a più non posso asciugandosi le lacrime dagli occhi.

Mangiarono i frutti e bevvero ambrosia. Quel nettare scendeva in gola denso come miele ed era leggermente zuccherino, moderatamente alcolico, con una sfumatura esotica inebriante. Rendeva brilli e allegri, ma non ubriacava. Mentre Iago fece amicizia con gli gnomi e con i cani parlanti che giocavano a carte, che scoprì essere dei coboldi, le ninfe vennero a prendere Cassian e lo fecero ballare con loro. Ci volle un po' affinché imparasse i passi della danza e non riuscì neanche lontanamente a imitare la leggiadria di quelle splendide creature fatate, ma ballò comunque a perdifiato. Preso dalla musica strinse la mano a una ninfa e le fece fare una piroetta; poi, tenendosi per entrambe le mani, cominciarono a girare in tondo muovendo i piedi a tempo. Intorno a loro le altre ninfe chiusero un secondo cerchio e imitarono la coppia girando in senso contrario; le driadi, e

Maugris fra loro, chiusero un terzo cerchio che ruotava nello stesso senso della coppia al centro e così via.

Di lì a poco tutta la radura ballava intorno ai due. Cassian era estasiato. Non si era mai divertito così in vita sua. Ogni tanto sussurrava all'orecchio della sua compagna qualche frase sulla danza o sulla stupenda festa o sulla sua incredibile bellezza e dalla bocca di lei scaturiva una risata argentina, limpida come uno specchio d'acqua d'alta montagna.

Il ballo si prolungò ancora e i cerchi si sciolsero per formare altri intrecci di braccia e corpi che si muovevano all'unisono. Con una chiusura magistralmente diretta e una coreografia di ballo quali non se ne vedevano nei grandi teatri del mondo, la musica dei satiri finì e anche loro si presero una pausa per offrire ai commensali i migliori latticini di pecora delle loro greggi. Grandi tavoloni furono introdotti nei prati sui quali venivano presentati formaggi d'ogni tipo, ma Cassian non era più interessato alle meraviglie della festa d'equinozio. Alla fine del ballo la ninfa non aveva lasciato le sue mani stanca di quel goffo mortale, come lui aveva creduto.

Le sue compagne si rivolsero a lei in una lingua che aveva il suono dell'acqua di ruscello, poi se ne andarono sorridendo mentre lei si strinse al braccio di lui e insieme camminarono attraverso i festeggiamenti persi l'uno negli occhi dell'altra. Cassian era sempre stato alto e quei mesi di duro allenamento gli avevano raddrizzato le spalle e la postura. Era diventato un bel giovane dai capelli neri che però conservava ancora la timidezza adolescenziale e una certa dose di goffaggine che nasceva da un'insicurezza di fondo; ma forse furono proprio quelle sue sincere incertezze a far breccia nello spirito candido della ninfa. Scherzarono e risero in quella lunga passeggiata, fermandosi ogni tanto per cogliere un frutto e assaporarne la dolcezza.

Quando giunsero ai margini dell'ultima radura la ninfa staccò una pesca dall'ultima pianta della fila e la avvicinò al viso del giovane stringendo il proprio corpo al suo. Si guardarono silenziosi negli occhi ed entrambi avvicinarono la bocca come per sfiorare la pesca con le labbra, ma trovarono l'uno le labbra dell'altro e si baciarono a lungo; poi lei lo prese per mano e lo condusse sotto una quercia, al riparo da sguardi curiosi.

«Ehi, Cassian, ma dov'eri finito?» Iago interrogò l'amico sorprendendolo addormentato sotto una quercia.

«Cosa? Ma dov'è andata?» chiese a sua volta Cassian scoprendo che la ninfa non era più appoggiata al suo corpo.

«Parli della ninfa? Ti sei divertito stasera, vero?» commentò Iago con un sorriso allusivo.

«Piantala. Io credo di essermi innamorato».

«Beh, stai attento. Le ninfe sanno essere molto volubili, anche se in effetti non ho mai sentito che mostrassero così palesemente un qualche tipo di interesse per un mortale. Chissà, forse tu hai qualcosa di speciale».

«Okay. Stasera non sono in vena di fare lo speciale», rispose Cassian ancora incapace di credere che quanto gli era successo fosse vero e nello stesso tempo deluso, perché la sua ninfa era sparita. «Non mi ha neanche detto il suo nome», si lamentò.

«Forse è meglio così», insistette Iago con una punta di invidia nella voce.

Ma la brezza notturna portava molti suoni con sé e Cassian credette di sentire il vento sussurrare «Gocciadora».

«Hai detto qualcosa?» chiese Iago.

«Lascia perdere. Torniamo alla festa», rispose Cassian improvvisamente allegro.

Mentre i due tornavano sui prati notarono una certa dose di scompiglio provenire dalle radure più esterne. Pareva che alcune delle creature fatate stessero correndo in direzione del centro della foresta; poi lo udirono. Era un rumore lontano. Con il passare dei secondi il rumore cresceva. Ora distinguevano il suono dei tamburi, sembrava una marcia di guerra. Risuonavano sempre più veloci e sempre più forte. C'era anche qualcos'altro; latrati di cani. No. Non era l'abbaiare della muta sulle tracce della volpe: questo era il ringhio di un cane pronto ad attaccare. Centinaia di cani. Correvano a rotta di collo e non erano cani normali: il loro corpo fumava, gli occhi non avevano pupille e dalla bocca aperta baluginavano le fiamme.

«Segugi infernali!» gridò una voce.

Il gatto delle paludi fu colto allo scoperto e una decina di cani gli si lanciò contro. Le sue fauci spezzarono il collo ai primi tre, poi fu circondato. Essendo però due volte più grosso del più grande dei segugi, superò la linea di sbarramento con un salto fenomenale che lo portò alle spalle di quelli che gli sbarravano bloccavano la strada. Senza neanche rallentare, appena toccò terra, si proiettò contro i corpi dei nemici dilaniandone le carni con le fauci e amputando arti con i lunghi artigli. Ma erano troppi. Cassian lo udì gridare di dolore quando cinque segugi lo costrinsero a terra. Sciamavano a centinaia nella radura e presto il gatto di palude sparì sotto i corpi di decine di cani. Cassian fu preso da un'ira profonda. Chi erano questi esseri che si permettevano di fare del male ai suoi amici? Come osavano attaccare quelle creature pacifiche proprio nel cuore della loro foresta e in un giorno speciale come quello? Senza pensare un attimo alla propria incolumità afferrò un bastone appuntito da terra con una mano e una grossa pietra con l'altra, poi corse proprio in mezzo alla battaglia. Subito due segugi deviarono la loro corsa per assalirlo. Cassian lanciò la pietra colpendo il primo alla base del collo. Il colpo fu preciso e potente e fece inciampare il cane che dopo una capriola però riprese la corsa. Quando il primo saltò con le fauci spalancate in direzione della sua gola, Cassian si lanciò a terra gambe in avanti passando sotto al corpo dell'animale quel tanto che bastava per trafiggerlo sotto la mandibola; si accovacciò in posizione di difesa in attesa dell'attacco dell'altro. Quando fu a meno di un metro lo colpì sul fianco con il bastone facendolo cadere a terra. Il giovane guerriero ruotò quindi su se stesso, portandosi in posizione per sferrare un nuovo attacco. La bestia si risollevò, ma non appena balzò in avanti Cassian le infilò la punta della sua arma direttamente nella gola, uccidendola.

Il giovane si voltò, pronto a riprendere la corsa ma, una visione da incubo lo raggelò. Fu come se il tempo si fermasse. Aveva davanti agli occhi la bocca spalancata di un terzo segugio. Ne distingueva completamente i dettagli più raccapriccianti.

Uno dei tavoloni usati dai satiri per portare i formaggi travolse il cane all'improvviso, un attimo prima che le sue mandibole si chiudessero sul viso del giovane.

«Attento, ragazzo», lo redarguì Iago che si era portato al suo fianco.

I due approfittarono di quel momento di relativa calma, mentre le bestie correvano intorno a loro, per decidere il da farsi.

«Non riusciremo ad aprirci la strada combattendo, sono troppi», constatò Iago.

«Usiamo il tavolone che hai appena lanciato», rispose Cassian.

Raccolsero il piano del tavolo avendo cura di mantenere la parte larga a copertura dei loro corpi. La superficie di legno li proteggeva dal collo alle ginocchia. Stavano per cominciare a correre verso il gatto di palude quando davanti a loro i segugi si radunarono a decine. I due si guardarono negli occhi e cominciarono a correre gridando a più non posso, sapendo che, con tutta probabilità, quelli sarebbero stati i loro ultimi secondi di vita.

Inizialmente le belve sembravano pronte al balzo, poi parvero ripensarci e si dispersero, allargandosi a ventaglio e indietreggiando di diverse decine di metri.

«Funziona», gridò Iago continuando a correre.

Subito dopo i due ragazzi furono superati con un balzo da alcuni centauri che si avventarono sul nemico. Cassian si voltò e vide che in tutta la radura si stava combattendo. Gli gnomi e le loro donnole aggredivano in gruppo essendo molto più piccoli dei segugi; i lupi e gli orsi difendevano la loro foresta con ferocia e i grifoni guidavano gli attacchi dei rapaci dal cielo. Gufi, falchi e poiane seguivano i grifoni in battaglia.

I due lasciarono il tavolo, raccolsero due grosse pietre per uno, raggiunsero il punto in cui il gatto di palude era stato sommerso dai cani e scoprirono che stavano ancora combattendo: Skree forse era ancora vivo. Non riuscivano a scorgerne il corpo tante erano le belve che tentavano di aprirsi una strada per raggiungerlo, ma cominciarono comunque a colpirle coraggiosamente nel tentativo di aiutare il gatto.

Diversi segugi infernali lasciarono la presa sulla leonza per fronteggiare i due nuovi arrivati, ma proprio in quel momento, approfittando della sensibile diminuzione del peso e della pressione dei cani che si ammonticchiavano sul suo corpo, Skree riuscì ad alzarsi e scrollarseli di dosso.

Con un paio di veloci azzannate uccise i due più vicini e con l'aiuto dei due giovani guerrieri riuscì a creare un'oasi intorno a loro, da cui la battaglia deviava altrove.

I nemici che si avvicinavano troppo venivano uccisi o indotti ad andarsene. La posizione era di stallo, ma considerando che Skree era seriamente ferito e i due ragazzi disarmati, il piano migliore era aspettare che arrivassero i rinforzi. Cassian perdeva sangue da un braccio e presentava diverse bruciature laddove i segugi erano riusciti a sfiorarlo con le loro bocche incandescenti. Anche Iago aveva un profondo taglio sulla fronte. Cassian si concesse il tempo per dare un'occhiata allo svolgimento della battaglia e si sentì rincuorato quando vide che l'avanzata delle belve era stata bloccata dalle truppe alleate e lentamente i nemici cedevano terreno.

In quel momento tornarono a farsi sentire i tamburi. Vicinissimi. Cassian se li era quasi dimenticati. D'un tratto dalla foresta fiorirono le torce. Un esercito si era unito alla festa d'equinozio.

«Grazie per l'aiuto ragazzi. Ora salitemi in groppa e reggetevi forte. Dobbiamo tornare fra i ranghi o qui allo scoperto verremo falciati», sibilò Skree.

I due fecero come il gatto aveva detto e si strinsero al suo pelo per non essere disarcionati durante la folle corsa attraverso il campo di battaglia. Skree saltava, scartava, e talvolta attaccava senza mai ridurre la velocità finché non si trovò alle spalle dei difensori.

«Serrate i ranghi!» gridò lasciando i ragazzi al sicuro.

Corse in prima fila aiutando chi era in difficoltà continuando a ripetere di arretrare e serrare i ranghi e che il peggio doveva ancora arrivare.

Il suono lungo e prolungato di un corno riempì la radura. I cani infernali drizzarono le orecchie e tornarono di corsa nel bosco. I difensori si schierarono in una fila disordinata. Nel silenzio carico d'anticipazione, una voce stridula e malevola urlò qualche parola in una lingua sconosciuta. Maugris raggiunse i ragazzi e si accertò che stessero bene.

«Uno di voi due deve averla fatta grossa», affermò.

«Ma che sta succedendo?» gli chiese Cassian.

«Si tratta di una tribù di Goblin. Il capo tribù ha detto che si trovano qui per prendere il ragazzo umano e se gli verrà consegnato se ne andranno in pace. Fa sapere che hanno già dimostrato la loro forza e sono in superiorità numerica, e preferisce che noi decidiamo di non consegnare il ragazzo così potrà ricoprire il suo corpo di sangue fatato».

Il ruggito di Skree fece tremare la foresta.

«Ecco», disse Maugris, «ora il capotribù ha la sua risposta».

I Goblin si lanciarono alla carica brandendo mazze e corte lance e, guidato dal gatto di palude, anche l'esercito di difensori partì all'attacco. Quando i primi Goblin entrarono nella radura i due giovani rimasero inorriditi nel vedere che tipo di creature brutte e infide fossero. Avevano una struttura umanoide, con gambe e braccia, ma la loro pelle era grigia o, in taluni casi, verdastra e bitorzoluta. Erano alti circa un metro, avevano orecchie a punta e un'espressione di ferocia costantemente dipinta sulla loro bocca grande e larga.

«Dovremmo andare anche noi».

«Calma, calma signor Larbon», avvertì una nuova voce.

I due ragazzi e il loro maestro si voltarono di soprassalto e videro una figura uscire dall'ombra. Era un uomo sicuro di sé, dai capelli biondi e puntava un fioretto seicentesco in direzione del trio disarmato.

«Prima di andare a farti ammazzare, signor Larbon, vorrei che mi consegnassi il libro».

«Non so di che parli».

«Posso conoscere il tuo nome? È un dovere di ogni mastro di spada presentarsi a un duello, anche se ammetto di non poter far leva sul tuo onore, visto che minacci uomini disarmati», rispose Maugris.

«Accidenti. Non ti avevo riconosciuto in questa penombra. Tu sei il vecchio Etienne Barbier. Ti accontenterò, Barbier. Il mio nome è Lucien. Lucien Marceau. Voglio solo il libro del signor Larbon e poi me ne andrò», rispose il nuovo venuto esibendosi in un elegante inchino

«Te l'ho già detto. Non so di cosa tu stia parlando», ribatté Cassian.

«Spavaldo e coraggioso; ma chi credi di essere? Non sei più in allenamento. Questa non è di legno», protestò Lucien muovendo la lama. «Ti senti così grande, così preparato al duello e invece sei solo un idiota. Come credi ti abbia trovato? Il prete che ti ha dato il libro sapeva il fatto suo. Lo ha protetto con qualcosa che ci impediva di identificarlo nonostante le attrezzature che abbiamo installato in laboratorio, ma tu non potevi fare a meno di vedere cosa c'era nel contenitore, vero? Tiravi fuori il libro la sera, lo accarezzavi e intanto noi approfittavamo di quei momenti per arrivarti ogni giorno più vicino. E ora eccomi qui. Non fare più danni di quanti tu ne abbia già fatti e dammi ciò che voglio».

Con un veloce affondo lo spadaccino ferì Maugris alla spalla e appoggiò immediatamente la punta del fioretto alla gola di Iago che era scattato per assalirlo.

«Posso tagliuzzarvi molto più di così, se lo ritenete necessario».

Iago si allontanò con le braccia alzate e si avvicinò a Maugris per sincerarsi dell'entità della ferita.

«Stai bene, maestro?» gli chiese.

«Non preoccuparti, giovane, mi ha solo sfiorato».

«Maestro? Voi due siete allievi di Barbier, dico bene?»

«E allora?» replicò Cassian.

«Significa che soggiornate in casa sua quindi tutti i tuoi effetti sono là».

Cassian non rispose.

«Già. Ed è là che troverò il libro. Sorvegliateli», ordinò, e altri quattro Goblin emersero dall'ombra e circondarono i tre.

«Spera di non rivedermi più, signor Larbon». E con un cenno del fioretto, Lucien si allontanò.

«Riguarda quella tua missione, non è vero?» chiese Iago a Cassian.

«È tutta colpa mia. Se non fosse stato per me, stasera non ci sarebbe stata nessuna battaglia».

«Non sei stato tu a uccidere quelle creature fatate, giovane. Sono stati i Goblin. Tu hai il diritto di stare qui, qualunque cosa voglia da te questo Lucien», ribatté Maugris.

La terra tremò e i tre voltarono gli occhi sul campo di battaglia per vedere cosa fosse successo. Al gran galoppo i due unicorni correvano a testa bassa guidando una mandria di cavalli e buoi contro le forze soverchianti dei Goblin. Anche le guardie che Lucien aveva lasciato a sorvegliare i prigionieri si voltarono a osservare la rapida inversione delle sorti dello scontro. Maugris, dopo aver fatto un cenno ai suoi due allievi, ne approfittò per strappare di mano una mazza al Goblin più vicino e la usò per fracassargli il cranio; poi la lanciò a Iago che riuscì a colpire anche il secondo senza che avesse il tempo di mettersi in posizione di difesa.

Maugris raccolse la lancia corta lasciata dal secondo Goblin e fronteggiò i due rimasti con Iago al suo fianco.

«Vai, giovane. Di questi due non ti preoccupare, ci pensiamo io e il tuo collega. Non permettere che quel buffone ti metta i bastoni fra le ruote, qualunque sia la missione che devi portare a termine».

Cassian gli sorrise e salutò con un cenno della testa. «Ci rivedremo», assicurò a entrambi, e corse via.

Quando arrivò a casa di Maugris, vide che tutte le luci erano accese. Si avvicinò cautamente ed entrò dalla porta d'ingresso che era stata lasciata aperta. Era chiaro che Lucien non pensava di poter essere disturbato. Si udivano chiaramente rumori dal piano di sopra. Cassian raggiunse la sala d'armi, scelse accuratamente una spada medioevale del quattordicesimo secolo in perfette condizioni e salì le scale con circospezione. Il cuore gli martellava nel petto, gocce di sudore freddo gli correvano lungo la colonna vertebrale e gli imperlavano il viso. Quando arrivò al piano superiore notò che la camera di Iago era già stata perquisita e Lucien si trovava nella sua.

«Eccoti qua», constatò Lucien. Per un attimo Cassian pensò che lo spadaccino lo avesse scoperto, poi capì che aveva trovato il cofanetto con all'interno il libro.

«Lascialo immediatamente, Lucien». Il mastro di spada si voltò, colto di sorpresa. Capì che il ragazzo avrebbe potuto colpirlo alla schiena uccidendolo all'istante ma non lo aveva fatto, forse per una questione d'onore. Per un istante tremò al pensiero di quanto ci fosse andato vicino questa volta per l'eccessiva bramosia di trovare quel libro. Per gente come lui, per gente che faceva il suo mestiere, la morte era solo una compagna di lavoro.

«Bravo, Cassian. Meriti almeno che io ti chiami per nome, come un uomo. Avresti potuto attaccarmi alle spalle, ma la tua spavalderia e il tuo coraggio ti hanno appena condannato a morte».

«Un amico mi ha dato quel cofanetto chiedendomi di consegnarlo e io porterò a termine la promessa che gli ho fatto o morirò nel tentativo».

«Uhm. D'accordo. Vediamo cosa sai fare». Così dicendo Lucien scavalcò il letto con un balzo e tentò un lungo affondo diretto al cuore.

Cassian reagì senza pensare e schivò di lato colpendo la lama avversaria sul forte, ma misteriosamente il fioretto non era più lì e il suo colpo andò a vuoto. Un tranello. Lucien aveva finto un affondo esagerato per cogliere in fallo il ragazzo. Un attimo dopo la sua lama graffiò la spalla destra del giovane. Il braccio della spada.

«Non ci siamo, Cassian Larbon. Questo era un trucco per principianti», osservò lo spadaccino mentre avanzava nel corridoio costringendo il ragazzo verso le scale.

Cassian notò solo in quel momento che con la sinistra Lucien reggeva il cofanetto; evidentemente pensava che la morte del giovane sarebbe stata imminente e che non valesse la pena tornare indietro a riprendere il libro. L'avversario si rifece sotto con una sequenza studiata di diritti e rovesci da manuale e Cassian parò e schivò con una combinazione provata cento volte in allenamento. A ogni colpo la forza impressa dall'energia dello spadaccino aumentava e il giovane era costretto a contrapporne altrettanta. Ricordò gli insegnamenti di Maugris: non aveva senso uguagliare l'energia dell'avversario quando si era in difesa; bisognava consumarne meno, e per farlo era necessario aiutarsi con la lama per deviare i colpi e non bloccarli. Cassian cominciò a sentirsi più sicuro. Erano semplicemente due uomini che duellavano e solo il migliore avrebbe vinto. I colpi di Lucien si fecero più potenti, e quelli di Cassian erano intrisi solo dell'energia sufficiente a deviarli.

«Così andiamo meglio, signor Larbon, ma cosa diresti se facessi questo», e senza finire la frase attaccò dall'alto. Il giovane non riuscì a deviare e lasciò scoperto il busto, ricevendo un calcio in pieno stomaco che lo proiettò contro il muro in fondo al corridoio. Era stato un colpo tremendo. Cassian era senza fiato e faceva fatica a riprendersi. L'altro era in piedi dove Cassian l'aveva lasciato, appoggiato al suo fioretto come se fosse un bastone da passeggio, con un sorriso divertito sul viso. Stava giocando e si stava divertendo.

«Allora, giovane allievo di Barbier, è tutto qui quello che imparate in allenamento? Mi sembri un po' scarso, o sbaglio?»

Cassian si rimise in piedi aiutandosi con la spada, ma dal dolore che provava al fianco capì di avere qualche costola rotta.

«Ahi, ahi. Vedo che il mio calcio ti ha fatto molto male. Le ossa di voi giovani non sono più dure di quanto lo erano ai miei tempi. Ricominciamo?» propose lo spadaccino rimettendosi in guardia.

Lucien coprì la distanza che li separava con un balzo, tentando un affondo che Cassian parò malamente, ma anche quella era una finta. Il pugno di Lucien che stringeva il fioretto si abbatté sul viso di Cassian come un maglio, mentre la lama urtò il corrimano della scala, polverizzandolo. Il corpo di Cassian fu nuovamente scaraventato lontano, al pian terreno. Perse i sensi, e l'ultimo pensiero cui riuscì ad aggrapparsi era che non era riuscito a tener fede alla parola data a padre Garrison.

Una secchiata d'acqua gelata lo risvegliò. «Non hai più carte da giocare, Cassian. Sei finito. Non volevo ucciderti mentre eri incosciente, volevo ti rendessi conto che la tua vita sta per finire e provassi il dolore della morte».

Cassian realizzò che era stato privo di sensi solo il tempo necessario a Lucien per riempire una brocca d'acqua. Notò anche che lo spadaccino aveva distrattamente appoggiato il cofanetto per terra. Una nuova flebile speranza gli si presentò inaspettata. Non era più necessario uccidere il suo avversario, bastava distrarlo il tempo sufficiente per recuperare il cofanetto e fuggire lontano.

«Permettimi di alzarmi, Lucien», mormorò Cassian rimettendosi faticosamente in piedi.

«Ma certo, fai pure. Forse vuoi ancora un po' di botte prima di morire?» e così dicendo sferrò un altro calcio in direzione dello stomaco del giovane. Stavolta però Cassian se lo aspettava, e lo schivò ruotando su se stesso, portandosi nel contempo all'interno della guardia di Lucien. Lo colpì al volto con il gomito imprimendo tutta l'energia di cui era capace e assaporò con estremo piacere lo scricchiolare dello zigomo sotto l'impatto spaventoso. Il corpo dell'altro fu sbattuto a terra con forza e tutta l'aria gli uscì dai polmoni di colpo. Cassian valutò la possibilità di trafiggerlo lì dove si trovava, ma poi decise di prendere il cofanetto e fuggire.

Il mondo intorno a lui vorticava e il dolore alle costole e

al viso tumefatto non gli dava pace. Troppo tardi si accorse che, invece di andare verso la foresta, aveva imboccato automaticamente la strada per il paese e le prime luci di Rocamadour gli illuminavano il passo.

Era quasi l'alba e in giro non c'era nessuno. E poi chi avrebbe potuto aiutarlo? Non appena si fosse ripreso Lucien avrebbe strappato la vita a chiunque si fosse intromesso. Alternò brevi momenti di corsa a più lunghi tratti di cammino per riprendere fiato. Non sapeva neanche lui dove andare. Quasi inconsapevolmente cominciò a salire la scalinata in direzione della zona religiosa della cittadina, meta dei pellegrini di tutto il mondo. Alle sue spalle udì il ruggito di Lucien che si era ripreso fin troppo in fretta, e avendo scorto la preda, presentiva ormai il piacere dell'omicidio.

Cassian affrettò il passo e continuò a salire imboccando un sentiero roccioso, ma quando capì che ormai non poteva andare oltre si fermò e cercò di prepararsi all'inevitabile. I duellanti si trovavano su una cresta senza uscita proprio sopra la chiesa di Nostra Signora. Il sentiero era stretto e un passo falso significava un salto di una trentina di metri.

«Schifoso verme. Come hai osato colpirmi?» tuonò Lucien quando raggiunse il giovane. «Ti taglierò a pezzi mentre sei ancora vivo per quello che mi hai fatto».

Cassian osservò con rinnovato piacere la faccia dell'avversario che si gonfiava a dismisura, e persino la bocca ne risultava deformata, tanto che le parole di minaccia suonavano storpiate e impregnate di saliva. Il ragazzo non riuscì a trattenere una risata, che colpì Lucien come se l'avesse schiaffeggiato.

Lo spadaccino si abbandonò all'ira e lo aggredì con tutta la forza che aveva. La lama di Cassian si alzò in parata, e l'assalitore tentò un nuovo calcio al petto. Il giovane piroettò su una gamba per evitare il colpo, ma anche il suo immediato tentativo di restituire il calcio andò a vuoto. Il piede di Lucien colpì la roccia che stava alle spalle di Cassian frantumandola e l'improvvisa mancanza di un appoggio fece cadere lo spadaccino, che riuscì così a evitare la lama del giovane. Lucien si rialzò veloce come un gatto e i due si fronteggiarono per un momento. Era chiaro che Cassian non poteva reggere a lungo, ma Lucien non aveva intenzione di vincere per sfinimento dell'avversario. Voleva fargli male e poi ucciderlo. Subito.

Fece una finta a destra e provò un rapido gioco di lama sulla sinistra. Cassian, che riusciva a malapena a tenere la spada in mano, fu colpito all'avambraccio. Un taglio profondo. La sua lama cadde a terra. Lucien affondò e Cassian, in un ultimo disperato tentativo di evitare il fioretto, perse l'equilibrio e cadde nel baratro, ma riuscì ad aggrapparsi a qualcosa che gli impedì di precipitare. Qualcosa che si trovava appena sotto il sentiero roccioso. Una catena. A pochi centimetri dal suo viso c'era una spada conficcata nella roccia. L'aveva vista così tante volte, ma mai da quell'angolazione.

«Sei duro a morire piccolo verme schifoso, ma non t'illudere: ormai non puoi andare da nessuna parte. Ti mando a incontrare quel tuo prete», e così dicendo frustò l'aria con il fioretto in direzione del viso di Cassian. Il ragazzo agì d'istinto: afferrò l'elsa di Durindarda e la estrasse dalla roccia. Usò la lama per deviare il fioretto di Lucien, e con un colpo di reni si diede una spinta e gli infilò la spada di Orlando nel cuore. Entrambi si guardarono per un attimo infinito. Cassian lesse nello sguardo dell'altro l'incredulità e lo stupore, poi il corpo senza vita di Lucien cadde sulla chiesa sottostante.

Il giovane trovò la forza per issarsi sulla cresta rocciosa. Osservò il corpo del suo nemico e poi la spada che stringeva in pugno. La ruggine che l'aveva corrosa per secoli era completamente sparita e la lama di Orlando brillava come se fosse stata forgiata quella stessa mattina. C'era anche qualcos'altro. Quando la stringeva sentiva una sorta di flusso scorrere verso di lui e ritornare indietro, ma non aveva la forza di soffermarsi su quei pensieri. Sentiva solo un gran vuoto dentro sé. Lo spegnersi della scintilla di vita negli occhi di Lucien lo tormentava. Aveva ucciso un uomo.

Scese a fatica nel paese, ma non riuscì a trattenersi oltre e vomitò in un angolo buio. Pensava che sarebbe morto. Ci mise molto a tornare alla casa di Maugris. Si era convinto che la spada stessa, in qualche misura, gli permettesse di continuare a mettere un piede davanti all'altro. Sentì qualcuno che gridava il suo nome, ma non aveva la forza di rispondere: voleva zoppicare fino al suo letto e stendersi in pace per sempre.

Raggiunse finalmente la casa e si trascinò in camera sua, non più completamente padrone dei suoi pensieri. In quel momento si rese conto che stringeva ancora in mano il cofanetto con dentro il libro. Probabilmente l'aveva preso senza rendersene conto. Decise di dedicare un ultimo sforzo per rimetterlo a posto, così prese lo zaino con cui era cominciata la sua avventura. Si accorse a malapena che un pugnale gli stava graffiando la gola.

«È così, scricciolo, hai fatto fuori Lucien? Questa è una storia che mi piacerebbe sentire».

Quando Maugris e Iago arrivarono di corsa in camera di Cassian fecero appena in tempo a vedere un uomo, elegantemente vestito, con una lunga ciocca bianca di capelli che gli cadeva sul viso, sparire insieme a un Cassian devastato che stringeva uno zaino in una mano e una spada nell'altra.

XII

Il viso di un uomo lo fissava attraverso un vetro.

Che strano: l'ambiente alle spalle dell'uomo, oltre la superficie trasparente, era identico alla stanza in cui si trovava lui.

Provò a strizzare l'occhio e subito il viso corrucciato dell'uomo fece altrettanto. Era uno specchio. Il volto dell'uomo che stava fissando era il suo. Com'era cambiato. Ma quanto tempo era passato? Era la faccia di qualcuno che ha visto e vissuto esperienze importanti; di quelle che fanno crescere in fretta. Una volta anche lui aveva vissuto esperienze importanti. Aveva ballato tutta la notte con le ninfe. Aveva combattuto contro i Goblin e i loro segugi infernali. Aveva fatto anche qualcos'altro, ma non riusciva proprio a ricordare cosa fosse. Era come se avesse in mano un libro e ne avesse letto soltanto le prime pagine. Erano state avvincenti, ma c'era dell'altro, qualcosa di ancor più favoloso. Lui lo sapeva per certo, ma sfogliando il libro scopriva solo pagine vuote. Decise di lasciar perdere; prima o poi gli sarebbe venuto in mente.

Si guardò attorno. Era in una strana stanza, in cui non era mai stato prima. Le pareti erano costruite con blocchi di pietra. Al centro della volta c'era un grosso lampadario nel quale ardevano una ventina di candele e c'erano lanterne accese nei quattro angoli. Nessun segno di modernità; niente telefono o fax, niente cellulari sul tavolo o televisori o computer. Niente. Il soffitto era alto, quindi la stanza risultava difficilmente riscaldabile nonostante l'enorme camino in cui scoppiettava allegramente il fuoco. C'era un tavolo su cui erano appoggiati oggetti il cui uso gli era sconosciuto, e c'erano libri. Tanti libri. Sul tavolo, sulle mensole e stipati negli scaffali di noce alle pareti; libri dappertutto. E naturalmente lo specchio. Era grosso, con cornice di legno, alto quanto lui e largo anche di più. La cornice era fissata e sostenuta da una struttura in legno antico e nodoso che si allargava alla base e poggiava a terra con due piedi che sembravano ceppi d'albero. Ne aveva già visto uno molto simile, ma non ricordava dove. Gli tornò di fronte per vedere nuovamente il suo viso di uomo, ma stavolta non ritornava la sua immagine. C'erano delle persone che camminavano in un cunicolo e si fermavano guardando nella sua direzione. Era come se anche loro potessero vederlo attraverso la superficie riflettente. Lui provò a chiedere chi fossero e dove si trovassero, ma loro dopo un attimo di incertezza decisero di proseguire per il loro cammino. L'immagine divenne fumosa. Si addensava una tempesta; nubi cariche di pioggia si muovevano al suo interno vorticando sempre più velocemente.

Cassian si svegliò. Non riconobbe l'ambiente in cui si trovava e non riusciva a ricordare come ci fosse arrivato. C'erano sbarre, quindi era in una cella. Una cella buia, umida e fredda. Lo stanzone era costituito da un androne cui si accedeva da una porta in legno rinforzata con placche di metallo. Dall'androne si aveva la possibilità di accedere a due celle. Una era la sua. Provò a mettersi seduto, ma dovette fare un paio di tentativi prima di riuscirci. Non c'era un punto del suo corpo che non fosse dolorante, e le costole e il viso erano come in fiamme, pulsavano al ritmo del battito cardiaco. C'era stata una lotta molto dura e lui era stato ferito. Ora ricordava: era stato Lucien a colpirlo.

«Sei sveglio?» chiese una voce femminile. «Ehi, tu. Sei sveglio?» ripeté.

«Chi sei? Dove sono?»

«Mi chiamo Justine Thompson, e come te sono prigioniera».

«Io sono Cassian. Cassian Larbon. Prigionieri dove?»

«Non lo so. Un mago mi ha rapita e teletrasportata direttamente qui, quindi non so dove ci troviamo, ma dobbiamo scappare prima possibile».

«Io come sono arrivato? Tu da quanto tempo sei prigioniera? Che significa teletrasportata?»

«Ehi, calma. Una domanda alla volta».

«Già. Non sei la prima che mi dice che faccio troppe domande».

«Beh, comunque io sono prigioniera da un paio di settimane e tu sei stato portato nella tua cella di peso dallo stesso tizio che ha rapito me. E teletrasportata significa… hai mai visto Star Trek?»

«Ho capito. Parlavi di un mago?»

«Mago, assassino e chissà cos'altro. Nell'ambiente è conosciuto come il Cannibale. Vi siete materializzati lì nell'androne. Reggevi una spada e uno zaino. Quando siete arrivati eri privo di sensi e il Cannibale ti ha portato in cella, poi ha frugato nel tuo zaino e si è preso qualcosa. Ha anche cercato di toccare la spada, ma deve aver preso una specie di scossa».

«Come usciamo di qua?»

«Io non lo so. Speravo tu potessi fare qualcosa».

I due rimasero in silenzio per un po'.

«Perché lo chiamano il Cannibale?»

«È un killer a pagamento e si è guadagnato il soprannome a causa della sua proverbiale abilità nel far sparire i corpi delle sue vittime».

«Non le avrà mangiate?» chiese Cassian con un brivido che gli causò una nuova fitta al costato.

«No», rise la donna, «ma nessuno sa dove siano finite».

«Come sai tutte queste cose?» la interrogò Cassian, improvvisamente sospettoso. Chi era quella donna? Era veramente una prigioniera come lui? Poteva essere un trucco per estorcergli qualche informazione sul libro, su padre Garrison o sulla missione che doveva compiere?

«Sono un ispettore dell'Interpol, anche se sono ricercata dai miei stessi colleghi».

«Perché?»

«Perché non ho mollato il caso quando mi è stato ordinato e perché per trovare questo fantomatico assassino dalla ciocca bianca, mi sono giocata la carriera e forse la vita».

«E perché l'hai fatto? Voglio dire: è ammirevole, ma sembrerebbe una cosa personale», osservò il ragazzo.

«Infatti. Il Cannibale ha ucciso mia madre quando ero piccola e il mio capo e collega qualche mese fa. Volevo trovarlo e ucciderlo, ma lui è stato più scaltro e mi ha rapita. Mi ha promesso violenze e torture, ma sono qui da due settimane e fortunatamente non si è mai fatto vedere. Sospetto, a questo punto, che la causa possa essere tu. Probabilmente era così impegnato a cercare te da non pensare più a me».

«Ma se lui non è entrato qui dentro per due settimane chi

ti ha portato acqua e cibo?»

«Oh. C'è un altro che lo aiuta. Un uomo strano, di mezza età, abbastanza sciatto. Sembra che i vestiti che indossa li usi anche per dormire».

La successiva lunga pausa di Cassian innervosì Justine.

«Ehi, tu. Sei ancora lì?» chiese lei.

«Sì, e ho avuto un'idea».

O re dopo Lèopold spalancò la porta dell'androne su cui si affacciavano le celle, fischiettando.

«Allora, signora Thompson, abbiamo un nuovo amico?»

«Non so di cosa parli, vecchio. Sono ore che non parlo con qualcuno».

«Ah. Significa che il nuovo arrivato è taciturno o che non ha ancora ripreso conoscenza?»

«Non saprei».

«Umh. Adesso controlliamo», stabilì Lèopold facendo passare attraverso le sbarre della cella di Justine un vassoio con pane, una bistecca ben cotta con contorno di patatine fritte e una bottiglia di plastica piena d'acqua. «Niente posate, come al solito. Non vogliamo che le vengano in mente strane idee avendo in mano oggetti metallici appuntiti», aggiunse dirigendosi verso la cella di Cassian. «Uh, Uh. Signorino? Siamo svegli?»

Il silenzio rispose alla sua domanda.

«Signorino? Non pensare che nasconderti al buio serva a qualcosa», proseguì, e appoggiando delicatamente l'altro vassoio per terra estrasse dalla tasca una torcia elettrica. «Ma dov'è?» chiese a Justine, improvvisamente allarmato.

«Te l'ho già detto. Non saprei. Qualche ora fa, quando si è svegliato, ha detto che aveva un'idea e da allora non l'ho più sentito fiatare».

«Non è possibile. Questa prigione è a prova di magia. O meglio queste due celle sono a prova di magia, l'androne non lo è», esclamò Lèopold riflettendo. «Sì, ma come ha fatto a oltrepassare le sbarre e ad arrivare nell'androne?»

«Forse qualcuna delle sbarre si è allentata. Immagino siano molto vecchie, vero?» suggerì Justine con un tono divertito nella voce.

«Già. Molto vecchie. Cosa posso fare ora?» si preoccupò il carceriere agitatissimo.

«Senti amico, se la prossima volta che mi porti il pranzo aggiungi un po' di vino ti do un suggerimento».

«D'accordo, d'accordo».

«Io, al posto tuo, cercherei di capire il modo in cui quel ragazzo se n'è andato. Magari scopri che non è colpa tua e che è scappato a causa dell'incompetenza di qualcun altro. Se così fosse, non solo non dovresti giustificarti, ma avresti in mano una carta vincente da usare, se necessario, contro il responsabile».

«Brillante, signora Thompson. Ma come posso capire come ha fatto a fuggire?»

«E io che ne so. Esamina le sbarre o la serratura della cella, magari l'ha forzata».

«Giusto. Giusto». E così dicendo tirò fuori un grosso mazzo di chiavi dalla tasca dei pantaloni provandole una per una nella serratura della porta della cella. Improvvisamente il carceriere sentì due mani forti che afferravano la sua testa e la tiravano violentemente contro le sbarre della prigione. Uno, due colpi violenti da cui non c'era scampo, e il suo corpo si afflosciò come fiore appassito. Cassian tornò immediatamente visibile.

«Come ci sei riuscito?» chiese Justine.

«È un'abilità innata. Mi hanno detto che si chiama mimetismo».

«Molto bravo. Ora libera anche me».

In un attimo Justine e lo zoppicante Cassian erano nell'androne della prigione. Lui si chinò a fatica per raccogliere la spada e il suo zaino che erano disordinatamente buttati laddove il Cannibale li aveva lasciati. Il cofanetto era sparito. Sembrava però che tutti gli altri oggetti contenuti nello zaino fossero ancora al loro posto, compresa la lettera di padre Garrison che era stata letta, ritenuta di nessuna importanza, appallottolata e buttata per terra. Cassian la prese con affetto e cercò di sistemarla, poi la infilò nello zaino. Tirò fuori la bottiglia con quel liquore trasparente che gli aveva somministrato il buon parroco quando aveva fatto esplodere la sua energia cosmica contro un bicchiere.

«Erbafoglia», commentò all'indirizzo di Justine come se ciò bastasse a spiegare di cosa si trattasse, senza sapere che lei aveva già avuto bisogno del liquore per rimettersi in sesto dopo essere tornata alla Locanda del Granduca.

«Ti sembra il momento di ubriacarti? Dobbiamo andare, forse non avremo un'altra occasione».

«Non andrò lontano in queste condizioni, perciò fammi fare un tentativo».

Cassian non era sicuro che quel liquido dirompente risanasse anche le ossa rotte, ma un goccio non gli avrebbe fatto male. Si attaccò alla bottiglia e ingoiò una buona sorsata e subito si lanciò in una serie di rantoli e colpi di tosse che gli fecero balzare il cuore in gola procurandogli fitte lancinanti alle costole e al viso tumefatto. Quando riuscì a ricomporsi si rimise in piedi. Non gli costò uno sforzo particolare, quindi pensò che forse l'erbafoglia aveva fatto effetto; poi notò Justine che lo guardava allibita. Riuscì solo ad alzare un indice in direzione del suo viso. Cassian passò le mani sulla guancia e scoprì che il gonfiore era scomparso. Si passò cautamente la mano sulle costole doloranti e poi tastò con decisione; avvertì il dolore procurato dal brutto livido che era rimasto, ma nessun osso sembrava fratturato.

«Magia», dissero contemporaneamente.

Superato il primo momento di sbalordimento Cassian raccolse lo zaino e la spada, e insieme a Justine oltrepassò la porta di legno rinforzato per uscire dall'androne e cercare una via di fuga. Le segrete non si limitavano allo stanzone con le due celle dove erano stati tenuti prigionieri, ma proseguivano nel buio. Ogni tanto i due si fermavano e cercavano di nascondersi nell'ombra quando il rumore di colpi sordi di metallo contro metallo echeggiavano per i corridoi.

Finalmente trovarono le scale, ma proprio in quel momento una pattuglia di Goblin svoltò l'angolo del corridoio: se i due avessero tentato di raggiungere le scale sarebbero stati individuati. Decisero quindi di nascondersi e provarono velocemente a dischiudere l'unica porta in cui avrebbero potuto entrare senza essere visti. Fortunatamente era aperta. Diedero un'occhiata veloce per sincerarsi che non ci fosse nessuno all'interno e la chiusero alle loro spalle trattenendo il respiro e ascoltando i passi del drappello farsi lontani. Cassian stava per dare una sbirciata per assicurarsi che il corridoio fosse tornato deserto, ma Justine lo fermò.

«Aspetta. Ricordi che ti ho accennato del mio capo e collega ucciso dal Cannibale?»

«E allora?» chiese Cassian facendo trapelare il senso d'urgenza.

«Mi ha parlato di un posto come questo. Quelle tre acquasantiere sono state disposte l'una in fila all'altra», spiegò Justine indicando tre vasi di marmo sorretti ognuno da una piccola colonna di pietra. Si avvicinò e scrutò all'interno.

«È come mi aveva detto il collega. Dentro ogni acquasantiera c'è un oggetto. Uno per il polo positivo, uno per il polo negativo e uno per il neutro», continuò Justine estraendo una tenaglia arrugginita dal primo vaso, un ramo secco dal secondo e un lenzuolino incartapecorito dal terzo. «Mi ha spiegato che è così che riescono a usare la magia ben oltre i limiti imposti dal corpo umano».

«Senti, Justine, non abbiamo tempo: arriva al punto».

«Dobbiamo distruggere tutto. Impiegheranno mesi a rimettere insieme i cocci e questo è un bel vantaggio per noi».

Cassian provò a protestare, ma Justine stava già ammucchiando gli oggetti dentro il caminetto, così decise di darle una mano. Forse avrebbero fatto prima o forse si sarebbero fatti scoprire, ma effettivamente non aveva senso scappare e cercare di mettere quanta più distanza fra loro e i loro carcerieri per poi vederseli materializzati davanti al momento meno opportuno. Accesero il fuoco nel camino. Difficilmente la tenaglia di ferro si sarebbe danneggiata, ma il ramo secco e il lenzuolino presero fuoco in un attimo. Dedicarono qualche minuto a devastare quanti più oggetti possibili allo scopo di danneggiare il nemico, ma soprattutto nel tentativo di distruggere eventuali oggetti che i loro carcerieri avrebbero potuto usare contro di loro in futuro; si rendevano conto che fosse importante riuscire a scappare, ma la lotta sarebbe proseguita, e un giorno avrebbero potuto rimpiangere di non aver sfruttato al meglio l'occasione di trovarsi all'interno delle mura nemiche.

«Cosa che fa umano vecchio?» chiese un Goblin che perlustrava i corridoi a un suo simile che si era seduto per terra a mordersi le unghie dei piedi.

«Distruggi. Chiedo di aiutare?»

«No. No vuole i Goblin in camera magica».

«Io Goblin maestro di distruggi», dichiarò il secondo orgoglioso continuando a mordicchiarsi le unghie.

«No, io Goblin gran maestro di distruggi», affermò il primo mettendo in fuori il petto.

«Io grande Goblin signor di distruggi», ribadì il secondo alzandosi in piedi e dando una spinta al primo.

«Io distruggi grande signor di distruggi», rispose il primo sferrando un pugno.

Il secondo incassò il colpo e si lanciò alla gola dell'altro iniziando una rissa che si allargò al gruppo che era passato davanti alla porta del laboratorio in cui si erano rifugiati Justine e Cassian.

In quel tafferuglio generale non fu difficile per i due fuggitivi imboccare le scale e raggiungere il piano terra dell'edificio in cui si trovavano.

Avevano varcato una piccola porta antica, ma era come aver oltrepassato un portale per un'altra dimensione. Si erano lasciati alle spalle la penombra e l'odore umido delle segrete per uno stupendo castello medievale completamente rinnovato. Si trovavano nell'ingresso del maniero che era più simile alla hall di un hotel di lusso. Bianchi tendaggi drappeggiavano le finestre da cui entrava la luce della mattina e due poltrone imbottite sorvegliavano il portone d'accesso come maître in attesa di soddisfare le esigenze della clientela. Un imponente scalone di legno finemente lavorato conduceva ai piani superiori, e i due sbirciarono fugacemente dalle finestre in cerca di possibili pericoli. Cassian notò una figura molto lontana che sembrava giocare a golf, ma nient'altro.

«Dobbiamo trovare una cosa», dichiarò Cassian risoluto.

«Cosa?» chiese Justine.

«Il cofanetto che il Cannibale ha preso dal mio zaino».

«Non c'è tempo».

«*Dobbiamo* trovarlo», insistette Cassian accennando a salire lo scalone di legno.

«No», si impose Justine trattenendolo per la manica.

«Ma tu non capisci. Io *devo* trovarlo».

«Non oggi. Siamo in casa del nemico e intere schiere di soldati umanoidi scorrazzano per le cantine, per non parlare dei maghi e dei guerrieri che potrebbero esserci nella parte rispettabile del castello. Insistere adesso significa farsi uccidere. Ti hanno rubato il cofanetto, ma facendoti ammazzare non lo riprenderai. Oggi fuggi e vivi, domani penserai a restituire il colpo».

Cassian doveva ammettere che le motivazioni di Justine erano sensate.

«Ehi. C'è qualcuno là?» echeggiò una voce maschile proveniente da una stanza adiacente all'ingresso.

I due raggelarono.

«Ehi, non sopporto più queste manette. Esigo di venire liberato immediatamente. Ho seteee!»

Cassian arrischiò un'occhiata furtiva e notò un giovane seduto su un'elegante poltrona in mezzo a un salotto sapientemente arredato.

«Datemi da bere o ve ne pentirete!»

Prima o poi quelle grida avrebbero attirato qualcuno; bisognava fare qualcosa. Cassian brandì la spada d'Orlando e lasciò a Justine lo zaino.

«Stai calmo», ordinò al ragazzo seduto che gli dava le spalle.

«Finalmente, bifolco, voglio essere liberato e voglio mangiare. Ora!»

«Fai silenzio, idiota», gli intimò Cassian aggirando la poltrona per capire in che modo fosse bloccato il prigioniero.

«Ho detto subit...»

Il destro di Cassian si abbatté sul viso del ragazzo facendogli perdere i sensi; poi, impugnando la spada a due mani, il giovane mastro di spada colpì con forza le manette che legavano i polsi del giovane ai braccioli della poltrona. Il colpo sortì l'effetto desiderato anche se il filo della lama graffiò la pelle del prigioniero lasciando una sottile linea rossa. Cassian si caricò sulle spalle il corpo del giovane urlatore e si diresse verso la porta d'uscita.

«Forza. Vieni via», esortò Justine. Uscirono all'aperto inspirando avidamente la frizzante aria di libertà e si spostarono guardinghi al riparo degli alberi più vicini. Niente intorno a loro suggeriva che la fuga fosse stata scoperta, e con un'intesa di sguardi si allontanarono verso sud inizialmente con circospezione e poi sempre più velocemente, per quanto possibile dovendo trasportare il corpo inerte dello sconosciuto.

Raggiunsero una radura che ritennero adeguatamente lontana e si gettarono a terra ansimando; poi cominciarono a ridere, e a stringersi le mani congratulandosi a vicenda. Il loro nuovo compagno era ancora svenuto. I due si assicurarono che il corpo giacesse in posizione comoda e si distesero a loro volta.

«Ora accetterei un sorso da quella tua misteriosa bottiglia», disse Justine.

«D'accordo, ma non esagerare: non sappiamo quando potrà

tornarci veramente utile», si raccomandò Cassian porgendole l'erbafoglia.

Justine era un po' più avvezza di lui ai superalcolici e ricordava vagamente l'effetto che le aveva fatto il liquore datole da Remì, ma non riuscì comunque a trattenere un deciso colpo di tosse. «Accidenti, è più forte di quanto ricordassi».

«Il regalo di un amico che oggi probabilmente mi ha salvato la vita», aggiunse tristemente il ragazzo.

«Ma cosa volevano da te? Perché ti hanno imprigionato?»

Cassian raccontò la sua storia senza riserve. Disse tutto sulla missione e sul libro e su come aveva fortuitamente ucciso l'assassino che era andato a prenderlo. Neanche a Maugris aveva raccontato la sua storia in maniera così completa e si sentì un po' in colpa, ma allora era vincolato dalla tacita promessa di riservatezza richiesta da padre Garrison nella sua lettera. A quel punto non aveva più niente da perdere, e dopo le incredibili avventure degli ultimi giorni aveva bisogno di una persona amica vicino.

«Accidenti, Cassian», si impressionò lei, colpita dal resoconto del ragazzo.

«Lo so che a sentirlo raccontare sembra una favola, e per certi versi lo è, ma ti assicuro che non sono l'eroe della storia. Ho avuto fortuna».

«Sai, le nostre strade si sono quasi incontrate all'inizio della tua avventura», gli sorrise Justine. «Seguendo le indagini ho parlato con suor Clementine. Era affranta dalla tua scomparsa. Ti vuole molto bene», confidò regalandogli un sorriso di comprensione.

Il ragazzo si zittì, assorto nei propri pensieri e sopraffatto dalla nostalgia.

«E così questa è la spada di Orlando, la famosa Durindarda.

E dici che è stata anche di Ettore di Troia?»

«Già. Così sosteneva Maugris, il mio maestro, e lui la sapeva lunga su questa spada».

«Suggerisco di fermarci ancora qualche minuto, ma poi vorrei riprendere il cammino. Mi faresti leggere la lettera di padre Garrison?»

«Certo», assicurò Cassian passandole il foglietto spiegazzato.

«È deformazione professionale, credo. Mi piacciono i dettagli», aggiunse la donna.

La rilesse tre volte, tanto che Cassian cominciò a chiedersi cosa potesse averla mai colpita da meritare tale interesse. «Cosa cerchi?» le chiese infine

«Umh. Vedi qui? Dice "portala sempre con te". Voleva precisare che averla sempre con te era importante, ma perché? Anche in questo passaggio c'è qualcosa di poco chiaro, ascolta "Mio caro ragazzo, queste sono le mie ultime righe e desidero lasciarti più di un messaggio di sincero affetto" e aggiunge anche "Vedi oltre l'apparenza"».

Cassian aveva letto molte volte le ultime parole del parroco, ma non riusciva a capire dove volesse arrivare Justine.

«Credo che il tuo padre Garrison fosse una vecchia volpe», chiarì lei notando l'espressione confusa del ragazzo. «Immagino che questa lettera sia molto di più del commiato di un vecchio amico. Il problema è che probabilmente dovremmo essere dei maghi per svelare i segreti custoditi da questo pezzo di carta».

«Non so di che parli, ma non penso che padre Garrison abbia fatto qualche incantesimo sulla lettera, proprio perché qui dice che non scriverà niente di più per paura che possa finire in mani sbagliate, vedi?»

Justine rigirò il foglio di carta fra le mani poi i suoi occhi si illuminarono. «Ma certo, hai ragione».

«Appunto», confermò Cassian con tono saccente.

«No. Intendo dire che padre Garrison non poteva nascondere niente usando la magia, perché se la lettera fosse stata trovata, il suo segreto sarebbe stato scoperto. È l'uovo di Colombo. Guarda un po' se in quel tuo zaino c'è un accendino».

«Eccolo».

Justine avvicinò la fiamma al foglio e sorrise a Cassian facendogli notare che sul retro compariva un altro messaggio.

«Sai come si dice: in un mondo di ciechi, l'uomo con un occhio solo è re; quindi, in un mondo di maghi, così abituati all'uso degli incantesimi, un normalissimo messaggio scritto con inchiostro simpatico passa inosservato».

«Incredibile», si meravigliò Cassian trattenendo il fiato.

Justine si accomodò meglio sull'erba e lesse ad alta voce. «Nell'eventualità che il libro di cui sono mio malgrado diventato il custode dovesse andare perduto, riporto qui di seguito il testo dell'oscura profezia, affinché, chi può farlo, prenda opportuni provvedimenti:

Quando Manticora, la chimera perisce
Quando il primo giace in catene
Quando uomo lama di Dardan brandisce
e versa il sangue blu delle sue vene

Schiave le genti addiverranno
se i portali del buio profondo
aperti saran con l'inganno
liberando i creatori del mondo

Chiave comune da divino toccata
Chiave mezzana a limitar l'energia
Chiave perfetta di morte bagnata
Trino di chiavi occludon la via

Tre tizzoni ardenti sui nove castelli
brucian come fuoco la paglia
Di soli una decina e tre
in luna del toro che corre ai gemelli
grande fragor di battaglia
e la silente venuta del re

Giorno eburneo e notte oscura

Trascorsero diversi minuti prima che uno dei due si decidesse a parlare.

«Chissà che diavolo significa», si interrogò Cassian, ancora perso nei pensieri.

«Non ne ho idea, ma la cosa ha poca importanza fra questi boschi. Ovunque ci troviamo. Tienila. Nascondila nello zaino. È ora di rimettersi in marcia».

Mentre Cassian rassettava lo zaino e sistemava la spada preparandosi alla lunga camminata, Justine diede qualche buffetto sul viso al terzo membro della loro improvvisata compagnia per farlo rinvenire.

«Ma cosa…», cominciò il nuovo compagno di viaggio, ma la donna gli fece cenno di stare in silenzio e tutti e tre si misero in ascolto. Da lontano, il vento portava fino a loro i latrati di cani in caccia.

RINGRAZIAMENTI

Desidero porgere i migliori ringraziamenti a Evelyn Lella, Tonny De Abreu, Carolina Centeno, Serena Baldacci ed Evelina Pagotto, per l'impegno e la meravigliosa amicizia.

A Giovanni Mercuri, amico e primo master, amministratore dell'inestimabile blog www.welovemercuri.com e ai satirici e squisitamente irriverenti amministratori della pagina *Sesso, Droga e D&D* per l'entusiasmo e la cortesia.

Esprimo tutta la mia gratitudine agli amici del gruppo D&D di cui sono master da quasi un ventennio, per le mille avventure vissute insieme in terre dove nessun uomo metterà mai piede, con l'augurio di viverne mille altre ancora.

Infine, la mia più doverosa e sentita riconoscenza è rivolta a Samanta Biafora per avermi accompagnato all'inizio di questa avventura, alla professoressa Magda Balboni per la disponibilità e la critica costruttiva, a Dario Barbonaglia per non aver smesso di credere in questo libro e ai miei genitori Carla e Piero, per il sostegno e la fiducia che non hanno mai smesso di dare.